U0543633

向度 — 文丛

石头和墙

卷①

陈传席 著

广西师范大学出版社
·桂林·

石头和墙

SHITOU HE QIANG

出版统筹：多　马
策　　划：多　马
责任编辑：吴义红
　　　　　周萌萌
产品经理：多　加
　　　　　周萌萌
书籍设计：周伟伟
篆　　刻：张　军
　　　　　张泽南
责任技编：伍先林

图书在版编目（CIP）数据

石头和墙：全3卷 / 陈传席著. -- 桂林：广西师范大学出版社，2024.9. --（向度文丛）. -- ISBN 978-7-5598-7254-8

Ⅰ. I267.1

中国国家版本馆CIP数据核字第2024UZ3601号

广西师范大学出版社出版发行

广西桂林市五里店路9号　邮政编码：541004

网址：http://www.bbtpress.com

出版人：黄轩庄

全国新华书店经销

天津裕同印刷有限公司印刷

天津宝坻经济开发区宝中道30号　邮政编码：301800

开本：787mm×1 092 mm　1/16

印张：28.25　　　　　字数：270千

2024年9月第1版　　　2024年9月第1次印刷

印数：0 001~5 000册　定价：186.00元（全3卷）

如发现印装质量问题，影响阅读，请与出版社发行部门联系调换。

自题

唐牟融诗云：

了然尘事不相关，锡杖时时独看山。
白发任教双鬓改，黄金难买一生闲。

余亦一生清闲，闲极乃以散文、诗画作遣也。

刘勰写文劝人必通军国大事，必为国之栋梁，"摛文必在纬军国，负重必在任栋梁"。又云："安有丈夫学文，而不达于政事哉？"然自己却出家做了僧人。

余一生以教育为业，然双鬓改后，了然尘事不相关，亦以闲为得也。幸有牟融、刘勰为余护短。余亦凭性良易，傲岸泉石，饮且食兮寿而康，终吾生以徜徉耳。

陈传席

2022 年 10 月 18 日于中国人民大学

自序

一

什么叫散文，至今也没有一个令所有人都满意的说法。实际上文有两种，一是韵文，一是散文。凡是押韵的文体，如诗词、曲赋等，都叫韵文，但旧体诗是诗，新诗不是诗，因为新诗不要求押韵，当然如果押韵了也叫诗。散文诗，不押韵的应叫诗散文，因为它有诗的语言节奏（语言美的散文也有节奏）而不要求押韵，所以只能叫诗散文。本书中也收了我写的一篇诗散文《石头和墙》。我少时写旧诗，不写新诗，因朋友相逼，写了一首，发表在《光明日报》诗歌栏中，其实只能叫诗散文。

除了韵文之外，都是散文。我看了《钱钟书散文集》，把他的小说、学术论文、评论文、序跋、随笔、信件等都收入了，当然也可以。但纯粹的小说，已独立成系，不应该收入，学术性论文更不应收入，但抒情性的论文可以收入。我想，散文应以记事、论事、抒情、说理为主，但总要有情在内，无情何能称散文呢？

二

　　我写散文、诗词，作画、作书，皆于专业之外，自娱而已，随写随弃，有时出版社编辑来约稿，顺手就给他一篇。这次出版专集，也是找到哪篇是哪篇。其中一篇《从"三余""三上"想到的》，发表于1978年的《新疆青年》上，至今已经四十四年了。文虽不佳，但也反映了那个时期的背景，又是我二十多岁时的作品，收入本集，有点纪念意义。

　　最要声明的是：其中《人由人"进化"而来，非由猿》，是我1992年写的（1996年增加了"近读《海豚比猿更接近人》一文"的资料），最早发表在一家报纸上，现在找不到了。现在能找到的2007年3月由中华书局出版的《悔晚斋臆语》中收入此文（见第284页至285页），据《悔晚斋臆语》自序云："此书出版于1995年，再版于2000年，复印于2003年，今谬承中华书局再版……"同时又找到2007年12月由安徽美术出版社出版的《陈传席文集》第四卷《随笔卷》第181页至183页《人和猿》，用白话文写成，内容更丰富，也是认为达尔文"人由猿进化"的理论，不能成立。

　　达尔文的进化论中人由猿进化而来的理论是二十世纪中最著名也最受人推崇的观点，中国也引进并认可这一观点。但我三十年前就怀疑，认为不能成立。而美国在两年前才下令在教科书上取消达尔文的进化论学说，比我晚了差不多三十年。我本人则认为我是非宗教人士中否认达尔文进化论中人由猿进化理论的第一人，不知是否如此。

　　还有一篇《高处、低处、远处——马来西亚原始森林探险记》，文中写道："站在高处的人看低处的人，很渺小；站在低处看高处的人，也很渺小……"文章发表后，还是有点影响的，很多人写文章利用我的思路，有的说："从上面看下面的人，很渺小；从下面看上面的人，也很渺小。"有的人写："从楼上看楼下的人，很渺小；从楼下看楼上的人，也很渺小。"而且，这位作者的文章发表后，还被《读者》选中，又发表于《读者》上，我看了也很高兴，说明很多人认可我文章中的思路。有人学习我的写法，我怎能不高兴呢?

还有《有话则短，无话就算》，也被很多人引用，但没有提到我，只说"有人说"。有重要人物告诉我，某省高考题目中出了一题"俗话说：'有话则长，无话则短。'有人却说：'有话则短，无话就算。'你赞成哪一说法？"这"有人却说"就是我的文章说的，原来是我的一位同学，当上某大学党委书记，参加高考出题，我曾赠书给他，他就出了这个题。

不再多讲了，读者读我的文章，再批评吧。

《文心雕龙·情采》有云："故情者，文之经；辞者，理之纬；经正而后纬成，理定而后辞畅，此立文之本源也。"我不知道达到没有。

陈传席

2022年10月19日于中国人民大学

目录

卷①

龙怒和蛙怒	003
虱子小史	009
北固亭月夜祭长江	017
高处、低处、远处——马来西亚原始森林探险记	021
天气	031
天气续篇	036
观看现代书法表演	043
再看现代书法表演	049
英国的国际艺术节（上）	055
英国的国际艺术节（下）	060
巧遇	066
悲喜皆无据	072
小动物，你在哪里	077
鹰和兔（外二篇）	080
记我认识的一位老华工	084
战火中的爱情	094
怀念白纸	099
怀念亚明	113
怀念李铸晋先生	121
怀念沈侗廙	130

卷①

龙怒和蛙怒

龙怒,霎时间天昏地暗,接着便是狂风大作,飞沙走石,接着便电闪雷鸣,大雨滂沱。龙继续发怒,霹雷将巨石、古木击碎,狂风将大树连根拔起,天摇地动,洪水泛滥,冲毁无数村庄。千万亩良田被淹没,亿万人号啕哭叫,无家可归。雷击声、狂风声、洪水声、哀号声,宇宙为之震动。于是千万人下跪磕头求饶,拿出最好的食品上供,龙怒稍息,留下千万里尸体狼藉,树倒村毁,或白茫茫大地一片,龙怒可谓威也。

蛙怒,肚子鼓一下。再怒,再鼓一下,然后了事,想把一个池塘的水搅翻都不可能。蛙怒和不怒都无所谓。但蛙还是经常怒,也只是经常鼓肚子。

七年来,我在天津的《中国书画报》上发表了六十余篇文章,每一次也都牢骚满腹,大概也只是蛙怒吧。

蛙怒和龙怒是不敢比的。如果是龙怒,只一次,现状也就改变了。

人比人得死,货比货得扔。既然蛙怒比不上龙怒,看来我只有一条路:得死。怎么死呢?

李鸿章《临终诗》诗云:

劳劳车马未离鞍,临事方知一死难。

李鸿章说的"一死难",是担心他死后国是无人过问。但我的死,不是对国家前途放心不下,而是采取什么方法去死。清初,柳如是陪钱谦益跳水自杀,钱谦益说水太凉,不宜自杀。我倒不是怕水凉,也不是怕水脏,而是死也要死个痛快,被水呛死,是很难受的。

　　自缢,也就是上吊,那闷得更难受。上吊死的人,舌头伸得很长,可以想象他死时多么痛苦。

　　陈洪绶《过夏镇》诗云:"有绳悬树死,无绳即触石。""有绳"即自缢,不可取;"触石",即以头撞石。宋朝的大将杨业就是以头撞李陵碑而死的,那当然很壮烈。但力气不大的人,有时撞不死,白白流血,这方法不适用于教授。凡文弱书生最好不用"触石"法自杀。

　　用手枪自杀最好,手枪对准脑袋(不要对心脏,日本战犯东条英机用手枪向心脏射击,结果血流了很多,但人未死,后来被绞死了)。

　　服安眠药也不错,虽然没有用手枪自杀那么壮观,但也不受罪。但现在的安眠药经过改良后,已经不能致人死命了。

　　有人告诉我,吞金自杀是一法。《红楼梦》中有"觉大限吞生金自逝"一节,是说尤二姐想自杀,自思"常听见人说,生金子可以坠死,岂不比上吊自刎又干净"。于是打开箱子,找出一块生金吞下去,便死了。但黄金不好搞,我们穷教授哪来的黄金,再说黄金其实就是臭铜,活着的时候窝囊一辈子,死时还留下一肚子铜臭气,太窝囊,不干,绝对不干。

　　我又想了很多方法,都不适合。我如果能活着,一定做个研究,题目就叫"国际自杀方法研究"。因为我到美国去调查过自杀问题,美国旧金山金门大桥下水流壮阔,很多人选择在那里跳水自杀。美国人喜欢壮烈气势,死也如此。后来市政府为了防止人们在此自杀,便决定封闭大桥,但市民反对,说:"我们有选择自杀的自由。"市政府只好作罢。国情不一样,但自杀是国际问题。

北欧是世界上最富有、最幸福的地区之一。一般人活得很悠闲，但有思想有志向的人，常年过着平淡无奇的日子，觉得无趣，便自杀了。北欧人自杀，一般选择平淡的、静静的、尽量不为人知的自杀方法。

北欧是世界上自杀率最高的地区，但有人说日本是世界上自杀率最高的国家。我曾到日本考察自杀问题，日本自杀最集中的地方是美丽的富士山，被人称为"自杀圣地"。富士山自下至上分为一合目、二合目……七合目。七合目以上雪多无树林，也难登上去。自杀者多选择在二合目结束生命，因为二合目树木多而茂密。三合目也很好，但临死前再爬上三合目，太累，又不必锻炼身体了，因此在二合目自杀最佳。死后上与雪山、下与密林做伴。所以，富士山上报申请世界文化遗产，老是批不下来，怕成为世界名山后，自杀于此的人就更多了。我写这些，表明我对自杀研究功力很深。

闲话休说，现在得抓紧时间自杀，没有工夫从事这项研究了。

翻翻资料，看看前人是如何自杀的。从架上抽出一本《资治通鉴》。唉，我现在哪有什么心思"资治"，又拿出一本《汉书》，翻到《王莽传》，有云："紫色蛙声，余分闰位。"注曰："蛙，邪声也。"又云"非正曲也"，又云"以伪乱真"。蛙怒集其实是蛙声集。弄了半天，我讲的都是邪声，是以伪乱真。这更严重了，那就更得自杀了。快点，又抽出一本书，上面有《咏蛙》诗：

独坐池塘如虎踞，绿荫树下养精神。
春来我不先开口，哪个虫儿敢作声。

其实，后来蛙儿开口了，虫儿还是不敢作声啊。

咦！妙。这蛙声固然比不上龙怒声，不能使天下变色，但在这个池塘中，还起到作用。当然，此蛙非彼蛙。但蛙和龙比，要死；和虫比，就不

《新秋》

新秋雨甲秋远眺归来写此写意
陈传席

必死了。看来，不自杀，问题也不大，这首诗倒救了我的命。如果你到公安局告我，根据是：人比人得死。我就会说，还有虫呢，还轮不到我呢！

现在，我把这六十余篇"蛙声"辑为一集。其实，蛙声如连成一片，也是很响的。宋方岳《农谣》诗云"池塘水满蛙成市"，是说蛙一齐叫，有如闹市。清陈淏子《花镜》云："一蛙鸣，百蛙皆鸣，其声甚壮。"姚光《夜起一首次钝根》云："悄步中庭群籁寂，惟闻蛙鼓似谈经。"蛙若齐鸣，如闹市，声甚壮，也了不起，而且"似谈经"。可使池塘不再寂寞，可以影响主人睡觉，甚至可使气象学专家从蛙声中听出未来的天气，谁谓蛙声无益也。

虱子小史

我曾到美国考察虱子,那里的虱子基本上已灭绝,在其他发达国家,虱子也基本上灭绝了。在中国,虱子前途也不妙,大城市中已无虱子,大部分农村虱子也都断了种。可以说,虱子濒临绝迹,但不必花巨资去抢救,更不必列为国家级保护物种,这种东西,灭绝就灭绝了吧。如果有收藏癖好的人要收藏虱子,也许到十分贫困落后的农村还能找到,个人收藏可以,不必拿去拍卖,也不必建虱子博物馆。我见到虱子就恶心。不过,在虱子即将绝迹之际,我抢先写出一部《虱子小史》,填补一项学术空白。我想我这部《虱子小史》被评论为世界上第一部研究虱子历史的专著,恐怕没有问题。

虱子比人类历史要早,人类诞生之前,虱子寄生在猿人身上或猿身上。猿人都是平等的,没有著名猿人,因此,找不到著名猿人生虱子的记载。但人类肯定有。

我读到文献中最早谈虱子的,要数春秋时纪昌射虱心的故事。《列子·汤问》有云:"昌以氂悬虱于牖,南面而望之,旬日之间,浸大也,三年之后,如车轮焉。以睹余物,皆丘山也。乃以燕角之弧、朔蓬之簳射之,贯虱之心,而悬不绝。"张湛注:"以强弓劲矢射虱之心脏,言其用手之妙也。"纪昌是著名的神射手，能用强弓劲矢射中虱子心脏，这水平真是不得了。但纪昌身上是否生虱子，尚不得而知。

到了汉末，才有著名人物生虱子的记载。曹操《蒿里行》诗云："铠甲生虮虱，万姓以死亡。"曹操说战士身上生虱，其实他自己也生虱子，他不太讲究卫生，衣服破旧，又不大换洗，这都有记载。曹操曾孙女婿嵇康生虱更有名。

嵇康是魏人，但传列《晋书》。因为他死时，时代属魏，实际上大权在司马氏手中。嵇康在《与山巨源绝交书》中记："危坐一时，痹不得摇，性复多虱，把搔无已。"嵇康说他"性复多"的"性"即"身"，当时二字通用，也就是"身复多虱"，他为什么多虱呢？主要是太懒，不洗澡，不常换衣，他说："不涉经学，性复疏懒，筋驽肉缓，头面常一月十五日不洗，不大闷痒，不能沐也。每常小便而忍不起，令胞中（膀胱）略转，乃起耳。"连小便都懒得解，忍不住才起床，太懒了。更不洗澡换衣，所以身"多虱"。

南齐有一位卞彬，字士蔚，是晋代中领军卞嗣的孙子，他在宋、齐都做大官，《全齐文》卷二十一收有他的《蚤虱赋》一首，是谈跳蚤和虱子的。他说："余居贫，布衣十年不制……为人多病，起居甚疏，萦寝败絮，不能自释，兼摄性懈惰，懒事皮肤。澡刷不谨，浣沐失时，四体氋氋，加以臭秽，故苇席蓬缨之间，蚤虱猥流。"虱子也太多了，不知他是怎么忍受的。他又说："淫痒渭濩，无时恕肉。探揣擭撮，日不替手。虱有谚言，朝生暮孙。若吾之虱者，无汤沐之虑，绝相吊之忧，宴聚乎久袴烂布之裳，服无改换，掐啮不能加，脱略缓懒，复不勤于捕讨，孙孙息息，三十五岁焉。"卞彬身上虱子多，虱子繁殖又快，他又"不勤于捕讨"，虱子越来越多。谚云"虱多不痒"，但卞彬还是十分痒的。他不去捉虱子，却写了这篇《蚤虱赋》，炫耀自己脏、懒、多虱蚤，被清代的严可均收入《全上古三代秦汉三国六朝文》中。所以，我们现在还能知道魏晋南北朝时名士们的风度。

《世说新语·雅量》记载顾和身上多虱，但他和卞彬不同，卞彬"不勤于捕讨"，而顾和却时时捕捉，甚至在"当朝"时车停在官署门前，也捉虱子，很多大官看时，他依旧在捉。原文是这样记载的："顾和始为扬州从事，月旦当朝，未入顷，停车州门外。周侯（周凯）诣丞相，历和车边（经过顾和车边），和觅虱，夷然不动（顾和寻觅捉虱子，安静得一动也不动）。周既过，反还，指顾心曰：'此中何所有？'顾搏虱如故，徐应曰：'此中最是难测地。'周侯既入，语丞相曰：'卿州吏中有一令仆才。'"顾和（288—351），字君孝，吴郡吴县（今江苏苏州）人。王导丞相兼任扬州刺史，顾和为从事。顾和去见王丞相，到了官署门外，停下车来捉虱子（"觅虱"），周侯（朝中高官之一）也去见王丞相，经过顾和车边，见顾和"觅虱，夷然不动"。周过后，又回来说："此中有什么？"顾依旧捕虱，说："此中最是难测地。"周人告王丞相说："你州中有一吏是尚书令或尚书仆射之才。"顾和因当众捉虱子，被视为仆射才（部长至副总理级）。后来，顾和果然官至御史中丞、吏部尚书、领军将军，卒赠司空。顾和因捉虱子很认真，竟当上大官！还被记入史书中。六朝人物也够风流的了。

当然，捉虱子最有名的人物还应数十六国时前秦大臣（大将兼政治家）王猛。王猛（325—375），字景略，北海郡剧县（今山东寿光东南）人，少时贫穷，靠卖畚为生。当西晋大将桓温入关时，他曾往见，《晋书》卷一百十四记："桓温入关，猛被褐而诣之，一面谈当世之事，扪虱而言，旁若无人。"王猛见桓温这样大的官，却一面捉虱子，一面谈当世之事。结果，"温察而异之……赐猛车马，拜高官督护，请与俱南。"请他到南方去做大官。但王猛的老师却说："卿与桓温岂并世哉。在此自可富贵，何为远乎？"不久，苻坚便来请王猛，"一见便若平生，语及废兴大事，异符同契，若玄德之遇孔明也"。后官至丞相，而且是十分有成就的丞相。王猛的"扪虱而言"，成为成语，有潇洒、真率、不拘小节之意。有的文人竟以之为书名。

宋代有一位陈善，写了一本书，上下各四卷，笔记体，记北宋政事，同时加以评论。肯定王安石新政，反对司马光对新法不满，也论学、论史、论文，其上卷原名《窗间纪闻》，至南宋时定稿，改书名为《扪虱新话》。

最有名的虱子是北宋王安石胡须上的，曾得皇帝和丞相的青睐。王安石忙于国家大事，经常不洗浴，也不大换衣服，身上虱子便多了。有一天，王安石上朝，同僚王禹玉（名珪，神宗朝宰相，其孙女婿乃秦桧，南宋高宗时宰相）在他旁边，就看到一虱子沿王安石衣领爬上去，直爬到他的胡须上，而且在胡须上得意地徘徊起来，连皇帝看了都笑了。退朝后，王禹玉指出，王安石亟令除去，但王禹玉说："未可轻去，须得歌咏之。"王安石说："何如？"王禹玉说："屡游相须，曾经御览。"意思是说这个虱子屡次游于丞相的胡须上，皇帝曾经观览。

和王安石观点不一致但却比较友好的苏东坡，身上也有虱子。有一次，他和自己得意门生大词人秦少游夜宴，苏东坡忽然从身上扪得虱子一匹，于是说："此垢腻所变也。"秦少游反驳说："不然，棉絮所成也。"二人争论未决，于是决定找博学的佛印禅师一决胜负。负者罚请宴一席。宴刚散，秦少游便去找到佛印开后门，说："明日若问，可答虱生自棉絮，我请你吃食馎饦。"东坡也想，万一输给学生，不太好看，也去找佛印。这时，少游刚走，他说："明日若问，答以垢腻所变，我请你吃冷陶槐叶饼。"佛印都答应了。次日二人到佛印处，都在想自己必胜，谁知佛印说："此易晓耳，乃垢腻为身，絮毛为脚。先吃冷陶，后吃馎饦。"然后三人哈哈大笑。

明代大画家、大戏曲家、大诗人、大书法家徐渭家贫，大概身上有虱，他在题字和印章上都有"青山扪虱"，但我的《徐渭》大画集被学生借去，一时找不到具体的出处。但肯定有。

（补记：徐渭"青山扪虱"印有二，其一见云南省博物馆藏《花卉卷》

上，其二见中国国家博物馆藏《花卉人物卷》上）

清初的大画家戴本孝字务旃，号鹰阿山樵。曾参加抗清斗争，失败后，拒绝做清朝的官，较贫困。康熙七年，他去游华山，途中同傅山樵、王士祯等人一晤，王士祯写了《送戴务旃游华山》一诗云：

扪虱雄谈事等闲，余情盘礴写屠颜。
洛阳货畚无人识，五月骑驴入华山。

看来戴本孝也是扪虱而谈的。（事与诗皆见陈传席《中国山水画史》第870页。）

《古今谭概·巧言部》记："张磊塘善清言。一日赴徐文贞公席，食鲳鱼、鳇鱼。庖人误不置醋。张云：'仓皇失措'（与'鲳鳇'谐音）。文贞公从腰间扪得一虱，经齿毙之，血溅齿上，张云：'大率类此'（与'大虱来此'谐音）。"文贞听后很开心。

近代虱子就更多了。鲁迅说阿Q"看见王胡在那里赤着膊捉虱子，……阿Q也脱下破夹袄来……许多工夫，只捉到三四个。他看那王胡，却是一个又一个，两个又三个，只放在嘴里毕毕剥剥地响"。阿Q和王胡身上多虱是很有名的。这在鲁迅《阿Q正传》里都记得很详细。

1936年，陈毅领导一支军队在南方坚持游击战争，经常露天睡觉，树林中采野果充饥，身上虱子当然很多。他写了一首《野营》诗：

恶风暴雨住无家，日日野营转战车。
冷食充肠消永昼，禁声扪虱对山花。[1]

---

1. 陈毅：《陈毅诗选·野营》，人民文学出版社，1977年，第11页。

《春山幽居图》

泰山幽谷圖

玄青龍戏千年坡百萬雄旗切具等
歸去又营雲雜埃月寒尔之照起之珠
三十七月呆溪雲龍山峨作持十盏〇 陳儀席

本来十分苦难的生活，经陈毅一写，倒也十分潇洒，对着山花捉虱子，真是苦中有乐啊。陈毅任过新四军军长，后来任第三野战军司令员兼政治委员，1955年被授予元帅军衔。后任国务院副总理兼外交部部长。他当上元帅和副总理之后，估计身上不会再有虱子了。

说虱子一般只咬穷人，富人、干干净净的人它就很少光顾，其实也不尽然。梁思成的夫人林徽因是一代才女，又是一代美女，生于富裕之家，又到国外留过学，1936年她给梁思成写信说："……整天被跳蚤咬得慌，坐在三等火车中又不好意思伸手在身上各处乱抓，结果浑身是包！"[1]林徽因是大家闺秀。被跳蚤咬了，不好意思在人前乱抓，只好忍受。跳蚤和虱子是一类，有跳蚤大概也会有虱子，但林徽因身上是否有虱子，还需考证一下，不能下断论，我只是提供一个线索而已。

著名油画家冯法祀画了一张油画《捉虱子》，画的是很多战士在战壕里把衣服脱下寻捕虱子。我问过作者，他是延安时期的干部、军队画家，他说当时见到很多战士脱下衣服捉虱子，那时候每个人身上都有虱子，一坐下来就捉虱子。冯法祀的《捉虱子》是他众多作品中最杰出的一幅，在中国油画史上也有一定地位。以前的战士们打仗，受尽了苦难，换来了今天的和平，虱子在人身上消失了，但"国虱"又出现了，这可比人身上的虱子问题严重啊。人虱不会造成人的死亡，"国虱"多了，可导致国家的衰亡，不可不慎啊！

---

1. 吴荔明：《梁启超和他的儿女们》，上海人民出版社，1999年。转摘自1999年3月24日《中华读书周报》的文章《刀子嘴豆腐心——外甥女眼中的林徽因》。

北固亭月夜祭长江

乙丑中秋,余下黄山赴京口,友人约聚北固亭。其时朱青生坐尽地主之谊,达立自北京至,黄剑自杭州至,袁舟自西藏至,绍青自西安至,徐宏自上海至……四方豪杰,八表名士,推余为盟首,共乐中秋之夜。余立江浒悬崖之上,江水扑岸,訇然有声。朱青生携古井名酒,余接而捧举过首,告天,复倾而洒祭长江,众人齐歌"大江东去,浪淘尽,千古风流人物……"其声雄壮,响遏行云。而后,众畅饮,掷瓶于江,祭毕,复回北固亭。

北固亭为汉末刘备赴孙吴居处,传云刘娶孙权妹于此,北宋乃米芾居所;南宋辛弃疾尝登此"京口北固亭怀古",唱《永遇乐》:"千古江山,英雄无觅孙仲谋处……"今之亭乃明代遗物。柱上有联,惜不甚佳。旁有古碑,月光之下,不易辨认。

余约众杂坐亭中,各出诗文、奇句,或编新、或述古,务使新异。众声杂然,各赋词、联句,兴尽而去。

而后,余赴美考察任职,青生赴德留学,绍青去法定居,徐宏之加谋事,同学东西各有天。而今,唯余一人返国。再游旧地,思当时之盛会,念今日之冷落,感慨系之,凄然泪下。浮生如梦,为欢几何,嗟夫!

《隔水山高》

溪山雨霁 清溪日暮柳珠去 山塔傍有云 闲看年月自有苍茫之趣 又闲云鸥鸟群听传席

《苍茫云海间》

高处、低处、远处
——马来西亚原始森林探险记

站在高处的人看低处的人,很渺小;

站在低处的人看高处的人,也很渺小。

但从低处到高处,可不容易啊。峰高无坦途,途中险恶,攀、援、跪、爬,各种手段都必须用,否则到不了高处。

低处好吗?高处好吗?不如立在远处。

作者题记

马来西亚由东马和西马组成,首都吉隆坡在西马,东马比西马面积大得多,而且相隔南海,距离很远,原来都为英国殖民地。英国人临走时,把东马、新加坡等划归马来西亚(西马),后又支持新加坡独立。东马地处婆罗洲岛,由沙捞越、沙巴等州组成。英国人统治这里,带来了英国的制度和英语,而现在,马来西亚的文化很多是华人带来的。华人原占百分之三十,现在只占百分之二十五左右,但经济的百分之八十五掌握在华人手中。

我这次去马来西亚,是应东马的中华书画研究会之邀请,在沙捞越州的首府古晋(Kuching)举办一次画展并作一次学术讲演。其实我主要去玩的，东马的森林覆盖率占百分之六十以上，到处是原始大森林。画展也意想不到地成功，古晋市市长和中国驻马来西亚总领事以及东马的中华书画研究会全体成员都参加了。画展结束后，我便去热带森林区游玩。先是到了马、印边界一个高原山区，游览印度尼西亚群山。这座大山被一位华人购买了，他花了数十亿元建造环山公路，一直通到山巅。我到了接近山巅路尽处，便下车，然后进入原始大森林，大森林连着印度尼西亚，几乎无路可走。我拿着一根大棍，一则为防野兽蛇蟒之类袭击，二则要靠这根棍打开一条道路。森林中当然都是古木巨树，藤蔓荆棘，遮天蔽日，愈往里走，愈觉阴阴森森。一直走到天将黑，我只好出来。这一次探险，虽也看到原始森林的新奇世界，但却无险可记。只是晚上，林中的爽气——清新之风沁人心脾，使人身心舒畅，这是我在其他国家没有享受到的。据说这里的负氧离子是全世界最高的，我也无法考证，姑妄言之，姑妄信之吧。

3天后，我到了达麦（Damai），这里有山有海，各国的游人颇多，但游人只在海边散步或游泳，在山海交接处浏览。山下树林里有很多小木房，主要供情侣们居住。这些游人莫说进入原始大森林的深处，就是进入树林内50米处者也几乎没有。有很多小道似乎通向林内，但只有一二十米，路便没了。游人也只进入一二十米处，便回去了。再向内走，全是荆棘藤蔓，没有大魄力者，不敢作此想。我正探索从哪儿上山，恰好遇到一个土著，他黑黑的，个子不高，能讲一点英语，时时夹杂着马来语。我一面向他打听，一面握拳警惕。因为我早知道，马来土著有猎人头的嗜好，他们把砍来的人头悬挂在帐篷内或房屋的正中处作为炫耀，砍下的人头越多，越能得到好女人的爱，如果你一直砍不到人头，甚至很难娶到老婆。有一段时间，英国殖民者被中国人打败赶跑了，这位中国人进入宫廷，但英国人以五块大洋一个华人人头为代价，鼓励土著猎取华人人头，当时很多华人被土著杀死。所以，我一面向他询问，一面准备和他搏斗。但这个土著对我却十分友好,他带着我向前走,到一个山洞处,他告诉我从这里向上走,走到一个瀑布前必须回来,再向上便无法走,而且会迷路,弄不好,会永远走不出大森林,并问我是否带水和食物。我一面向他致谢,一面感到刚才的猜疑实属不应该。马来的土著现在大多已脱离了野蛮状态。

我临时用树枝制作一根大棍,准备进入山中,这时,有一对外国男女走来,热情地向我打招呼,我便邀他们一起进山,他们欣然同意。似乎有一条路,但好像几年没人走过,或者本来就极少有人走过这条路,因为树叶已堆积很厚,藤萝漫布,已将原有的路封上了。原来的路也绝对无人修过,只是自然走出的,沟沟坎坎。我们时而攀缘绝壁,时而跳跃山涧,时而从荆棘中钻过去,时而从洞穴中爬过来。有时看上去完全没法走了,我双手抱紧藤条,一脚蹬在石壁上,一脚蹬在大树干上,跳蹦蹭蹭而上,上去后,又用棍扫出一条"路"来。然后再帮助那一对男女过来。那位金发女郎倒也十分乐观,她说:"这样才够刺激,我非常喜爱旅游,多次到过你们中国。中国山水比这美得多,但自然风光被人为地破坏太多。这一条路如果在中国,一定又修得整整齐齐的,那就太没意思,又费钱,又大煞风景,我不如在家中爬楼梯。"说后大家一笑。我们走、爬、翻、滚,手脚并用,终于到达瀑布下,这两个外国人居然能背诵李白的诗:"飞流直下三千尺,疑是银河落九天。"虽然结结巴巴,仍使我十分吃惊。

瀑布下有深潭,水清而深,大家忙着拍照,我又从包中拿出笔墨和宣纸本册页,对景画起来,我画了两幅,他们在一旁叫好。

因为浑身是汗,衣服沾在身上,大家都想下水游泳,金发女郎建议我们都裸游。我又从理论上说明裸游的好处,而且在森林里裸体,接触新鲜氧气,叫"森林浴",对皮肤大有好处。他们十分赞同我的意见,女郎说:"我们在水中裸游后,再在森林中裸游。"但当她开始脱衣时,我又忽然害怕起来,或者我的封建思想没完全消除,或者叫传统意识太强,或者说,

《青山远隔红尘路》

青山逵隔紅塵路碧殿深深籠綠樹煙間遁逝此中堪遁跡肯容一榻笑逃禪 陳傳席

思想解放了，行为还没解放。于是我又赶紧制止她："别慌，我们分开吧，分为三路，然后再裸，到后山下再集合。"我说着便夹着画本跑开了，虽然他们还在叫我。

土著反复叮嘱，到了瀑布一定要回来，不可再走。其实，到了瀑布，连五分之一的路程也没走，我为了避见裸女，情急之下，猛地翻过一个大石块，这块大石，虽然没有我们嵩山的启母石大，但也不小。翻过后，便见不到瀑布和她了。果然，上面的路更难走，当然，是根本没有路的。再爬两下，一脚踏进树叶堆里，下面是空的，我想，完了，掉进无底洞中了。幸好，下面悬空不是太深，我拉着藤条又爬上来了。但脚已扭伤了，疼痛不已。开始，我跳涧的惊呼声，摔倒的惊吓声，以及脚扭伤的剧痛叫声，那一对男女都有呼应，他们的叫声，我也呼应。但渐渐地，呼应声便没有了。也许他们还在游泳，也许他们已从瀑布的另一侧上山了，但他们下山的可能性较大。因为上面已无路可走了。总之，我们已经分散了。我更喜爱一人独游，勇往直前，不必呼应后方。

在这种原始大森林中游览，走的机会是很少的，大多是攀、援、抓、爬、蹭、跳，必须手脚并用。文质彬彬是不行的，你必须有点土匪气，手持大棍或刀具，时时准备搏斗。我遇到几次林中"沙、沙"声，可能是大蛇，我做好打的准备。如果毒蛇多，或遇到群狼、虎、豹之类，你斗不过它们，肯定被咬死，那也没有办法，探险就是险嘛。胆小就不要去。幸好，这几次都有惊无险。

累得很，但必须走，太晚了，达不到目的地，更成问题。再往前走，似乎容易一点了，好景能长吗？

呀，糟！前面遇到一个像斧刃一样的尖巅，又像黄山的"鲫鱼背"。鲫鱼背就是上面尖，两面光滑，而且两边都是万丈悬崖。我一向有点恐高症，站在上面，心在抖，弄不好，掉下去，必然粉身碎骨，我只好趴在石背上。但老是趴着，又不能前进，我只好战战兢兢地两手抓地，两膝跪地，慢慢地向前爬。我想到明代的公安派代表袁宏道撰写的《徐文长传》中有："胡公……威震东南，介胄之士，膝行蛇语，不敢举头。"我在深山中，并无胡公，但也必须用膝跪地得像蛇一样爬行，也不敢抬头，说时迟，那时慢啊。但到底还是过去了。

险绝的地方，野兽也比较少，但虫蚁较多，应该小心，但探险本来就险，过分小心，不会出事，但也什么事都干不成。如果不是太饿，无名的野果也尽量不吃，尤其是红艳花果，可能会有毒，对最红最艳的花果，更要小心。但流动的山泉，一般可饮，不会有毒。

遇到很厚的树叶，一定要用棍子捣几下，踏实后再下脚，否则有可能下面便是深渊或者是泥坑。遇到石头，也不要慌跳上去，一定先用脚虚虚地试一试，否则，你一跳上去，石头可能会和你一起滚下去，甚至会丧命。但攀缠在大树上的藤条，一般较可靠，因为这些藤条缠在大树或大石上较稳，抓住藤条便可用力。正因为这些藤条缠在大树上，犹如得势的小人附在大权势者身上一样，抓得死死的，甚至把大树都缠死了，它还会紧紧地扣住不放，很结实。但大树如早已枯死，藤条也会脱落，少量藤条还缠在死树上，也就无力了，它像失势的小人一样，完全无用了，你一拉，它也就垮了，甚至会连累你一起摔倒，所以，要格外小心。

到原始森林中探险，手中最好有一把利刀，到了森林中，你才知道什么叫披荆斩棘，否则你寸步难行。如果无刀，你就必须有一根坚硬的大棍，用它来扫清道路，试探虚实，对付毒蛇禽兽。这根棍是须臾不可离的。

再走一会儿，我饿了，于是便把带去的苹果、奶品等吃下去，又喝了不少泉水，也很累了，但我还得继续前进，因为离山顶还有很远。可是前面遇到一个大山涧，跳是绝对跳不过去，两山之间距离太远。下去也不行。我忽然发现山这边一根大藤条一直攀到对面山上那棵大树上，我真弄不清它是怎么从这边附到山涧对面的大树上去的。现在，要么不向前进，要向前进就只好通过这根藤条，这必须有杂技演员走钢丝的功夫。如前所述，我一向有点恐高症，但现在也顾不得了。开始我很害怕，摇摇晃晃，走到一半，我就不怕了，过了大半时，我还有意识用脚摇了摇藤条，显示我的能力和胆量，当然要十分小心谨慎，一旦掉下去，便没命了。我很容易很顺利地过去了。回首山涧，我不由大叫几声，以释放胸中的惊恐感。声音在山中回响，但没有呼应，那一对男女不知到了何处。我这时也不愿见到他们，因为我是倡导森林浴和裸游的，但我自己却一直不好意思脱光，其实这地方，绝对不会有人看到，但我仍不好意思裸游。如果这时碰到他们，他们质问我，我将如何回答呢？到了山下，我可以欺骗他们说我在森林里一直裸游，"啊！真是舒服。"向前走了一会儿，我想，这样不好，我一向以讲实话闻名的，为什么要欺骗一对外国人呢？如果是，我的精神会不安的。再说我在家中浴室里不也是裸体吗？这里应比浴室、暗室里更可靠，裸吧！一狠心便脱了，衣服早已湿透。这一脱，可真的舒畅啊。大森林中，我虽只穿一层衣，而且都是透气的，但裸和不裸，感觉大不相同啊，我这才真正享受到森林浴的滋味，啊——太美了。我找到一块稍空的地方，坐下去，又起来，舒展一下胴体。人一轻松，便想入非非了。想象真是美好。我想这时候，如果天降一位仙女，最好也是裸体的，再性感一些，啊——，那才真——，怪不得美学家们认为：审美中感觉并不重要，"想象"的愉快才是审美的特征。但想象归想象，如果真的降下一位美女，我肯定会羞得无地自容，赶紧套上衣裤，逃跑了。但想象的那一段时间，太美妙了，现实中是绝对没有的，李义山《楚宫》诗有云："月姊曾逢下彩蟾，倾城消息隔重帘。已闻佩响知腰细，更辨弦声觉指纤。"其实正因为他隔着重帘，没见到那位女子，所以，他才想象她一定像嫦娥（月姊）下凡那样有倾城之貌。他只听到佩玉的响声和弦声，便想象她腰细、指纤。如果真的见到其人，就未必认为她真的如此之美。即使美，也不会超过他想象的美。所以，我在山上的这一段想象之美，只有我自己享受了。

再向上爬，这种美好的想象仍然萦绕在我的头脑中，其他的艰险也就淡化了。途中只有几棵大"兰草"（因为像兰草，姑名之），引起我的注意，其叶和花都和中国的兰草无异，但叶都有几十米长，花大如斗，令人惊叹。长在峭壁上的一棵树，干高不过一米，枝却有二十余米，一直伸向山涧当中有阳光处。还有悬崖上大树旁六株大灵芝，我也冒着危险把它采下来。最美的景又冲淡了我的想象，二者皆减轻了我的倦劳和疼痛。

爬过一个洞穴，再钻过一片巨大的藤萝堆，我用大棍把妨碍我行走的荆藤扫掉，大枝打倒，芳兰也踩在脚下，大踏步地过去了。再走一会儿，我到达了山顶。立在山顶向下看，胜利的喜悦，难以言喻。所有登上高位的人，都有胜利的自矜，都有高尚的自视，但他会忘记了途中的丑态和狼狈。

这一次探险，其实只是途中的险，征服之后，便也觉得平常。倒是很多联想值得回味。

因为时间太晚，下山时更加仓促，从高处下来时，同样又是十分狼狈，但和登山的狼狈不一样。只是走到一个狭小而纵深的山涧中，那股习习吹来的凉风使我留恋。我顾不得天晚，立在那儿享受一会儿。我忽然想起，早在两千多年前，楚襄王携文学侍臣宋玉和景差陪我游兰台时遇到这股风；九百多年前，苏东坡陪我游赤壁时又一遇；这是第三次遇到了，"快哉此风"，我不由重复了楚襄王那句话。然后我把衣服穿好，拼命地向下跑。天黑了，我担心出不了这大森林，但谢天谢地，我还是在黑暗中摸了出来。但直到第二天，我也没有再见到那一对外国男女。

第二天，我又从容地从山下仰望山上，原来站在高处的人，看低处的人都很渺小；其实，站在低处的人，看高处的人，也都很渺小。

但从低处到高处，可不容易呀。峰高无坦途，途中险恶，你必须：

攀、援、抓、蹭、跪、爬等各种手段都用上。手脚并用，攀着藤条，援引树枝，抱着大树，脚蹬石块，跪地蛇行……各种动作，不必计较，凡是能利用的，都要利用。文质彬彬绝对不行，你要准备刀棍，凡是妨碍你的荆藤杂木，还要砍掉、打倒，芳兰挡道，也不得不锄啊。目的就是要上去。唉，不容易。

低处好吗？高处好吗？似乎不如立在远处。你看，我现在就立在远处，不需攀、援，不用抓、蹭，不必跪、爬，无险恶之所阻，无蛇兽之所惊，远观白云，近赏芳草，多么从容，多么悠闲，多么雅致。

天气

十月中旬，我从广东飞到西安，会见了著名作家贾平凹先生，两人谈了天气。平凹当即写了一篇《天气》的文章，我读后，意犹未尽，也写了一篇，题目也叫《天气》。因为我派人认真打听，他这个题目并没有去申请专利，用了不会被罚款，他到法院告状也告不赢，除非他找关系，但找关系又要花费很多金钱和精力，实在划不来，估计他不会干的，孟子曰"君子可欺以其方"，所以，题目就这样定了。

现在我们就按照这个题目谈天气。平凹说"天气就是天意"，其实"天气"是"天意"的一部分。譬如地震，就不全是天气。当然天气是天意的主要部分。有些事，天气不想参与的，可以给你一点自由，但大事小事，天气都会过问，比如你想晒衣被，但天气下起大雨，你就晒不成了。小事且不说，但说大事。希特勒当年以闪电战术横扫欧洲，打败和占有一个国家只几个小时，多则几天，连法国都投降了，他还亲自到了巴黎广场去阅兵。

然后，他进攻苏联，仅仅二十二天，德军就打到莫斯科附近，后来，推进到距莫斯科只有二十四公里处，希特勒已做好了在莫斯科红场阅兵的准备。苏联若是被希特勒打垮了，欧亚拉非便没有他的对手，他在地球

《依旧烟笼十里堤》

依旧烟笼十里堤

陈传席

上称霸便没有问题。谁也管不了希特勒，天气只好出来过问。希特勒算好了在苏联严寒到来之前，全面消灭苏联，谁知这一年严寒史无前例地提前四十天左右到来了，德军忽然被冻死十万多人，坦克和汽车等水箱冻裂，武器也失灵，飞机无法着陆。德军从此走向失败。天气帮助了苏联，苏联胜利了，天气不帮助希特勒，希特勒失败了。

蒙古草原本来是并不强盛的地区，现在经济也不太发达。但在十三世纪后半叶至十四世纪前半叶一百年左右，天气要叫蒙古强盛一回，阳光的照射，风调雨顺达到最佳状态，于是蒙古草原上的水草丰盛，牛羊马等吃了后特别强壮（包括阳光的作用），人也尤其强壮（阳光可以增加人体钙质），力大无穷，一可挡十、敌百，当时天下几乎没有蒙古军队的敌手，蒙古人的铁蹄所到之处，所向披靡，它打到欧洲，打下了亚洲，前锋已到了非洲，要不是在钓鱼岛（水岛）遇到挫折，它真可能打下了全世界。他们的军队所向无敌，其首领成吉思汗被人称为"天之骄子""一代天骄"。后来，天气觉得蒙古人已强大得差不多了，便把最好的阳光移走了，风雨也不太调顺，甚至雨水很少了，蒙古也便衰落了。

国家、地区的强弱，天气要管；朝代的变更，天气要管，我可以再举出一千个例子，作家、画家、收藏家，天气也管得了吗？作家、画家、音乐家、政治家、军事家完全是天气和土壤的结晶。此处暂置而不表。这里仅举一个看上去和天气完全无关的收藏家的例子。明末中国出了很多大收藏家。要成为大收藏家必备三个条件，一是财力，二是眼力，三是名作。你有钱有眼力但买不到名作，也成不了大收藏家。很多大史学家说明末官场腐败，导致农民起义和明朝灭亡。但我要问，为什么明末官场腐败，而早、中期不腐败？原来又是天气要灭明。明末连续十几年干旱和严寒，农业大减产，国家税收也大减。无力支付各级官员的浮费，朝廷给官员的浮费是正式俸禄的十倍左右，去除了浮费，官员手中钱一下子减少太多，于是便受贿，便腐败。天气还不肯罢休，导致朝廷更加贫困，于是便把宫廷中所藏的历代名画、名书法等拿出来出售，这就成就了很多大收藏家。我们看故宫等博物院中所藏名画、名书法上的收藏印，明前期、中期的收藏印都是宫廷收藏印，后期的收藏印大多是私人的。

当年，毛泽东领导人民军队到了延安，延安历年干旱，老百姓贫困得饭都吃不上。蒋介石对延安实行经济封锁，企图困死饿死人民军队，但天气不同意。三十年前我去延安调查，老农说，毛泽东到了延安后，风调雨顺，年年丰收，所以，南泥湾大生产，足以自给自足。可见天气也很重要。蒋介石再强大，又有美国支持，但却强不过天气。

天气是天意，天意是强大的、不可扭转的，你可预知天气，却不可改变天气，逆天而行者，必然灭亡，顺天而行者，必然昌盛，让我们顺天而行吧。

天气续篇

我前时写了《天气》,列举了很多事例,如国家兴衰、朝代兴亡、各种人物的成败,都和天气有关,这说明天气对人类活动的决定作用。发表后,觉得还不够充足,这里再举一些例子。

第二次世界大战后期,意、德都被打败了,只有日本还困兽犹斗,不接受《波茨坦公告》的最后通牒,即拒绝投降。美国人决定在日本投放原子弹,1945年8月6日在日本广岛投放了一枚名叫"小男孩"的原子弹。广岛34万人,被原子弹炸死14万,负伤和失踪双目失明的更多,建筑物几乎都被破坏。原子弹的威力是巨大的。第二枚原子弹叫"胖子"(受丘吉尔形象启发),威力更大,也比"小男孩"更先进。美国人原定计划把"胖子"原子弹投放在小仓,小仓人口更多,建筑物也更多,杀伤力和破坏力会更大。但当美国的飞行员查尔斯·W. 斯威尼把"胖子"运到小仓上空时,忽然浓云密布,下面的雾气更大,看不到目标,飞机在天空绕行达40分钟,浓云仍未散去,城市中的雾气也仍然凝聚着散不开。飞机再要飞下去,汽油就快完了,飞行员不得已,只好驾驶飞机掉转方向,飞向第二目标长崎。当时长崎上空云层密布,云雾中突然出现一个窟窿,城市的目标也清楚,使投弹手可以选择以目视投弹方式投弹。斯威尼只好把"胖子"

投放在长崎，长崎人死亡无数，建筑物遭到巨大破坏。

其实，美国人选择在日本投放原子弹的目标：第一个是小仓，因为小仓是日本最大的兵工厂，还有铁路、车辆厂、机械厂、发电厂等；第二个是广岛，广岛是日本陆军的重要军港，海军护航队的集结点等；第三个是新潟；第四个是京都，并没有选择长崎。

是天气保护了小仓这个城市，保护了小仓人的生命和财产，也是天气使长崎遭了大难。如果不是天气，谁能保护小仓？而且根据天气预报，那天小仓上空不应有浓云，下面也不应有大雾，但当原子弹运到小仓上空时，就忽然出现了浓云和大雾。你说这天气……

第二次世界大战期间，日本军队在中国的北方和苏联军队交战，大概叫诺门罕战役。日本731部队为了迅速战胜苏军，不惜使用细菌战。主将下令把大量的细菌打向苏军，本来风向是向北刮，细菌会自然地流向苏军，谁知细菌刚打出去，风向忽然转了，而且正倒转卷回，且风力也忽然增大，细菌全吹回日军自己阵营，结果本来想迅速取胜的日军，被自己打出去的细菌害了，不战而死人大半，剩下的人全无战斗力。结果，主将被撤职，尔后自杀身亡。

是天气帮助了苏军，也许是天气要朱可夫成功。日军曾在中国境内和苏军开过战，全部打败了苏军。但这次苏军统帅是朱可夫，希特勒进攻苏联，是天气帮助朱可夫打败了德军，这次，天气又帮助了朱可夫，不战而胜了日军。

当然，靠风向取胜的最著名例子是三国时的赤壁之战，杜牧诗："东风不与周郎便，铜雀春深锁二乔。"曹操的军队大大超过周瑜和刘备的联军，周瑜用火攻曹军，东风给予他方便，如果当天无东风，周瑜火攻必败，吴蜀联军必为曹操所灭，曹操在那时便可以统一中国了，以后便不会有三国局面。看来，汉之后的三国时代，也是天气确立的。天气（东风）

《千峰翠色》

千峰翠色，知佛现药山名山见逢源，乙未仲夏生趣峥嵘川小老七顾每画 陈传席于北京

若不出来帮周瑜，历史上也就不会有三国这个时代。

我曾到过湖北武昌西的赤壁，认真观看了当年孙刘联军和北岸的曹军对峙的地形情况。又向当地的气象专家询问，这里隆冬季节会有东风（实为东南风）吗？气象专家回答，历史上仅有一次，即汉献帝建安十三年（公元208年），周瑜火烧赤壁，打败曹操时，其他时间都没有。根据天气规律，隆冬季节只有西北风，不应该有东风或东南风。近现代天气记录中，隆冬季节也没有过东风。我想，曹操是大战略家，他不会不考虑火攻，更不会不考虑风向，他知道这个时候，不会有东风，但偏偏有了东风。天不灭曹，但这次天却帮助了周瑜，败了曹。我当时还口占一诗：

赤壁从来欠东风，
孔明何处祭借之。
三分一统皆天意，
千载何须苦叹思。

其实，汉朝也是天气给的。据《史记·项羽本纪》记载，刘邦等汉军入彭城（徐州），收其货宝美人，日置酒高会。项羽自率3万精军攻入彭城，打破刘邦的汉军，杀汉军10余万人，汉卒皆南走，项羽率楚军又追击至赤壁东睢水上，汉军郤，为楚军所挤杀，汉卒10余万人皆入睢水，睢水为之不流。围刘邦三匝（三周圈），刘邦是无法逃脱的。眼看刘邦将被楚军杀死，"于是大风从西北而起，折木发屋，扬沙石，窈冥昼晦，逢迎楚军。楚军大乱，坏散，而汉王（刘邦）乃得与数十骑遁去。"大风吹得天昏地暗，刘邦才趁机逃跑。如果没有这场黑风，刘邦必被楚军所杀，刘邦一死，也就没有汉朝了。那么，秦以后就是楚了，是这股黑风确立了汉朝。

黑风救了刘邦，两千年后，同样的黑风救了吴培文，保住了顶级文物

"后母戊鼎"。"后母戊鼎"是鼎中最著名的大鼎，制于商代，出土于安阳西北冈，重832.84千克。这个鼎身花纹繁缛，以雪纹为地纹，主体花纹除饕餮纹外，还有夔纹、龙纹、蝉纹、鸟纹、蚕纹、龟纹以及各种几何形纹饰，十分珍贵，现藏中国国家博物馆。据吴培文老人在电视节目中介绍他当年保护这个鼎的经历，日本人侵略中国，1942年到了河南，便找这个鼎，企图抢到日本去。吴培文先是把鼎埋在西屋马棚下，日本兵通过汉奸知道鼎的情况，便去吴家挖，老天保佑这个鼎，不使之落入日本人手中。西屋马棚被日本人误解为西院马棚，他们把西院挖遍，也没挖到。但吴培文意识到，肯定有汉奸配合，明天再来，必会在西屋挖到。他连夜取出这个鼎并运了出去。但次日，正在运鼎的途中，日本兵就追上来了，平原的道路上，完全无法掩藏。吴知道，这次鼎肯定被日本人抢去了，绝对保不住了，他丝毫没有办法。当天天气是万里晴空，而且无风，谁知当日本军到了他跟前时，忽然平地刮起一股黑风，至少有13级，顿时天昏地暗，面对面都看不见人。风沙把所有日本兵的眼睛都迷住了。这些日本兵双手掩面，伏地号叫，等到黑风过去后，早已不见了吴培文和这个后母戊鼎。吴培文说他从小就不迷信，绝不相信鬼神之类。但这一次忽然出现的13级黑风，他至今不可理解。而且，直到他把鼎运走后，风才停。是天气（黑风）保住了这个中国最大最宝贵的鼎。1946年后母戊鼎被运往南京，途中便没有遇到黑风。

太平天国的名将翼王石达开最后在大渡河的灭亡，也因天气。1863年5月，他率20万军队到了四川大渡河边紫打地（今安顺场附近）。他部队的前锋已渡过了大渡河，他只要继续前进，过了河便安然无事了。也许他壮大后灭了清朝，还能做皇帝哩。谁知他的妻子生了儿子，石达开大喜，命令前锋回来，共同庆贺他喜得贵子。这样不但未过河的军队留在河的北岸，已过河的部队又回到河北岸。本来准备庆贺一下便过河继续前进。谁知，前锋部队刚回渡到北岸，老天便猛降倾盆大雨，河水猛涨，仅3天时间，大军便过不了大渡河，而且部队给养也成了问题，结果被赶来的清军消灭了，石达开为了保护部队不被全部屠杀，自投清营，被押往成都杀害。看来，石达开是亡于天气。

人说："天定胜人，人定胜天。"天定的事，人必须遵守顺从，人定了的事，天也没法改变。但天定的是大事，人只能在天定后再依据天意而定一些小事。比如，天定的春、夏、秋、冬，过了秋天，天气便转而寒冷，人无论如何也改变不了，只能顺从而准备过冬的棉衣等。但哪一天是冬至，哪一天是立春，这是人定的，也必须依据天的大意而定。人定后天也无法改变，到了立春那一天，天刮风下雨也好，清明景和也好，还是立春了。可是人定的无碍于天，天定了的便决定人类的命运、社会的命运。

还是好好地顺从天吧。中国人历来是顺从天的，主张"天人合一""胜物而不伤"，和大自然和睦相处。而西方人却要抗天、破坏天、改变天，制造出什么原子弹、氢弹等足以毁灭地球的武器；又制造出各种化学药物，治病也致病。本来田地里长庄稼，自然而然，却制造出各种化肥、农药、催化剂等，增产了，也毒害了人。现在又搞什么转基因，凡是抗拒天，不顺应天的，天早晚都会报复他们。

我经常说：中国的哲学能救世界，所以我们还要保护宣传中国的哲学。全世界如果都按中国人的哲学办，和大自然和睦相处，不要制造出违反大自然的武器和药物，一切顺应自然，世界就会更美好。

观看现代书法表演

一看

"啪",猛地一下,一个大墨点落纸,气势非凡。纸早已铺在地上,一个被人称为现代书法名家或大家的人,又把大笔放进桶里。我问:"这是什么?"有人说:"点子,一点一画的点。"

"噢,点子。"我明白了。

书法家把笔在桶里摇了摇,其实是蘸墨。然后"呼"地举起,"叭",又恶狠狠地砍下去,接着"唰、唰、唰",又连续刷了几道,如风掣电闪。我问:"这是什么?""这是线条,你看吧。""噢,线条。"有点像。

"哗、哗、哗",他用碗泼了起来,黑雾顿起,汁溅满地,真是毫不举而墨飞。我吓得跳了起来,赶紧逃跑,跑到门口,又被人叫回,说:"这是泼墨,马上结束,你不要害怕。""衣服要是被墨点溅脏了,我们帮你洗。"我惊魂未定,又被几位男士和女士拉了回来。因为要拍照,需要我们观看以壮声威,还要鼓掌。

好在这位书法家已把大碗墨汁收将起来了,又抽出几支长锋羊毫笔,左右手各一。一位女士挽住我的胳膊,拍拍我,连说:"不怕,不怕。"

我看到羊毫笔,也就不大怕了。只见他左右开弓,用笔在纸上东戳西

《十载半生七言联》

十載狂名驚俗世

半生冷眼對庸官

陳傳席撰并書

扫。因为我前面有几位小姐挡住，大概是为了保护我，我已毫无惧色，继续观看下去。

激烈的部分已过，下面趋于缓和，这位有研究的女士告诉我："这叫节奏，像音乐一样，有高有低，有快有慢。艺术必须有节奏。""好的，节奏。"我附和着。

越来越慢了，女士告诉我："这叫小心收拾。""噢！小心收拾……胡适说，大胆假设，小心求证。是不是这个意思？""是的，是的，你真是大学问家。"啊，我一句话，而且是重复胡适的话，就成为大学问家，这大学问家也蛮好当的。

最后用行书落了款，这款字写得倒不怎么样的。书法家把笔"叭"地扔在地上，然后去休息了。一位小姐帮他把笔捡起，另一位漂亮的小姐帮他钤了印章。

"结束了吗？"我问。

"结束啦。"有人回答。

"这是什么字？"

"现代书法，不一定要写具体的字，要打破传统汉字的约束，你看了好就行。"

"像是个'泼'字。"

"不是，像……"

大家猜了好久，也没有明确的结论。

我到现在也不知那是什么字。但那气势，那杀、砍、刷、扫、戳的节奏，以及抿着嘴、猫着腰、小心收拾的神态，给我留下很深的印象。

二看

大厅里铺着一张丈六尺或可能更大的宣纸，大家围在宣纸的左右前三面，等待主角出场。等了好久，音乐响起，像大将出台的"急急风"，身旁人告诉我，这不是京剧，是西洋音乐。话未落音，对面幕帘拉开，一员大将，大吼一声，跳跃而出，手持方天画戟，直刺过来。一位女士告诉我，那不是吕布用的方天画戟，是拖把。"拖地打扫卫生的拖把吗？""是的。"

我以为他要翻跟斗，赶紧把身子闪开，想象那跟斗跃上空中，落下来，连翻几个，弄不好，便会跃到我的身上。结果他没有翻。我说："梅兰芳演《洛神》，出场时是背对观众，缓缓退到台前，观众老是看不到他（她）的美丽面容，正在大家干着急时，他把扇子一摆，忽地转过身来……"大家笑了，说："我们这里不是演戏，也不是武打，是表演现代书法。""噢，是书法？！怪不得地上铺起巨大的宣纸。""那拖把就是笔，那提桶里不是水，是墨汁。"身旁一位男士说："这拖把也能当笔？！"

说时迟，那时快，只见这位书法家从桶里忽地举起拖把，"哗！"猛地砸下，墨汁四溅崩起，墨痕四周皆是大大小小的墨点，像天女撒下的黑花。然后，他又挥动双臂，拖把上下左右翻起、滚动。大家正看得眼花缭乱，他把拖把"呼"地扔出，然后提起墨汁桶，"哗，哗"，连泼带倒，满纸乌云，然后又提起拖把，东蘸西点，捣捣戳戳，然后又是一声狂吼，身子一扭，把墨汁拖把扔出老远，然后双手叉腰，一个亮相，我才注意到他留有飘飘长发，大黑胡子，确实有点派头。

一位小姐，递上一支长锋狼毫笔，这位书法家走到大宣纸的一角未有墨汁处，用行楷落了款，这行楷也写得不怎么样，好像没有临过碑帖，功夫更谈不上。

然后就是音乐，助手拖来吹风机，插上电源，再吹干纸上的墨汁。

这个字，我也不认识。问他的助手，回答是："不必是具体的字，像鸟叫一样，你听得懂吗？只要好听就行。"

据说，这是惊世杰作，可能要卖上千万元。但中国人不大识货，要等外国人先买去，象征性给一点钱，甚至不给钱，而且要买去一大批，再由外国人说："这书法好啊！好得不得了啊。代表世界书法的方向啊。"然后再三千万、五千万一幅卖给中国人。这几亿元便落到外国人腰包，这"惊世杰作"又回到中国。

估计是三赢：一是，书法家出了名，可能要载入史册；二是，外国人赚了钱；三是，中国人收藏了"惊世杰作"。可能还要政府拨土地，盖美术馆，又创造了就业机会。其实是四赢。真是妙。

再看现代书法表演

三看

这一次比前两次更精彩，更新颖，更吸引观者，摄像机排了很多，看的人也更多。

音乐声起，书法家和一位金发碧眼的西洋美女同时登场，并没有大吼一声，也没有腾挪跳跃，十分文雅。但观者已惊得目瞪口呆，都瞪大眼睛在观看，不敢眨眼睛。原来那洋美女是裸体的，美啊，世界上没有比裸体的美女再美的了，西洋诗中说美女的眼睛像什么，胸脯、乳房像什么，大腿像什么，全是扯淡，什么也没有美女本身美。杜甫《壮游》说"越女天下白"，恐怕还白不过这位洋美女，《丽人行》又说"肌理细腻骨肉匀"，眼前的美人真是"肌理细腻"且又"骨肉均匀"，那曲线美，那凹凸的节奏美。杨贵妃美，有人说超过西施，但也没留下照片，无法比较。我画牡丹，题"玉环去后千年恨，留与东风作梦看"，也是很抽象的，如是而已。老是看美女也不好意思，就看了看书法家，其实书法家才是主角。书法家并没有留长头发，也没有大胡子，也十分传统、十分文静，穿的是中国传统服装，软纽扣，灰黄色，不花哨，手中握的也是传统的毛笔。我想象，这一次应该是写传统的书法了，但裸体美女跟来干什么呢？

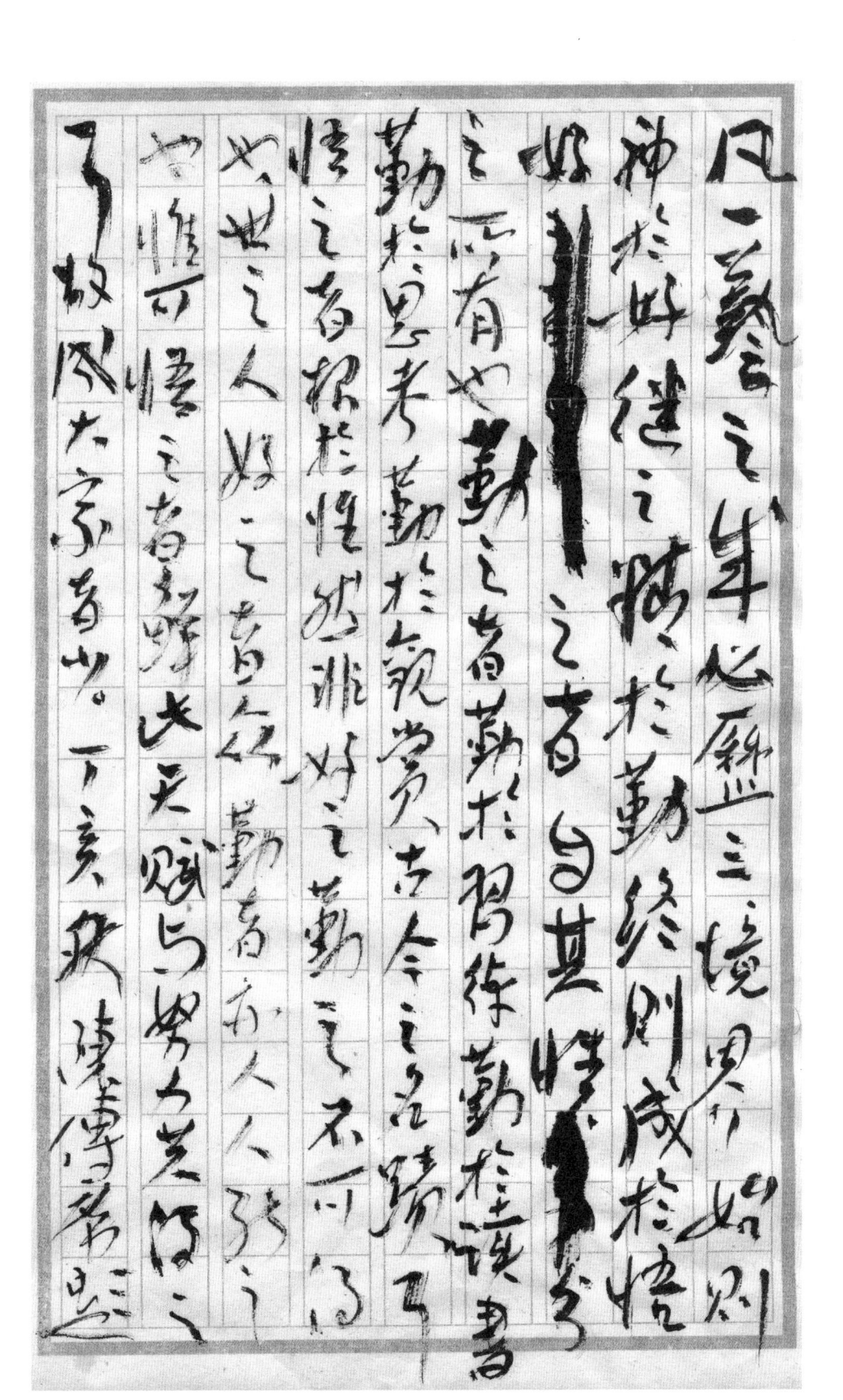

凡一藝之學必歷三境界：始則神於好，繼之賊於勤，終則成於悟。好之者不如樂之，勤之者勤於習練、勤於讀書、勤於思考、勤於鑒賞，古今之名蹟。悟之者根於性，然非好之勤之不可得也。世之人好之勤者不少，而能悟者不多。此天賦與努力焉。故風大家不多也。丁亥夾鍾陳傳席題

随着音乐声起，书法家把脸转过去，背对裸女，右手操笔墨在裸女身上写字，左手做辅助动作。我看不清写什么字，但那执笔做提按、疾徐、上下、左右的动作，已知他是写传统的汉字。他时而弓着腿，时而蹲下，时而跃起，动作并不激烈，但时时变化。那裸女一会儿前倾，一会儿后仰，一会儿转身，一会儿扭体，时蹲时立，时而跳舞，动作也十分美。后来有人提示我，那美女和书法家的动作是互相配合的，书法家转脸在背后写字，他不知道他的笔会写在什么地方，美女跃起转扭把身体对着毛笔，书法家第一笔可能写在她的脸上，第二笔就可能落到她的胸上，第三笔可能在她的大腿上，第四笔可能在她的背上，第五笔可能在她的屁股上……书法家只管在背后写，一笔一画，因为落在哪里他不知道，但美女要有点意识，不能让笔墨全落在肚子上或大腿上，要保证，浑身任何一处都有墨笔即汉字的笔画。比如书法家写了几笔全落在她的胸脯上，下面她就再向上跳起，让笔画落在她的肚上；书法家手低了，她又要蹲下，让笔画落在脑门上；有时又要抬起大腿，把脚伸出，让笔画落在小腿肚上或脚上；前面写多了，又要转身，让笔画落在背部；书法家新蘸一笔饱满的墨水，她又撅起屁股，让这大笔墨突出在屁股上。当笔快干时，美女会显示自己大腿的内侧，让干笔落在这里；眼睛、鼻孔，也不能让太湿的墨落上，否则会把眼睛染黑了，或吸入鼻内。而且，老是写在一个地方，则太密，只写一两笔，又太疏，也不能太平均，那样会缺少节奏感。比如写"客"字，第一点，可能落在美女肚皮上，第二点可能落在她的乳头上，第三笔开始会在其胸上，末尾就可能在肋下，第四笔可能在背后，那一撇可从屁股拉到大腿，那个"口"可能一竖在额上，一竖一钩可能在大腿上的内侧到外侧，最后一横可能在脚底。再写"愁"字，第一撇可能落在上一字的一撇中，或者在一钩外，第二横可能落在肚子的空白处，后来的撇点竖，或者让之落在背上，她也可能不太转体，而是晃了晃，让笔画变得有颤抖感或变成锯齿状。

我听后，再对照女人身上的笔画，大为解颐。

如是看来，不是书法家为主，美女为次，二人皆为主。书法家负责写，美女决定笔画的上下、疏密等分布。如果书法家想写一短横，但落到美女身上，她迅速转动，这一横就可能变长。反之，也可以叫长横变短。美女要躲开，这一笔也就空了。美女不是被动，也是主动的。

书写停止了，书法家并不是把笔扔出很远，而是很文雅地放下。然后端来一盆清水，用手蘸水在美女身上清洗，美女基本不动，书法家用手在美女身上把字全部清洗掉，从额、鼻、颊、嘴到脖子、胸脯、肚皮、大腿，一一清洗，洗得基本干净为止。

据专家研究，这种书法意义十分重大，超越前古，开拓未来，更重要的是合乎一种什么哲学大道理以及人类学、宇宙学的大道理。

因为王羲之、王献之、颜真卿、苏东坡等大书法家，都是一个男人在写，缺少阴阳气。人类由男女而繁衍，一个男人或一个女人不可能产生后代，天地有阴阳，动物有雌雄，连植物也有雌雄，雷电也因阴阳相撞而产生，所以，一个男人写字是不符合哲学和人类规律的。现在由男女配合书写，才符合哲学。而且，男女皆十分自由，不受约束，自由也是人类的规律。汉字的一横在肚上，一点在乳房上，一竖在大腿上，这就突破了汉字的结构，像"二王"、欧、颜、柳、赵的字太陈旧，一看就知道是什么字，没有艺术感。现在这个汉字的本来规律被打破了，不需你看得懂，这是历史性的突破。

为什么又清洗掉呢？清洗时男女身体直接接触，阴阳更直接中和。而且，人有生必有死，地球也如此，字写了也必须清掉，从生到亡是一个全过程。像颜真卿的《祭侄稿》从出现到现在，一直未死亡，这是违反宇宙规律的。

当然这都是专家研究的理论，现在很多学者呼吁国际上著名大学要建立对这种书法（有男有女共同完成）的深刻细微的研究。

四看

我看书协、美协都有问题,应该成立一个书法绘画表演委员会,表演系也应该有书画表演专业,前面说的那个书法家握笔跳出,我以为他会翻筋斗。旁边人告诉我,他是想翻筋斗,可惜他缺少基本功,不会翻。据说摇滚音乐就因为歌手会翻筋斗而价增十倍、二十倍,那么,表演系、舞蹈系有责任培养出书法表演家这方面的基本功。

但这类书法家到底应该属于书法协会,还是舞蹈协会或表演协会呢?应该属于边缘科学。反正得好好研究,然后再定。先成立一个研究协会,派人出国留学,弄一个博士学位回来再说。什么博士呢?又是问题,又要研究……

英国的国际艺术节（上）

2007年7月，我应邀去英国的牛津，参加Art in Action的国际艺术活动。Art in Action的本意是"艺术在进行中"或"进行中的艺术"，我把它译为"现场艺术"。活动起于民间，主要由牛津大学毕业的一批基督教徒出资筹办。中国的民间办学力量敌不过政府办学，但欧美的民间办学力量大多胜过政府办学，比如最有名的大学哈佛、耶鲁、普林斯顿等全是私立的，最有名的博物馆也是私立的，国立博物馆反而赶不上它们。"现场艺术"就是要在现场进行艺术创作，使观者可以亲眼见到艺术家的创作过程。

发起这场艺术活动的一批人是为英国着想的。丹纳曾批评英国只出大兵，不出艺术家。原来英国在工业革命成功后，其工业产品在军队（大兵）的支持下，几乎畅销全世界。大机器生产渐渐替代了手工业生产，手工业产品几乎在英国绝迹。艺术作品其实也属于手工业产品，英国的艺术本来就没有像意大利和法国那样辉煌的历史，现在就更加暗淡。而且这批为英国着想的人士看到手工业生产的优势和好处，乃是大机器生产所无法替代的，他们希望英国人能重视手工的作用。于是便出资邀请世界各国的著名艺术家，携带作品和创作用具、材料，到英国的牛津从事现场艺术创作，让英国人看看这些艺术家的惊人技巧，希望能引起英国人的兴趣和重视，

《边境小景》

边境小景 陈传席

以期发展英国的手工和艺术。同时英国人如对艺术家的作品感兴趣，也可以现场购买。主办方并不为赚钱，但也不希望过多地赔钱，因为各国艺术家飞到牛津，来回路费（飞机票）、在牛津食宿活动经费都由主办方出，所以，艺术家的作品如能出售，他们便从中抽取百分之十或百分之十五。如果赚了钱，他们便捐献给慈善事业；当然如果赔钱，便只好自己出了。这样的活动已举办了27届。因为影响巨大，活动期间，不仅世界各国的艺术家受邀请而来，欧美日澳等世界各地的好事者（收藏家等）也飞来观赏并选购艺术品，甚至会向艺术家大批订货。

　　英方委托我和石莉每年组织一批中国艺术家携带作品赴英，这是第二次了，但这一次很不顺利。先是我们请的艺术家不配合，订好的飞机票取消，再订票，直飞英国的飞机已无，只好先飞到Dubai（迪拜），在Dubai停留后再飞牛津。到了牛津，英方招待殷勤，安排得很好。英国人的浪漫颇令我们艳羡。每年活动都安排在大草坪上，广大的草坪近于大草原，间有大树，他们撑起专门制作的巨大帐篷，一个国家一个大帐篷，高五六米，大约2000平方米一个。小国家人少的也有1000或600平方米大小。空气新鲜，阳光明媚，风景秀丽，与在美术馆中大异其趣，再说世界各国来了那么多艺术家，也不可能有那么大的美术馆啊。中国的篷子较大，因为韩国、新加坡也附在中国艺术篷之中。中国篷附近有印度篷，印度附近几个小国家的艺术品也附在印度篷中……展品挂好（布置好）之后，每一位艺术家又有一个放置案椅的场所，可以在里面画画或雕塑等。可是天公不作美，开幕前一天及整个活动期间，大雨瓢泼，英国遭遇历史上少见的大雨灾，飞机停飞，火车停开，连汽车也开不进。我想，这次完了。但出乎意料，开幕那天以及其后几天，人山人海，各帐篷中人拥挤不堪。英国人很有兴趣来观看艺术作品，有很多妇女还带着孩子来看。如果在中国，遇到这种天气，可能会空无一人。但看的多，买的少。那位刺绣艺术家卖了几十万元，一位摄影家卖了不少。我的大画一幅未卖，但小画卖了不少，因为小画便宜。开始我的画价很高，大约1.8万元每平尺，他们都吓坏了。我自己主要是来看看玩玩，卖不卖无所谓，但一幅不卖，对不起主办方，所以只好忍痛降价。当然卖钱多少，主办方并不知道，全靠自觉，我也按规定如数交给主办方，似乎还多给他们不少。但是大多数艺术家几乎一幅未卖。主办方告诉我们，主要是大雨，来看画的人皆是一般观众和当地及伦敦的艺术家，收藏家和国外画廊因大雨所阻，一个也没来，这次收入连以前的百分之十都不到。这场大雨对艺术家和主办方造成了巨大的损失。我当时只说："人有千算，天只一算。"

来和我们交谈的艺术家很多，其中有很多学中国画的英国艺术家，年龄都在50岁上下，又以女性居多。她们不大懂中文，也不会讲汉语，但对中国画十分了解。事后她们邀请我们去她们的家中做客，她们也到中国店中去买宣纸、中国毛笔和颜料，她们画的中国画也别有味道，而且她们是靠卖画为生的。她们只说"中国画"，而不说"水墨画"，并且说是"非常喜爱中国画才学中国画的"。我说："中国人当有很多人大声疾呼，要改中国画叫水墨画，因为人家英国画不叫英国画、法国画不叫法国画……我们为什么叫中国画？"她们立即说："我们叫中国画，而且法国人、意大利人、荷兰人，差不多欧洲艺术家都叫中国画，不叫水墨画……"我们当时就愣住了，为什么外国人都叫"中国画"，而我们中国人却反对叫"中国画"呢？因为人家不叫英国画、法国画，就要去讨好别人，这太——（待续）

英国的国际艺术节（下）

英国国际艺术节的主办者是为英国人着想，所以想得很周到，每个帐篷中都有很多讲座，讲授艺术的知识和技法。主办方给予讲演者很高的讲演费。他们看到我的简历中有"文学博士"一项，便请我吟诗，并请一位英国诗人（对中国诗颇有研究）配合我。按时讲演，这位英国诗人开讲时，台下空无一人，我想："这讲给鬼听的。"但他照讲不误。过了一会，便有人来听。我吟诗时，台下来了很多人，我建议再延长时间，但时间到了，他马上停止。每天如此。如果在中国，本来已赔了钱，又无太多人听，又要付讲演费，大可临时取消，但英国人没有。

讲演结束，我们便在各自的地盘上从事艺术创作，回答观众的提问，或卖画。

借吃中午饭之机，去看了"Best of Best"（最好中之最好）。这是一个大帐篷，主办方要求每一个艺术家挑一件自己最满意的作品布置在其间，一般的工艺品便不放了。这里的作品销售得多且价昂，有很多有钱人没空来，便委托代理人到"Best of Best"中选幅画或雕塑。

我又抽空到其他国家帐篷中观看，因为雨太大，英国人穿长靴来的，我穿的皮鞋早已湿透，大草坪几乎被破坏光。我看到写实的画家尚可卖一点，抽象的画几乎卖不掉一幅。工艺品艺术性较高的也较好卖（必须当场制作）。我十分感兴趣的是一位非洲黑人艺术家，他带来的黑石头，用刀和凿子几下便打出一个美少女的形象，高度概括，艺术水平非常了得。我以前只认为黑人是凭着质朴无意识地"创作"，谁知他们对艺术是非常内行的。我几次想掏钱购买其中三件，但考虑太重不易携带而止，至今仍念念不忘。主办人告诉我，他们每年都从主办的经费中拿钱购买这位黑人艺术家的几件作品留作收藏。这位黑人艺术家在非洲也十分有名。我们帐篷里那位漂亮的韩国女艺术家的玻璃工艺品一件也没卖掉，她的英语也很好，但向她请教的人也不多。

我总结一下，艺术性太高的艺术品英国的一般观众未必能理解，但虽然漂亮而艺术性不高的作品，英国人更是不买，甚至也不大看。因为大雨阻隔，画廊和收藏家都没来，艺术性较高的艺术品也许在他们那里可以销出。

最使我难忘的是他们为活动举行的仪式。一般说来，中国的艺术活动，开始一定有一个开幕式，开幕式举行过，才放开让人看。开幕式一定要有很多官儿上台讲很多话，其实并没有人听，但还是要讲。英国这次活动，也有一个形式，但不是在开幕之前，而是在活动进行几天之后。我经常在电影和小说中看到英国人的浪漫，那一次却是亲历。会议是在另一个大花园中的草坪上开的，嫩绿的大草坪，怒放的各种鲜花，大树，水池，环境够优美幽雅的了。草坪上本有大圆桌和条凳椅，主人放上很多汽水、酒、点心。美丽的女士穿着漂亮的服装，男士也穿讲究的西服，当然艺术家因来自各国，也有穿着随便的。因为下着小雨，女士们大多撑着洋伞，更增加了浪漫的气氛。大家三五成群，互相交流，说笑。我在美国生活过，美国人爽快、热烈、直接，而英国人似乎文雅、轻缓、内向，更显得文质彬彬。主人对"度"的掌握很好，大家交流得差不多时，他出来宣布："再过十分钟，请大家进入宴会厅。"于是大家开始放下杯盘，招呼朋友，然后

《巍巍长城》

巍巍长城
陈传席

陆陆续续离开大花园，进入大会堂（草坪上的大帐篷）。帐篷的主席台上有几个电灯，其余地方不再有电灯，每张桌上当中竖有很高的花篮，上有大烛台，放几根大蜡烛，每一桌形式皆不相同。大概分出几个区，每一个桌上坐哪些人都有姓名。每一桌都有男有女，我的桌上坐有好几个国家的男女，一面吃酒碰杯，一面交谈、唱歌，浪漫极了。

主持人上台。我根据中国会议的惯例，猜测大约要一小时，至少也要半小时吧，而且很多官儿也要陆续上台亮相训话吧。谁知他只讲一分钟话便结束了：

Thank God！（感谢上帝）

Thank all the artists for your presence.（感谢各国艺术家的光临）

The banquet will now begin.（宴会现在开始）

Cheers！（干杯）

就这么简单。其实也就够了。然后大家继续交谈，饮酒，碰杯，其乐融融。宴会举行大半，主席台灯光又亮了，并没有人去宣布节目开始，大家目光又投向台上，有韩国人登台表演扇舞，又有著名的黑人歌唱家上台弹唱……

到了结束的时间，收画，收桌椅、帐篷等。英国人连一根图钉、一个卡片都绝对不浪费。他们要一一收好，以备明年再用。

几天相处，大家都恋恋不舍，快分别了，"挥手长劳劳，相别何依依"。活动结束后，主办人把我们接到他家中居住。这里是伦敦郊区，是徐志摩诗中经常提到的地方，果然十分美丽，幽美而静谧。次日，几位在活动中结识的英国女艺术家来接我们去旅游，泰晤士河、大英博物馆、国家画廊、议会大厦、大剧院……都是十分有名的地方。各种美术馆最多，差不多每一个大地铁口就有一个美术馆，都不收费，且各有特色。大的美术馆如国家画廊等中的画大都在印刷品中看过，小的美术馆中有特色的画很少见过，观看似乎更有收获。

Art in Action 以后要继续办下去，但我们要带哪些艺术家和作品去才合适呢？颇费脑筋。

巧遇

"人生何处不相逢",这诗不知是谁写的,这次又应验。我应邀到马来西亚做马来亚大学教授,我的学生在澳门莲花美术馆办画展,主办方要求我去为画展剪彩,并做一简短讲演。我到国外主要是想静一静,躲掉俗务,所以开始坚决不同意去,但我的学生三讲两讲,我糊里糊涂地就飞去了,谁知这天,贾平凹也从西安飞到澳门,这也真太巧了。平凹知道我在澳门,便说:"那一定得见面。"决定晚上来看我。

以前,我每次去西安,业界朋友虽然很多,但每次都是平凹接待我。这次,我要好好招待他一次。但到了晚上,平凹那边因邀请方说不方便外出,由陕西籍的澳门《艺文杂志》的社长兼总编辑阿平驾车来接我。一见面,平凹便说:"十几年了,你还是老样子,一点未变。"我说:"你比十几年前还精神些。"他说:"以前有病,现在好了。"然后大家都说,真是巧遇,真意想不到能在澳门见面,我当时想起宋朝戴复古《湘中遇翁灵舒》诗:"天台山与雁山邻,只隔中间一片云。一片云边不相识,三千里外却逢君。"戴复古和诗人翁灵舒都住在浙江一个地区,只隔一个山壑,互相闻名,却从未见面,后来却在三千里外的湖南巧遇了。所以写了上面那首诗。我和平凹这次应该是"三万里外却逢君"了(如果没有三万里,读者也不要去报案，公安局也不要来逮我们，我只是估计，反正也不止三千里)。

和平凹寒暄一阵之后，他说他正在写一个长篇，所以很紧张。我说我正在写一本《天才论》，很多人认为当作家、当画家太辛苦，写、画天天弄到半夜。其实，作家写作，画家画画，乃是一种享受，写到半夜就享受到半夜，不但不苦，且其乐无穷。战争是十分残酷的，动辄便死伤几万、十几万人，但对于军事家来说，也是十分好玩的，蒋介石追求宋美龄时说，他带兵作战，叱咤自喜。袁世凯给他妹妹写信说：此时带兵打仗，也没什么趣味，还是秋后再打吧。你看他打仗是为了有趣味。平凹说："那是了，写作要苦，谁还写？不写才痛苦哩。越写越有趣味。怎么会痛苦。"我的经验，我每天写到下半夜两三点才睡，别人说我太辛苦了，其实我一写作就兴奋，就享受，不想睡，现在年龄大了，想早睡，但习惯了，早睡睡不着。现在痛苦的就是社会上俗务太多，没时间写作和画画。当然，我不是天才，像巴尔扎克每写作到天亮，他也是享受到天亮啊。凡写作、画画，一感到苦，他肯定成不了作家、画家，平凹非常赞同我的意见。

然后平凹问我："你写书，不修改吧，一遍成功吧。"我说："是，谁还修改呢？我写的《中国山水画史》83万字，也是一遍成功，一个字也不改。我写散文、小说、批评文、评论文，更是一遍成功，从来不改。"我又问他，写小说改不改，他说："年轻时一遍成功，不改，现在老了，有时改一点。"其实我写诗，除少数口占，大多是要修改的，因为我方言很重，平仄音和韵脚一定要对照官修的韵书，校改一下才敢拿出去，写散文就不必了。有时书后注，写于某地，修改于某地，也是骗人的，也是为了表示自己写作很认真，又写又改，实际上是在某地没写完，到某地又继续写而已。写作时是一种乐趣，修改还有什么乐趣。不过，年龄大了，错误就多了，可能要修改了。但修改的是错字，不会是思想和内容。

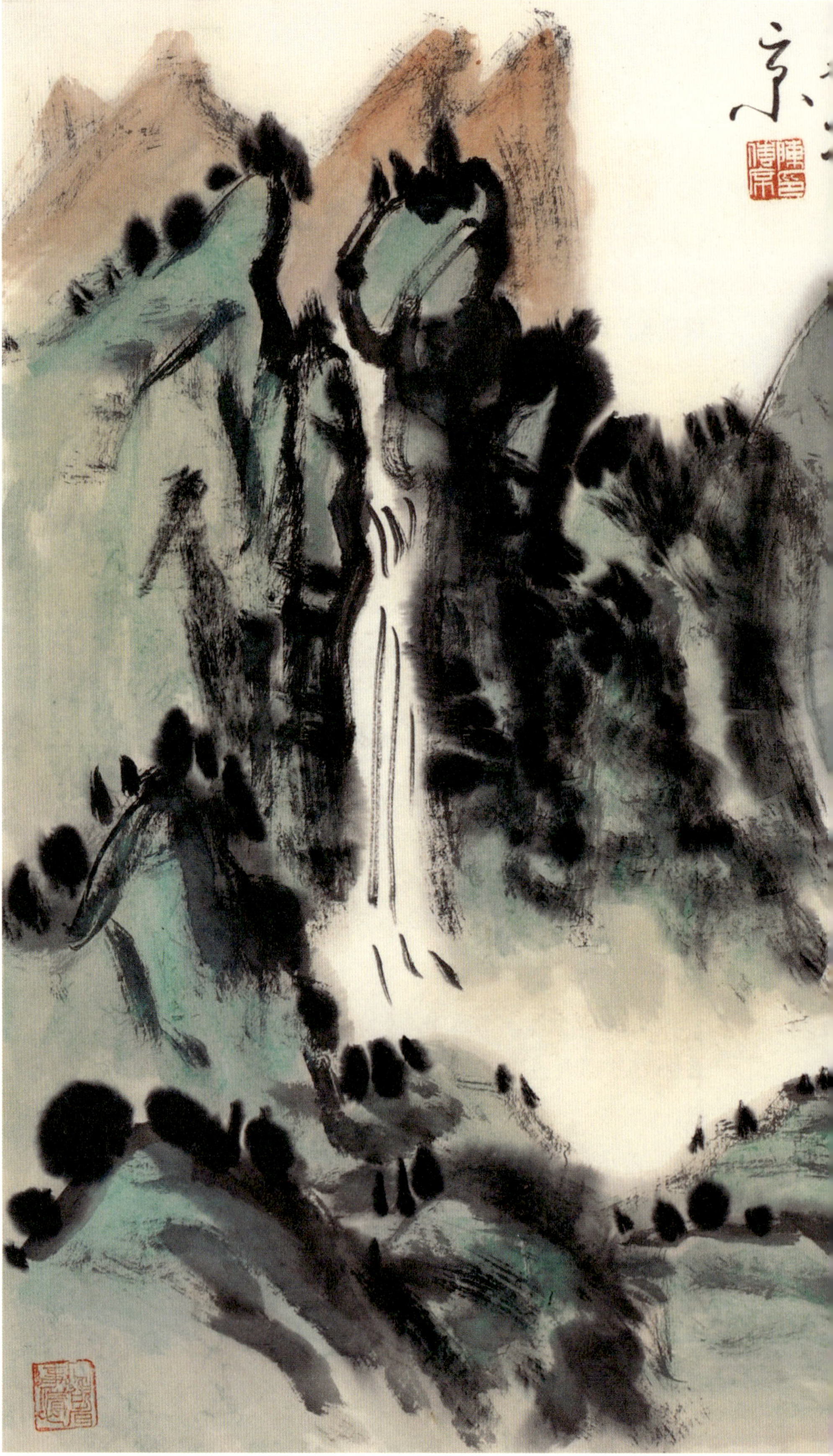

虎溪三笑，全無遊廬山後化
陳傳席

《虎溪三笑》

我问平凹："你的散文写得好，还是小说写得好？"平凹回答："都好。"这正是大作家的口吻。一般小家为了表示自己谦虚，一定会说："都写得不好。"其实，那是虚伪。大家从来不虚伪，大书法家林散之经常讲自己的书法比明代大书法家祝允明（枝山）写得好。林风眠也说自己画的鸟是继清初八大山人后第一家。有大家的胸怀、大家的气度，才有大家的成功。小儒规规焉，是不能成大功的。

平凹还说："我的书画也好，而且越是懂画的人，越说我的画好，说我画不好的，都是不懂画的人。"这也是大家的自评，小家是不敢这样说的。

我和平凹本计划见面叙一个小时，但多年未见，一时高兴，谈了三个多小时，而且我们白天都忙了一整天。谈的内容，要全部整理出来，足够出版一本书，以后再说吧，太晚了，必须走了，平凹送我出来，"举手长劳劳，相别何依依。"

次日，我便坐上回马来西亚的飞机，在飞机上，我想，平凹比我还小两岁，居然取得那么高的成就，他写的小说，被全世界小说爱好者敬仰，而我却一事无成，这不是命运，全因我太懒，我想起一联："不作公卿，非无福命都缘懒；难成仙佛，为爱文章又恋花。"而且，我又爱画画，也误了很多时间，老大无成，悲夫。下飞机后，口占一诗：

少年迹纵半天涯，云里归来万绪纷。
心事平生无一遂，可留笔墨付来人。

这首诗虽然平仄、韵律皆正确，但太低沉，平凹未必喜欢，我只好把前时写的长短句《游印度洋》寄给他：

吾平生,

喜看九级雷鸣,十级风浪。

今日又游印度洋。

俗虑暂空,身心偶畅,

子在川上吾不顾,笑何其小哉长江。

西望无际,天低赤道,云连大洋。

大化任我纵浪。

廉颇不老,孟德莫叹,

吾身健,心正壮。

悲喜皆无据

陈平、田黎明都是中央美术学院教授，平时不大麻烦我。陈平五十周岁画展时，一定请我去看看，盛情难却，我就去了。

到了中国美术馆，陈平前来迎接。我一见陈平，大为吃惊。上一次见到他时，他还是一位英俊青年，这一次相见，他的俊气全失，英气尚存，脑后又多了一道赘肉，又蓄起胡须，已俨然一个小老头的样子。陈平比我年轻得多，已近似小老头，我岂不是大老头。唉！人生……。相见悲君更自悲。但朋友相见，必须抑悲见乐。孔老夫子说："学而时习之，不亦说乎？有朋自远方来，不亦乐乎？""说"也是快乐的意思，但只在内心快乐，不必表现出来；而"乐"是表现出来的快乐，见到朋友岂能只在内心快乐，一定要表现出来，所以又乐了一阵。我们握手，"你好，你好"。他说我的文章好，我说他的画好，互相吹捧一通，便去看他的画。陈平二十多岁时便名扬海内外，他的画法不同于一般画家。他画中国画，却用了很多洋颜色。他说："怎么合适怎么来，你们用的传统颜料也并不纯，早已掺了很多化学物质了。"我说："是的。并没有人规定非用什么颜料，即使有规定，也可以破除这个规定，何况并无规定。"他的画墨色沉着，颜色鲜明，我看了沉浸其中，倒也真的把刚才的悲伤忘掉了。

看完他的画，又看他的书法。他的书法全写自家诗词对联："作画常多还画债，得名终畏累名身。"看完他的书法又看他的印章，又看他的盆景，他设计的盆景真是别有洞天，我看了不但忘掉悲伤，还真的乐起来了。看完他的盆景后，又看他设计的古典家具。呀！太妙。

我现在才知道陈平生活有点意思。我对终日只知画画的人向来不大佩服，那样也画不好。

我正要好好吹嘘他一通，他说："我请你来，主要不是看这些，而是看我的昆曲《孤山梦》。"啊，他还会创作昆曲，这更令我吃惊。

进入恭王府，陈平安排我坐在据说是当年恭王和王妃的听戏座位上，只是现在没有王妃陪我，陪我的是陈平和一位著名画家田黎明。我和田黎明一直谈得很投机。他的画特色突出，一空依傍，当代鲜见。田黎明也是陈平的朋友。

田黎明也比我年轻，但已有花白胡须了，古人称为"二毛"，应列为保护范围。我的胡须如果不割不刨，问题恐怕是更严重的。想想，不久前我们还都风华正茂，转瞬便老，于是又感伤一番。

戏开演了。《孤山梦》写的是宋代西湖处士林逋梅妻鹤子故事。陈平爱梅，便写了林逋陪方外友、诗友孤山探梅之事。我看到一半便大叫起来。陈平大惊，忙问何故，我说："我在宋代时，曾游西湖，林逋多次邀请我，去后，见其宅中皆梅，并有一鹤。你不知道，林逋宅中梅花，有三株是我手植，他的鹤也是我赠送的。"陈平后悔知道太晚。我又接着说："林逋知我能画，当时就嘱我以画记之，我居然忘了老友之托。"陈平说："早知道，我一定把你这些事也写进去，那现在怎么办呢？"我又感伤起来，林逋之托，已九百八十余年，我居然没有完成，岂能不悲。不行，我得回去，把《梅鹤图》完成。陈平和田黎明都劝我把戏看完再说，不差这一会啊。

戏终人散，已是半夜时光，陈平派车送我回家。车到我的家门，我说："不停，继续开。"到了一个大树林旁，停车，我叫司机回去。我独自

深山琴韵 陈传席

《深山琴韵》

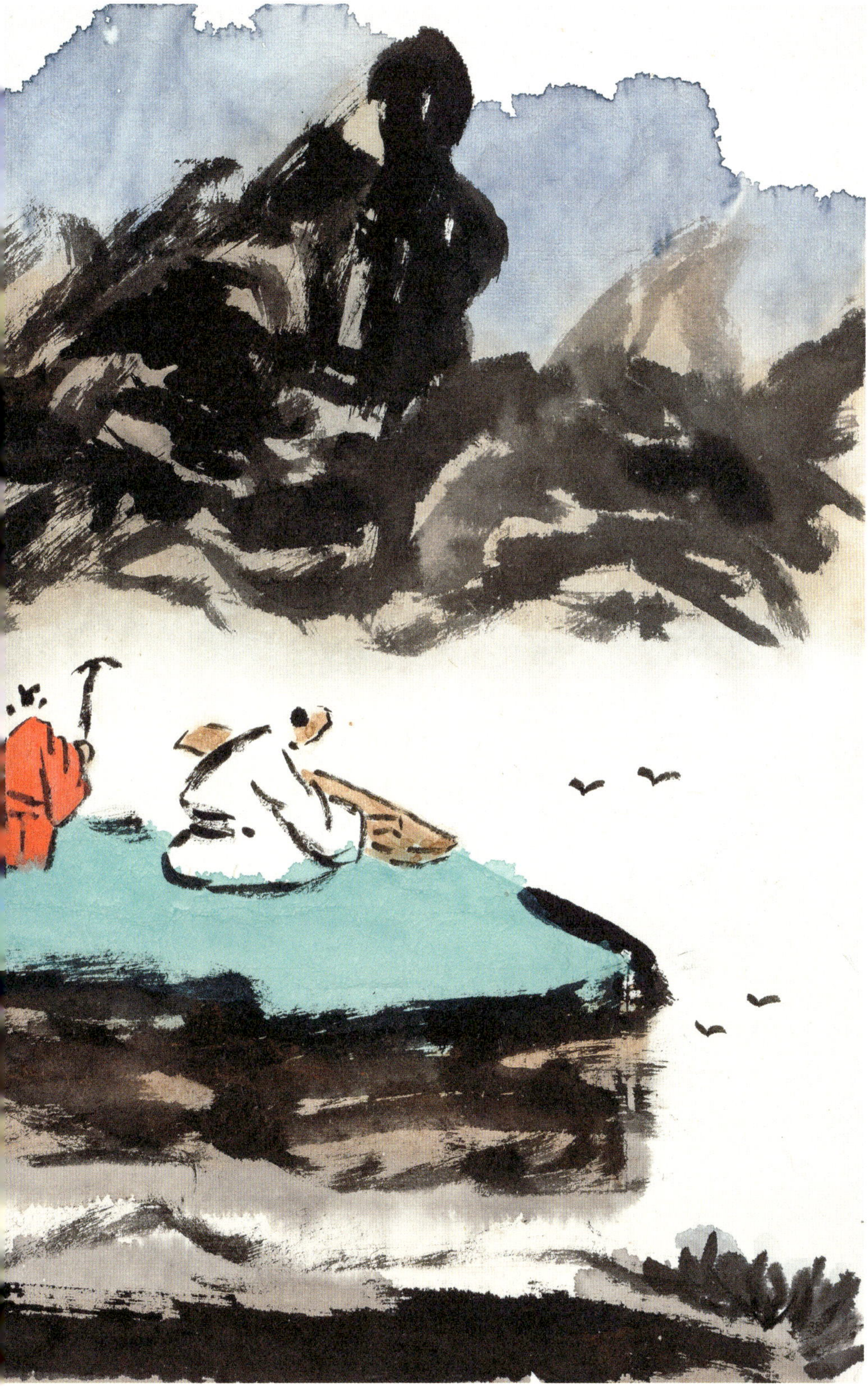

走进树林深处，找到一个石凳坐下来，这里一片黑暗，绝无人至。刚才被压抑下去的狐伤之悲、悔晚之情，一齐涌上心头。于是，我放情一哭，先是凄泣，后是号啕大哭。啊！我已经是一个大老头了，老后便是那个……不堪想象。

哭过一阵，又突然想："人世有代谢，往来成古今"，人生由少而壮，由壮而老，这正是自然的法则。如果没有这个法则，又怎么会有我们呢？又为什么要哭呢？哈哈，我又大笑起来。这时才觉得浑身冰凉，赶紧起来，腿已麻木。于是一瘸一拐走出森林，腿太疼，走不动，只好坐在草地上，恰好捡到一根棍，我拄起来，用一条腿走，这真像《红楼梦》中的疯跛道人。但疯跛道人还能唱一首《好了歌》，我又岂能落后。于是，以棍击地，边走边唱：

我自空空来，
还到空空去。
宇宙有还无，
得失何须虑。
否泰应从容，
悲喜皆无据。
乐天当知命，
顺时更安遇。
…………

"顺时"就是顺时而过，"安遇"就是安于所遇。《中庸》云："素富贵行乎富贵，素贫贱行乎贫贱。"佛云："以空空，故空。"

我这歌就叫《空空歌》，或者叫《无据歌》。可惜，没有甄士隐帮我注出来，"空空道人""费洼山民"，茫茫黑夜，哪有人应。

小动物，你在哪里

黄昏，我照例去公园散步，绕过一个石凳，发现前面大树下的左边草丛旁有一只小动物，趴在那里不动。我跺脚吓它走，它不走；我使劲跺脚，它仍然不走。我心想，这些小动物被文明惯坏了，也不怕人了。我走近它身旁，仔细一看，发现它病了，跑不动了。呀，好可怜啊。我掏出口香糖给它吃，它也不吃。我便去找到一片大点的树叶。跑了很远，又绕了几个弯，装一点水，小心翼翼地端到小动物面前，它仍然不喝。怎么办呢？小动物啊，我也不知道你叫什么名字，肯定不叫松鼠。我是学艺术史的，不是学动物学的，更不是学兽医学的，你生什么病，我也看不出来，不会是肺炎吧。

呀，时间到了，我还有一个约会，必须去。于是我拿出手机，在朋友圈内发了一个消息："这里有一只小动物，病了，哪位学过兽医的朋友过来救救它啊。地点在JAYA ONE东头公园内，绕过一个石凳，前面大树下，草丛旁。尽快呀。"

我去见一个朋友，两个小时后，心里仍然惦记这只小动物，又回来看它，发现它已不在原地了。呀，你去哪里了呢？会不会遭到……我有点害怕。但又想可能是被哪位好心的医生救好了，它已能走了。小动物啊，但愿你现在在树上，在草地上，自由自在地奔跑。

我只能这样祝愿。

《小园风情》

小園風情 陳傳席

鹰和兔（外二篇）

一

一个摄影师讲述他摄影中的见闻。

在西北一个旷野地带，摄影师手捧高档照相机，在捕捉镜头，他发现空中一只老鹰，便把镜头对准了这只老鹰。通过镜头，看得格外清楚。老鹰从空中向下俯冲，再缓飞，对准了地上一只小兔子。"糟，这只小兔子完了。"小兔子大概受伤了，没有任何反抗。老鹰落在兔子旁边，看了看兔子，然后把兔子抱起，又飞向空中，在空中遨游一阵子，然后缓缓地落在一道小河靠水的地方，放下兔子，便飞走了。小兔子伸头喝点水，便可以活动了，但没有走。摄影师的女助理，远远地跑过去。摄影师通过镜头看得清楚，又通过手机，指挥女助理。找到这只兔子，发现它果然受伤了。于是便把它抱回，带回北京，养在家里。说等兔子伤养好了，再放回大自然。

摄影师说，鹰是吃兔子的，否则鹰便会饿死。但鹰绝不伤害弱小的兔子，见到受伤的弱小兔子，反而会救护它。但人类社会则不然，强者不敢欺凌强者，便专门欺凌弱者。你说这人性能比得上动物性吗？我无言以对。

二

摄影师又跟随一群放蜂人到了山区。放蜂的车上有很多箱蜜蜂,还有一条狗。山区的野花、菜花十分美丽,放蜂人把蜂箱送到很多地方,以便蜂采花,狗跟随跑来跑去。摄影师拍摄很多优美的画面。傍晚,蜂进了箱,放蜂人把蜂箱收起来,搬上车去,便回住地了。到了半路,摄影师发现狗没有上车。主人便开车回去找狗,在放蜂地转来转去,突然听到狗的叫声,主人便招呼狗快过来,但狗不但不过来,反而向回跑,主人开车跟随,发现大树后面还有一个很大的蜂箱,狗在这里看护这只蜂箱。主人很感动,拍了拍狗,又把这个蜂箱搬上了车。狗也跟随上了车。

三

他开车通过一个巷子,发现树干上挂一只笼子,很显眼,里边有一只猫。他便停下来,发现猫已饿了很久,瘦而无力,他判断,有人遗弃了这只猫,放在外面,猫会找回家,于是便把猫放在笼子里,挂在树上,等待好心人或有缘人收养。他再不收养这猫,非饿死不可,于是便把笼子摘下带走。车停在车库,他提着笼子走进小区。疫情防控期间,小区门岗不准携带动物进入小区。他便回去,把笼子扔掉,把猫揣在怀里,进入小区,回到家里。

从此,他便和这只猫为伴,猫渐渐恢复了健康,愈加活跃。他每次回家,猫便围着他,"喵、喵"地叫,似乎和他说话,向他问候,他感到很亲切。他有熬夜的习惯,年龄大了,知道早睡有益健康,但事多,不知不觉便过了半夜十二点。猫似乎理解他,每到十一点,便进他的书房大叫,咬住他的裤腿,向床上拉。他便上床睡觉,然后猫也上床睡在他身边。从此,他便改掉了熬夜的习惯,每天十一点多猫便按时叫他睡觉了。过一段时间,他的身体也比以前健康多了。猫似乎也理解他,又"喵、喵"地叫,又做了很多动作,好像是说,看,按时睡觉,身体好多了吧。久而久之,他能听懂猫的语言,猫似乎也懂他的语言。猫成为他密不可分的朋友。

《秋声赋》

秋声啾啾
侍峯

记我认识的一位老华工

我对第一次世界大战时中国华工赴欧问题向无研究,但我上中学时认识一位老华工,他说他去法国从未做过苦工,而是帮她们"印种"。当时法国男人死于战争中太多,几个城市连及农村,几乎没有中青年男人,只剩下女人。他们去了主要是陪法国姑娘睡觉,帮助她们怀孕生孩子。几十年来,我也一直认为华工去欧是为了帮她们传宗接代,而书上讲华工在欧洲受苦,都是宣传词。后来看了一些资料,并非完全如此,大多数华工还是去做苦工的。但我所了解的这位华工经历,也并非孤例,虽非普遍现象,也可算是部分现象。记于此,以供研究华工问题专家参考。

时间:1967年夏秋之际

(四十七年前事,当时是"文革"时期,1966年,我被打成"反革命",判刑二十年,后从牢中逃跑,到了北京,直到1967年年初才回。1968年5月之后,又忙着联系下放农村,所以,定在1967年不会错。老华工当时身穿丝绸衣裳,摇着扇子,应该在夏秋之际。)

地点:安徽省泗县城内银行西便门前及银行大院内。那时县城只有这一家银行。

当时我是安徽省泗县中学的学生。泗县在安徽省北部,十分贫穷、落后,离铁路又远,这里的人大多孤陋而寡闻。有一天我在学校看书,有人告诉我泗县来了一位法国老头,住在银行内,你不去看看?其实,他不是法国老头,而是中国老头,从法国回来的。

我到了银行,银行的正门台阶较高,西边还有一个边门。边门前,坐着一位清瘦的老人,身穿白色而微黄的丝绸衣裳,摇着芭蕉扇。当时的中国人都非常贫困,他这一身穿着,以及形象气质,都和常人不同,绝不是一个劳动者。我当时虽然只有十七岁,但对历史还比较熟悉。知道他实际上是一位老华工,第一次世界大战时去了法国。我便和他聊了起来,他一个人坐着无聊,也乐意和我讲话。当时并没有采访的意思,只是出于好奇心,想了解他的一些经历,他也不隐瞒,很乐意告诉我。因为我懂一点历史,提出的问题多,他也讲得兴致勃勃。我没有问他的姓名,或者他讲了,我已忘记了。

他是泗县北部人,大约是刘圩公社,或者马厂、黑塔人。祖祖辈辈务农。民国五年(1916年),第一次世界大战在欧洲正酣,他在农村,什么都不知道。忽然,有人来征人去欧洲做工。据说到欧洲做工可以赚很多钱,要二十岁至四十岁之间的人。他当时已三十多岁,已娶妻并生了几个儿女。因为家贫,便想出去赚点钱。和他同时去法国的还有好几个青年,其中一人还不足二十岁,但报名时说二十岁了,其余都是二十多岁人。这几个青年都没有结婚,只有他结过婚,年龄也最大。

他说他是民国五年八九月间到了法国(也许是民国六年,即1917年,但绝不是民国四年或七年)。他原来想到了法国,一定会干苦工,但他没有,他几乎一天苦工也没有干过。到了法国(什么城市,我已忘了),很快又有人把他和他的同伴送到一个小城市去。这个城市,包括附近的农村一大片地区几乎没有男人,尤其是没有中青年男人。打起仗来,男人上战场,都死在战争中了，剩下的都是女性，中青年女性更多。

到了这个城市的下午，他的同伴都被几个中年妇女一个一个地领去，他也被一个中年妇女领去，安排他吃住，房间很干净，比在中国的住房不知好多少倍。他在房中坐一会，那个中年妇女又领来一位年轻的姑娘，示意由这位姑娘照顾他。中年妇女走后，这位年轻姑娘便做饭给他吃，晚上便陪他睡觉。开始他很奇怪，不干苦工，还有姑娘照顾陪他睡觉。好在他身无分文，也不怕。这个姑娘又教他讲法语。过了几天，又换了一位姑娘，大约之前那位姑娘被认为已怀孕了。过了几天，中年妇女又带来一位姑娘。过了几天，又换了一位姑娘……都是陪睡、做饭和教法语。也有过了几个月，原来陪他睡觉的姑娘没有怀孕，又来了。

他后来找到他的同伴，了解原来那几位华工也如此，过几天便换一位姑娘，当然也有三十多岁的妇人。他的同伴都没有结过婚，当然都十分高兴。几个人在一起各自谈起自己的经历才知道，大战中，法国男人都必须上战场，死得太多。这个城市的中青年男人几乎死光了，要他们来，是为了帮助姑娘们怀孕、生孩子。（他说的泗县话："帮她们印种。"）

他们名为华工，不但没有干过苦工，甚至连家务都很少干，主要任务是陪法国姑娘睡觉，让她们怀孕、生孩子。我问他："是否法国地方政府见当地男人死光了，要发展人口，只好借助华工，因为有中年妇女组织嘛。"他说："不知道。"因为和法国女人在一起生活，法语也就会了。就这样，很多年（不足十年时间），他们不知睡过多少法国姑娘，也不知有了多少孩子，但他没有正式的妻子。他想这样下去，老了怎么办？这时候，他的法语已很好了，他就向那位中年妇女提出想固定一位妻子，生下自己能认的儿女，晚年好有个照应。后来果然有一位三十岁左右的姑娘嫁给他，他已四十多岁了。从此，他便结束了乱婚——实际无婚姻而只能有性生活的生活。和他的妻子在一起，他们开了一个饭店，妻子会做西餐，他会做中餐，饭店以中餐为主，也以中餐最招徕顾客，他们生活得很好。

后来他们生了很多女儿，似乎没有生儿子，正因为他想要一个儿子，便不停地生，生了很多，都是女儿。其他几个同伴比他晚一点，也都有了正式的妻子，但他们倒是既生了儿子，也生了女儿。

我问他，女儿都干什么工作？他说他的女儿都很漂亮，有几个女儿帮助他开饭店，还有几个女儿上了大学，当时能上大学也不简单。

他的饭店开得好，越来越大，也越来越有名气。开始是个小饭店，很单一，后来有吃的、有住的，宾馆也越来越好，餐厅有宴会厅、会议厅等。

名气大了，当时中国驻法国大使黄镇也知道他的饭店开得很好，便来看他。他又是一位爱国华侨（他说华侨都很爱国），黄镇后来便经常到他们的饭店来看他，每次都住在他的店里，他们成为朋友。

几十年间，他和妻子女儿生活得很和谐。因为生意很成功，法国人对他也很尊重。

八十多岁了，他的法国妻子去世了，他一直惦念中国家中的妻子和儿女，便向黄镇大使提出，想回去看看他们。提出时，是"文革"前（1966年年前，大约是六十年代初，因为他说从提出到落实有好几年）。黄镇大使便帮助他，于1967年回到中国，回到他的家乡安徽省泗县。当然各级政府都有人关照他。

到了家乡，依然是那样贫困。当然，比他老的老人都早已去世了，他的中国妻子也去世了，大儿子也去世了，他说，他的儿媳妇还在，小儿子还在，还有很多他从未谋面的孙子。他说他的儿媳妇在，是大儿媳、二儿媳，还是小儿媳，我未问。还有他的侄子们也还在，他从法国带来不少钱和东西，孩子们都很高兴。但家中太穷，没法住，有关部门便把他安排在银行住，银行保卫组（保卫科？）有专人照顾他。

《家山南望》

终南山尘自乐 陈傅席

后来我问了银行保卫组的人，说是黄镇大使在法国有目的地接近他，动员他回国的，目的是向全中国、全世界人民证明，中华人民共和国好，毛泽东思想伟大，老华工心向祖国，等等。

我问他，其他几个伙伴还在法国吗？为什么不回来？他说，他们在法国生活也不错，因为他们走时没有结婚，家中无妻室儿女，老人都死了，回来看谁呢，回来也没有落脚处，也没有个依靠，回来又干什么呢？所以，他们都没有回来。

当然，他反复提到黄镇大使，似乎没有这个关系，他也回不来。

我和他讲了很长时间的话，天已略晚，外面起了风，他又转到银行的院子里。他自己搬的板凳，并没有叫我帮助他。我又跟他进了院子。现在想起来，我那时已十七岁，应该帮他搬下板凳，可惜没想到。

我问他，你离开中国时，那时中国的主席是谁？他说，那时不叫主席，只记得袁大头（按：即袁世凯，似乎袁世凯也死了，但农村落后，不一定知道）。我又问他，你知道蒋介石吧？他说，走时还不知道蒋介石，后来在法国知道有个蒋介石，名气很大，尤其是他领导的北伐战争，在国外震动很大，华侨都知道他（按：他还讲了几个细节，我现在恐怕记忆有误，暂不记于此）。但后来，他的名气很不好。我问他什么原因，他说，1936年双十二事变，你知道吧，西安事变。我说知道。西安事变，张学良、杨虎城二将军拘捕蒋介石，但并没有加害于他，后来，张学良出于义气，送蒋介石回南京，蒋介石不但不感谢张学良，反而背信弃义，把张学良扣押起来，言而无信，不道德，从此，华侨中很多人都反对蒋介石。背信弃义，是所有人都看不起的，法国人也因此看不起蒋介石。在此之前，法国的报纸，提到蒋介石，都是很尊重他的，西安事变后，他扣押了张学良，大家对他都不尊重。后来，他打了败仗，大家都认为这种人不宜当中国的领袖……

（他还谈到周恩来，称赞的多。因为我当时对周恩来的历史不熟悉，他讲时，我听得不太懂，也记忆不清，故略去）

别人都说他九十岁了，实际上是八十多岁，年近九十，但身体精神都很好，走路健步如飞。有一次我在供销总社（或者是物资局，地点在当时的百货公司后面）碰到他，我问他干什么，听说找领导批一块肥皂。当时商店里买不到肥皂，必须领导批条子，拿着批件，才能买到一块肥皂。

当时是"文革"间派性最严重的时期，银行、供销社、百货公司中的一派造反派和我属于一派，他们造反很需要学生帮助"冲杀"，写大字报、画漫画等。所以，对我们都很亲热，我和他们聊了一会，这位老华工又回来了，手里拿着刚买到的肥皂，说："肥皂法语叫'萨榜'"，他很有兴致，说："天热，法语叫'宜勒夫埃瘦'""刮风，法语叫'宜勒夫埃俱汪'"。他扬了扬手中肥皂说："多少钱？法语叫'巩比艳撒固特'。"我听了很高兴，他说，你要学法语，就跟我学，我的法语是法国姑娘们教的，又好听又标准。我笑了笑，没讲话，当时是知识越多越反动，学外语是里通外国。现在回忆起来，十分后悔，为什么不跟他学习法语呢？那时年轻，记忆力好，只要学一两个月，一般生活用语也就差不多了。他当时讲的法语，只一遍，我至今都记得，如你好吗？法语是：搞忙打雷巫；谢谢，法语是：买河西，至今都记得很清楚，尽管我一个法文字母都不认识，话却会几句。如果学几个月，收获该多大啊。

我又问他，在法国买饭要粮票吗？他笑了说，在法国，只要有钱，什么都能买到，从来不要粮票、布票、油票。我当时感到十分奇怪，不要粮票、布票、油票，怎么买粮、布、油呢？那不是乱了套了吗？

他似乎也不敢讲得太多，因为有人指导他在国内不能乱讲，更不能宣传资本主义……

几个月后，我回家走在泗县至徐州专区睢宁县途中，那时学校离我家一百四十多里，我舍不得花钱坐车，从来都是步行一百四十多里回家，大约离泗县城十五里的地方，我看到一位骑自行车的人过来了，那时见到骑自行车的人，很是羡慕，定睛一看，原来是这位老华工（当时称他为"法国老头"）。他穿着大风衣，风采超过当时的地方官员和教师，只是自行车是破旧的。可能是银行给他借的，那时即使有钱，也买不到自行车。似乎车子坏了，他下车，修了修，又骑上，哗啦哗啦地向前骑。我认识他，他不一定认识我了，我也没有和他讲话，他转脸看了我一眼，我朝他笑了笑，点点头，都各自继续走路。我看他车后带着一些东西，大约是回农村老家，带给儿孙们的。

二十世纪二十年代，他在国内离开前是一个农民，大老粗，并不识字，在法国五十多年，他不但能写一些汉字（不知道他怎么学的），看报纸书籍完全没有问题，而且会讲一口漂亮的法语。他的形象、气质、风采已不像一个农民了，像一个有修养、有文化的企业家，但又不胖，且瘦削，甚至像一个老知识分子。

当时，中国的农民到了六七十岁，大多卧床，也许有少数人还可以走动，但都老态龙钟了，而他年近九十，还能骑自行车，在汽车川流的公路上，在山间崎岖凹凸坑洼的小路上，上上下下，他骑得很稳，这真是一个奇迹。

当时，欧洲的物质那样丰富，而中国那样贫困，泗县又更贫困、更落后，不知他回来后，后悔不后悔？还有，他回来了，见到了自己中国的儿孙；但法国那边，他还有很多女儿、女婿、外孙等，那是和他生活几十年的骨肉，他怀念不怀念？还有，他在法国和那么多女人，生了那么多他都不认识的孩子，肯定有儿也有女，他们并不知道自己的父亲是谁。还有，这些儿女，如果问他们的母亲，父亲是谁，又怎么办？这些我都没有问他，很后悔。其实，即使问他，他也未必回答得出来。

1968年5月份，我们开始准备上山下乡，八九月份，我便在屏山公社屏山南的一个大队落了户，算是上山；后来又转到瓦坊公社歧路大队，算是下乡，在农村两年。有人说我在农村受了两年苦，但我并不认为受苦，而是经历、锻炼，大有益处。后来便去上学、工作、考研、考博，去美国，又回来当教授、博导，再也没有回到泗县，更没有再见到这位老华工。不过，我曾托人打听过他，说他九十岁时，真的还在骑自行车，健步如飞。他什么时候死了，我也不知道，但他最终葬在中国的土地中，埋在他故乡的土地中，这是肯定的。

只是他的法国众多儿孙，明的，暗的，是否知道他的结局呢？那时农村很落后，通信也不发达，法语怎么写，信怎么写，他泗县亲友们也不会。他的死，法国的女儿、女婿、孙子、重孙们可能不会知道，但会估计到，因为他回国时，已年近九十。然而是否知道，已无关紧要，"死去何所道，托体同山阿"。如是而已。

他的经历，尤其是在法国当华工的经历，也许对华工研究专家有一定价值。故记于此。

后记：

本文发表后，泗县的朋友告诉我，这个老华侨回泗县时，说他法国的妻子已去世，一个人孤单，所以回国。其实他法国的妻子并没有死，而且很健康。很多年后，他不回法国，他的妻子便从法国到了中国，又到泗县找到他，二人在泗县一起生活。

战火中的爱情

一个大军区政治部给胡团长降级处分,罪名是破坏他人家庭。

胡团长交代了犯错误过程的始末。

小胡高中毕业参军,1979年中国对越自卫反击战时他随军到了越南战场,打了几次仗,渐渐不害怕了。3月初,又要准备战斗,在前线的团长发现还有一名漂亮的小护士在身旁,便命令小胡把护士送出危险地带,然后马上赶回。小护士不愿走,要在前线为战士服务。因为有命令,小胡拉起护士就走,走了不远,越军就开始攻击了,子弹、炮弹飞雨一般袭来,小胡拉着护士,奔跑跳跃,有时进入战壕有时越出战壕。为了快速,小胡时而把护士背在身上奔跑,时而抱着她跳越,小护士开始还害怕,任由小胡背和抱,一会儿就习惯了。忽然一个炮弹把两人震倒,而且盖了一身土,小胡忙把身体压在护士身上,保护她不被伤害。炮弹停止了,护士在小胡身下脸上泛起了红晕。

小胡也有点不好意思。稍等,两个人又起来奔跑,快离开危险地带时,两人反而有些恋恋不舍。这时又几发炮弹打来,其实离他们还很远,但是硝烟弥漫、尘土飞扬,小胡赶紧把护士按倒,用自己身体压在她的身上,护士紧抱着小胡,这时两个人都已控制不住自己,于是在战壕里情不自禁地把衣服脱掉，小胡第一次看到少女美丽的肉体，灵魂都飘了起来，毕竟都是二十左右的人，冲动是不可控制的，两个人都是第一次，又在战火中，上面是蓝天，当中是硝烟，下面是黄土，过一会是生是死都难预料，天地、炮火、纪律、道德都已忘光，于是便尽情地放纵起来……

该回营队了，小胡迅速穿上衣服，抱吻了一下说："快走吧！我得马上赶回去参加战斗。"小胡说："我当时以为马上可以成为一个战斗英雄，在自己心爱的人面前炫耀一下，感到自豪。"小护士也崇拜作为战场上英雄的这位战士。于是迅速取出笔记本，撕下一页纸，写下自己的姓名、电话、国内的地址。又写下姐姐的姓名、电话、家庭地址，马上塞给小胡说："这是我的地址，我回去后可能地址会变，但我姐姐的电话和家庭地址都不会变，你回国一定找我。"护士最后又抱吻了小胡，然后小胡便跑回了阵地。护士望着他的背影，忽然想起，连这位战士的姓名都不知道。护士回国后，因为参加过自卫反击战而立功、入党、提拔，但一直没有等到这位战士的信息，等了很多年，她想他可能牺牲了。她还流过很多泪，还为他烧纸焚香，持酒洒祭过。后来不得已和别人结了婚，生了儿子。战场上的风流只偶尔留在记忆中。

小胡也因参加过几次战斗立了功、入了党、提了干，回国后二十年内几经提拔，后来在一个大军区的后勤处当上团长，也结婚，生了儿子。

这次，他要去沈阳出差，突然想起，战场上相遇的那位护士是沈阳人，那张纸条他一直保留着，他从箱底搜出护士给他的地址、电话。到了沈阳，先是给护士打电话，电话早已变了，打不通，于是，给她姐姐打电话，她姐姐接到电话十分惊喜！说妹妹等你将近十年了，她现在已结婚，住在某地某房。

胡团长按姐姐提供的地址找到了昔日护士的家，二人相见，感动得一塌糊涂，又是打，又是哭，又是怨。正好丈夫不在家，于是二人旧情复

梦魂长绕桃源花源
丁酉
陈传席
於吉隆坡

《梦魂常绕桃花源》

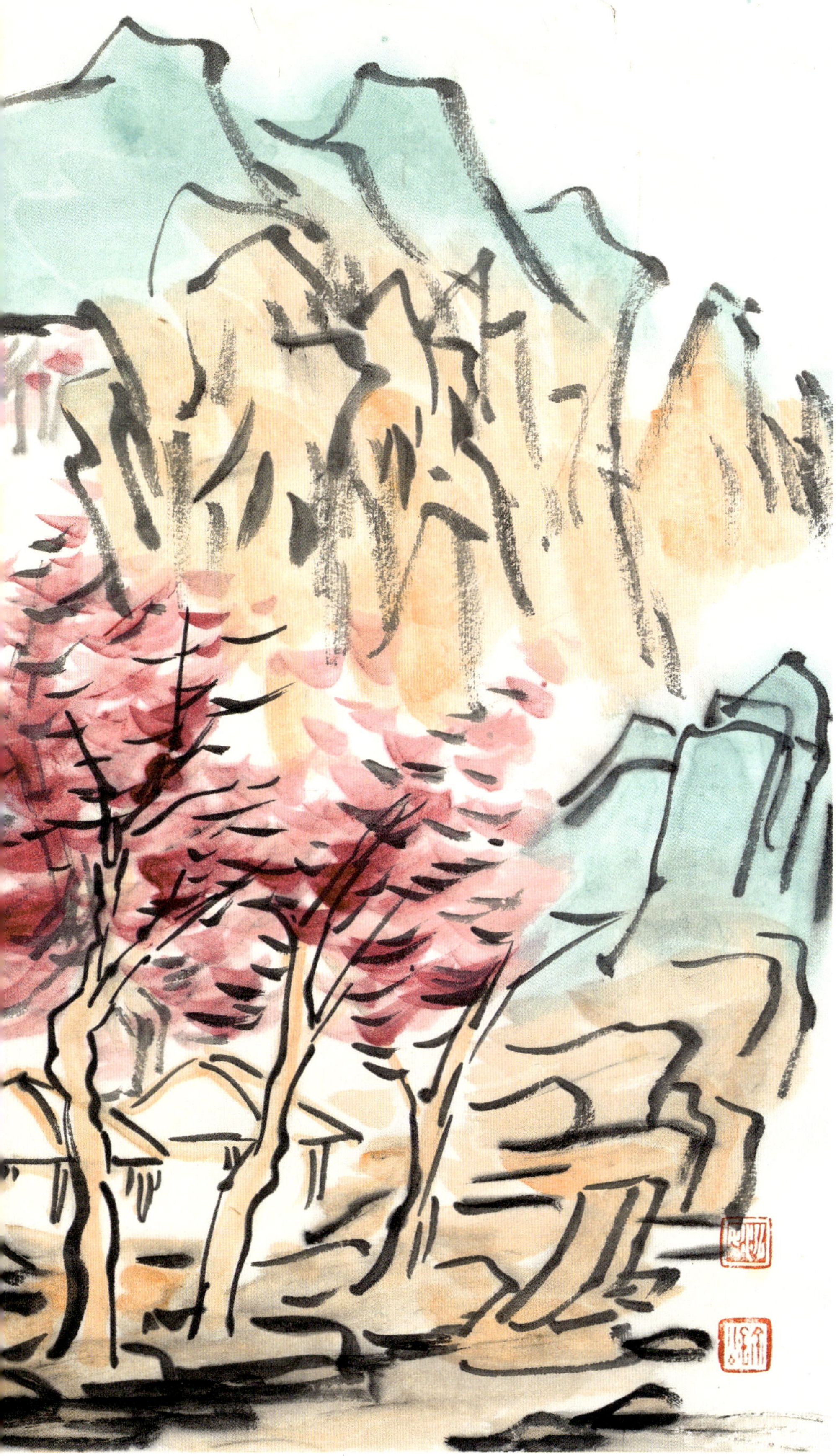

燃，一激动又上了床，四十左右的人，激情不但不减，又胜过当年很多倍，二十年未见啊！由于过于激动，护士忽然昏厥过去，胡团长吓得不知所措，大声呼救！这时，护士的儿子赶来，看到妈妈赤身裸体躺在床上，身旁有个陌生男人为她吸气按压，他明白了。护士渐渐醒来，知道事情已败露，但不后悔，由它去吧！

丈夫回来后，儿子告了密，护士毫不掩饰地道出了二十年前的经过，二人离了婚。法庭把胡团长和护士的案情寄到军区，建议以破坏他人家庭的过错论处。离过婚单身的护士听说胡团长受到降职处分，又专程跑到军区声明一切责任在自己，不怪胡团长，他是被迫的。军区首长说："二十年前你们在战场上的那段风流韵事，按军纪也是不允许的，但已过去二十年，况且你们都是单身，又是你情我愿，可以不予追究，但二十年后胡团长应该控制自己的感情，不该干破坏他人家庭的事，又有法院建议，必须处分！"

胡团长被降职，护士离婚，但二人都不后悔！

怀念白纸

白纸（Е.В.ЗаВаДСКаЯ）是俄罗斯人。当时（1988年），我说她是苏联人，她马上果断地纠正："不，我是俄罗斯人。"我一直感到奇怪，为什么她不愿说自己是苏联人。她生于莫斯科，俄名叫：叶甫盖尼娅·符拉基米诺夫·查瓦茨卡娅（维诺格拉朵娃）。几位俄语教授有时喊她：维诺格拉朵娃，在我面前便称她叫：查瓦茨卡娅，反正我也不懂俄语。上高中时，我学的是英语，我个子高，坐在最后一排，隔壁一个班学的是俄语，学生大声读俄语时，我也学过几句，但根本用不起来，连俄人的姓名都弄不懂。她的中文名字叫白纸。她的著作被翻译到中国时，署名是：叶·查瓦茨卡娅。

白纸是我的学生，又是我的好朋友。她于1988年从莫斯科到南京师范大学来学习，选择我做她的导师。她到了南京师范大学后住在留学生楼，学校外事办公室留学生部就来人告诉我："有一位很了不起的苏联学者，要投在你的门下，过几天，我叫她来见你。"然后送来白纸的简单资料。她1930年生于莫斯科，1953年毕业于莫斯科大学历史系，1955年以来一直在苏联科学院东方研究所工作，任该所哲学博士、教授、所长，六十年代初到北京大学学习。还有一些情况，我记不清了。而且当时有好几个留学生的材料，我也只大概翻一翻，外事办公室的人便拿走了。过几天，负责留学工作的人安排我和她见面。我和其他外国留学生见面时，留学生们或用英语，或用生硬的中国语向我问候："陈老师好""陈教授好"。但白纸和我见面后淡淡地讲了几句话，便说："我要见我的陈传席老师。"我说："我就是陈传席。"她仍说："我要见陈传席教授。"我又说："我就是。"她愣住了，绝对是愣住了。然后十分惊异地说："你就是陈传席教授?!"我说："是啊。"她更惊异而怀疑地大声问："你就是陈传席?""是啊。"她失望了："啊，我上当啦。"这时轮到我一愣，她又说："陈传席不是老教授吗？……"因为我当时才三十多岁，她已年近六十岁了。

　　白纸是很外露的学者，后来她告诉我，她曾在北京大学随宗白华学过美学。中国改革开放后，她在莫斯科读到很多中国学者的新著，其中有李泽厚《美的历程》，后来又读到我的《六朝画论研究》，她便要求到中国来学习，选择的导师第一个是陈传席，第二个是李泽厚。她说，大概因为把陈传席放在第一，便到了南京师大。她说她的印象中，陈传席有七十多岁。

　　白纸的汉学功底相当深厚，我和她交谈中发现，她的汉语听和讲的水平并不是太好，但是交流没有问题。她的汉语阅读能力却是非常了不起，像《易经》这样艰涩的文字，中国人读懂的都不多，她都能读懂，且差不多都会背诵。《石涛画语录》曾被她译为俄文，她对《石涛画语录》中的禅等背景都十分熟悉。谈起中国的儒、道、释，她如数家珍，这使我十分惊讶。有一次，几个中国文人要见她。宴席上，她要求每人送她一句话。结束后，她很不满意，她说："有一句话叫'有朋自远方来，不亦乐乎'，你们为什么不讲呢？这是你们的孔子说的……"大家都感到惭愧。她还会用中国的传统方法为人看面相，看手相，乃至推算生辰八字，使很多人惊奇的是，她有时推算得很准。她对我的婚姻不满意，我说："我的太太很年轻，是气象学院的高才生，且通诗文，能书画……"她先伸出两个指头，又伸出三个指头。我问她什么意思,她笑而不答。后来又主动告诉我,还有两年就分手了。后来果然应验。但三个指头是什么意思,她始终不讲,我至今也不理解。

当然,我们谈得更多的是孔子、孟子、老子、庄子、荀子、墨子、管子、韩非子、司马迁、班固、屈原、宋玉、陶渊明、李白、杜甫、苏轼……直到明代的方孝孺、杨士奇,清代的钱谦益、吴伟业,……我当时惊得目瞪口呆,即使是一位中国学者,也很难知道得这么多,这么细,而且,她都有独到的看法。她对《二十四史》中的很多段记载都提出自己的看法。她的记忆力十分惊人,经书和《二十四史》中的很多原文,她都背得出来。她和我谈学问,十分满意,因为我的记忆力也不错,她背诵的古文,我都接得上去,她问的问题,我也差不多都知道出自何处,而且都能回答她提出的问题。她开始对我尊敬起来。她说她和很多中国学者谈中国文化,有的不知,有的必须去翻书才念得出。

贵州的陈训明研究员知道白纸在我这里进修,便寄来他翻译的白纸著作《中国古代绘画美学问题》,我才知道白纸的著作早在中国产生过很大的影响。白纸的《中国古代绘画美学问题》写作时,征引中国的典籍达二百七十九种,还有很多是藏在北京大学和北京图书馆的稿本,连我都没看过。我问了她,方知这二百七十九种典籍,她都十分熟悉,并不是只翻一翻。

我敢说,研究中国绘画史的外国学者,没有一人能赶上白纸的功力;对中国文化的了解和理解,更没有一个外国学者能比上白纸的百分之一。但苏联当时的经济太落后,世俗的学者,嫌贫媚富,总把眼光投向欧洲、美国、日本等等,白纸遂不为人重视。白纸有中国式的超脱,她无所谓,常常摇摇头,淡淡一笑而置之。

白纸的才气不仅在研究中国艺术史方面,也不仅在熟悉中国的文化典籍方面。她和我一起游苏州园林，游太湖，游杭州灵隐寺、西湖，游北海，她能触景生情，出口成章，写出中国式的诗句。她叫我出题限韵，她用不着七步，诗便写出来，意境皆新奇有哲理。白纸感情十分丰富，她吟诗吟到激动时，有时双泪直流，有时抱着我大哭。我这一辈子不会佩服人，如果说有过佩服，我唯一佩服过我这位学生——白纸。她始终喊我老师，我要求她不要喊我老师，她有时喊我"陈"。这个"陈"，她喊出来近于"秦"的音，音调拉得很长，显得很亲切。但在公开场合，她仍喊我老师。给别人谈起来，有时是"我的老师陈"。

　　国庆节前后，中国各大博物馆都把馆藏名画拿出来展览，一则庆祝国庆，二则给大家一个观赏的机会，三则晾晾画。白纸要求我带她去各地看画。一路上，凡看到的古代名画，我都一一为她讲解，出了博物馆，她便能把我讲的内容基本精神重复一遍，然后又向我提出问题，一一讨论。上海博物馆是个大馆，藏品多，魏晋、唐、宋、元、明、清的绘画都有，我对着画给她讲解各个时代各个时期的绘画特点。她听后，非常感动，对我也十分感激。然后她说："从现在开始，你让我先讲。"于是再看画，她不看题目和说明，便能辨出唐画，北宋前、中、后期，南宋前、中、后期画，元画，明画、吴门派、松江画等等，基本不差。她说："陈——，我选导师，选对了。我跟宗白华学了五年，算是白学了。"我赶忙说："宗白华是美学界泰斗，十分了不起……"她说："美学是个空架子，谈美术者不懂美术，谈戏曲者不懂戏曲。做学问必须切实掌握一门艺术的全部知识。否则，只能是乱讲一通，毫无价值。"我对她刚才说的"跟宗白华学了五年，算是白学了"这句话不满，正想说服她，证明宗白华是有真才实学的，她接着又说："我在莫斯科读到李泽厚的《美的历程》，当时感到不错，现在看来，还是空洞一些，他谈美术、诗歌、戏剧，但他自己又不懂美术、诗歌、戏剧……"然后，她耸了耸肩膀，又摊开双手。

我问白纸："你画过画吗？"她说："回去给你看我的画。"我当时十分吃惊，她居然会画画。回来途中，她说再去看一次苏州园林，拍些资料，她回去要写一本介绍中国园林的书。到了苏州拙政园、留园、沧浪亭、西园、网师园，又到了寒山寺、虎丘、怡园、狮子林等地，我都为她拍了不少照片，后来我们又去看唐寅墓（我另有文记之）。到了虎丘和唐寅墓，她两次鼓励我学俄语，由她教，我当时总感到自己年龄已大，没有学，其实那时三十多岁，并不算大，现在想起来，十分后悔。

晚上，月光明媚，她要我陪她去观前街一观。在观前街一座寺庙的外墙上，月光下，树影婆娑，投在墙壁上，她说："陈——，快看，这是我的水墨写意画。"几年后，她从莫斯科打来电话，还问道："苏州观前街上那幅画还在不……"白纸的幽默时时可见。

回到南京后，她拿出她画的画，我看后又是十分吃惊，她是用近于油画棒似的彩笔在硬纸上画的，基础是西洋画，但吸收了中国的线条法。宋人论书法"沉着痛快"为最难，既"沉着"又"痛快"，不易统一。而白纸的画，篇幅不大，线面结合，深沉而潇洒，浑厚而自然，也像"沉着痛快"一样不易统一而统一了。其格调之高，西洋画鲜有能与之比肩者。世界上的画，只有中国有文人画，西方是无文人画的，但白纸的画可谓西方的文人画。我问她为什么不发表。她淡淡一笑说，在苏联，也有出版社要发表她的画，但是"我不想堕落为画家，我画画儿是玩玩的"。又说："陈——，画画是很容易的，说你是学者，你很高兴，说你是画家，你高兴吗？但是画如果发表了，你就成为画家，那不好……"

白纸了解中国的水墨画家，但对中国的油画家，基本上一个不知。可是她看到很多油画后，都能讲出这个画家的基本情况。比如画家的性格、修养、思想等。一位很有名的油画家的画，她看后说，这个人技术很好，但他是没有文化的。事实也正如她说的那样。

《人北望 雁南飞》

人此生雁南飞
壬寅春
陈伟常

白纸来到中国，除了进修中国美术史外，还有两个任务，为苏联人民撰写两本书。其中一本介绍中国古代画家，她选定了陈洪绶。但她决定让我写，由她翻译为俄文，在苏联出版。这本书就是我写的《明末怪杰——陈洪绶的生涯及艺术》。后来，她翻译为俄文，但因我供给的图本质量太差，出版时搁置了。另一个任务，是撰写一本现当代的中国画家研究的书，有人给她建议写×××，她问我，我介绍了×××的情况，她说她对缺少民族气节、拍马逢迎、随风转舵的人最为讨厌，于是便放弃原来的写作计划。我又劝她研究潘天寿，并找了很多资料给她看，她又和苏联出版社联系，不再研究×××，而改研究潘天寿。出版社对她很尊重，也答应了。可能因为潘天寿是苏联艺术科学院院士，中国的画家只有潘天寿是唯一获得这个称号的人。

　　于是我带她到杭州，去看潘天寿纪念馆，这时已是1989年。白纸带去一大笔购买资料的资金，我带她到了杭州的潘天寿纪念馆，同时找到了潘公凯的夫人励国仪，她带我们观赏了馆内全部的潘天寿的作品，白纸看了也很满意，然后要购买潘天寿画集和各类资料，并要拍一些图片。励国仪听说苏联专家要向苏联人民全面介绍潘天寿，也很高兴，反复地说："潘天寿是苏联艺术科学院院士，中国人得到苏联艺术科学院院士称号的只有潘天寿一人。你应该向苏联人民介绍他。"但白纸对于官方所给予的这些称号十分蔑视。她给我说："画家如何？你陈——老师说的算，我白纸说的算，政府说的算什么？他们能懂吗？"

　　励国仪答应要把大画集、图片和所有能够找到的资料寄去，但白纸坚持自己购买，潘馆中正好有专柜出售潘天寿的很多资料（但不全），而她身上带的钱也是研究所和出版社给她的，凭证据（发票、收据等）都可报销。我当时也反复给励国仪说："让她自己购买吧，你们不要寄。"励国仪说香港等几家出版社马上出版更精美的画册，我到时会直接寄到莫斯科你的家中。当然，励国仪和潘天寿纪念馆中的工作人员也是为了表示热心，所以坚持要给她寄去。白纸留下地址，但不放心。再次约好当年10月前必须收到这些资料，否则会影响她的研究工作。励国仪也肯定地给予答复。白纸回去说："中国很多人不守信义。"我说："潘家是有教养的人，她答应的事，我们又反复强调，不会出问题的。"白纸没有购买资料，身上的钱也没花出去，但在第三天游西湖时，全部被偷儿偷走了。她伤心透了，她说："从小就向往苏东坡笔下的西湖，到了西湖，竟使我如此伤心。"更伤心的事还在后面，她10月、11月、12月都没有收到潘家寄去的资料，她十分恼火，指摘我，大骂潘家。后来，又拖了一年多，因我反复催促，潘馆方将资料寄出。白纸收到潘馆寄来的资料，给潘馆回了信，不但没有表示感激，还大骂一通。这事三败俱伤。一是潘馆辛辛苦苦寄去资料，但没有得到好报。二是白纸安排10月后撰写《中国巨匠——潘天寿研究》，没有成功。一年后，她又有新的研究任务（白纸一直引为憾事）。三是潘天寿本来可通过白纸的介绍和研究在苏联（今俄罗斯等国）家喻户晓，但却没有达到这个效果。至于我遭到指斥，就不提了。

白纸曾经撰写并出版过《米芾》和《齐白石》二书，尤其是齐白石，在苏联产生过巨大的影响，使苏联美术界和文化界无人不知齐白石。因为白纸在苏联乃至东欧具有的影响力巨大，后来又来到中国的苏联很多学者和高级进修生，提到查瓦茨卡娅，都推崇备至，一致许其为研究中国美学和艺术史方面的东欧第一人。所以，如果由白纸撰写×××，此人也就会在苏联产生巨大影响。如果潘馆及时寄去潘天寿的资料，潘天寿在苏联的影响也是不言而喻的。

我和白纸长期相处，产生了很深的感情。白纸不仅是功力很深的学者，更是一位品质高尚的知识分子，她对普通老百姓十分客气，十分有礼貌。但对高级官员却十分高傲，有几位副省级官员去拜访她，她都拒绝见面。有几次，我带她去参加会议，台上一位副省级官员下来和她握手，她坐在那里动也不动，官儿把手再伸，她勉强握了一下手，回答官儿的话冷冷的，一丝笑容都没有。另外一次也是一位副省级官儿找她说话，她也十分冷淡，官儿用俄语和她讲话，她说："我不懂俄语。"弄得官儿十分难堪。事后我说："这个官儿是从苏联留学回来的，应该有点真才实学。"她说："人品好的人，能当上这个官儿吗？你不也是从美国回来的吗，你为什么当不上这个官？开学术会议，他们只能坐在台下听，为什么要坐主席台上……"接着她又说："赖莎懂什么！她凭什么管苏联的文化，她根本不懂苏联文化。因为她是戈尔巴乔夫的妻子。"后来，我才知道赖莎是和白纸同校的学生，但水平能力都远远不及白纸，可是地位却高于白纸。白纸对很多高级官员视如粪土。但我和她一起外出，有好几次，她看到可怜的儿童跪在街头乞讨，她都施舍，其实她自己也没有多少钱。回莫斯科前，我陪她去北京，晚上在王府井大街和北京饭店之间，遇到一个中年妇女乞钱，她给乞妇一元钱，那个乞丐以为外国人不懂华语，便大骂一通，嫌白纸施钱太少。白纸不解，问我："为什么我给她钱，她还大骂我？"我笑着回答："北京是首都，首都的一切都是国家级，乞丐也是国家级的乞丐。地方亿万富翁也是地方级的，我们从江苏来，江苏是地方，地位没有她高啊。"白纸笑了。

　　白纸回国前，要为我办一件事情。她送一块表给我的女儿，这块表颇有来历，是她的祖父在法国留学时戴的，后来给她的父亲，她的父亲又给她的母亲。她的母亲又一次经历法国留学，又经历苏联的卫国战争，这块表一直保存得十分好，现在她戴着这块表来中国，她要把这珍贵的礼物送给我女儿陈辞，并希望我女儿好好学习，她回莫斯科要办手续把我女儿带到莫斯科学俄语。我女儿年龄还小，但听说白纸要带她去苏联，当然十分高兴，我也就找人先教女儿俄语。

白纸回国前，多次流泪，当时的苏联状况不好，她说："陈——，我如果年轻二十岁，我一定不回去了。"接着她又说："陈——，如果我年轻三十岁……"她笑了笑，摇摇头，然后叹气。

白纸也经常给我谈起她的家人，特别提到她的外孙马尔克，十分聪明，她一定要培养他到中国留学，"我们一家都爱中国"，又笑着说，"因为中国有你陈传席。"白纸也经常谈到她的丈夫，但我知道，她的丈夫早已和她分了手，而且另成立了家庭，但她对过去的丈夫仍一往情深。根据白纸常给我谈到的，加上我女儿陈辞后来的补充可以知道，白纸一家都十分了不起，她的祖父、祖母都是从国外留学回来的，既是学者，又是诗人，又是老布尔什维克，为保卫和建设自己的祖国做过巨大的贡献。她的父亲和母亲也是留学生，父亲是考古学家、诗人，母亲通很多国语言，也是诗人，她的母亲仍健在，大约九十岁。我女儿去她家时，还教我女儿英语和俄语。白纸原来的丈夫也是考古学家，很有成就。白纸的儿子在某厂任党委书记。白纸当时和女儿、外孙马尔克以及老母亲一起生活。一家人靠她一个人的工资。她女儿很漂亮，和她年轻时一样的漂亮，大学毕业后，结了婚，生了儿子马尔克，后来丈夫和她离了婚。据说这是苏联普遍的问题，苏联女性多于男性，有成就的男性更是女孩追求的对象。据说，有的学者曾提出，有成就的男人可以娶两位妻子。但讨论的结果，这不符合什么主义，便罢了。白纸的女儿没有正式工作，在家照顾白纸，负责全家生活，并帮助白纸打字，整理文稿。我女儿到了莫斯科白纸家中，才知道白纸是位十分了不起的人物。但白纸不善交往，更不善处理生活，每天只坐在书房中读书写书，其他事一概不问。

白纸临走时，我送给她我的一些画和我的很多著作，又叫她从我家挑一些她最喜爱的东西，带回去作纪念，结果她只选中我的一个竹制的书架。这个书架价钱并不高，但确是文人喜爱之物。我把她和书架等物一起送到北京，她硬是带我到苏联驻京大使馆中做客。我陪她在北京玩了几天，又在故宫博物院看了很多古画，她对陈洪绶的画最感兴趣。她和我一起去看北海，去看国子监，去看当年她留学的北京大学，每到一处，她都深情地抚摸着古物或古迹，泪流不止，她反复说着一句话："这是我最后一次到中国，以后再也见不到了……"我也随着她悲痛不已。

我当时并不知道苏联的状况十分差，她走后，一位美国人告诉我，苏联这个老牌社会主义国家，现在连吃饭都成问题。我一震，早知道，我也给白纸多带一些吃的东西回去。后来，白纸通过长时间努力，寄来了苏联的文件，我为女儿申请护照去莫斯科，我经过多方打听，购买了当时苏联最紧缺的皮大衣多件、皮夹克、羽绒服多件，还有很多东西，又带去一些美元，有人计算，这些东西如果当时全在黑市上卖掉，加上美元，存在银行里，够我女儿在莫斯科生活四十二年。但白纸不会经营，估计她也没有卖，她仍然有传统知识分子的"安贫乐道"的思想，穷死也不去赚钱。后来有人通过我联系白纸要去苏联做生意，白纸打来电话："陈——，你疯了——"那时，她的经济状况很不好，但我从美国回来，还有一点点积蓄，资助白纸是完全可以的，但我太忙，一直抽不出时间去莫斯科。莫斯科方面也经常来人，我买了很多东西，想托他（她）们带给白纸，但这些人都带足了他们要带的东西回国，不可能再帮我带东西，我也不忍心再叫他们带东西，因为这会影响他们自己以后的生存。我顶多托他们带一点小东西给我女儿。我女儿批评我为什么不给白纸送东西，她不知道当时苏联人为了自己的生存，绝不会再替他人带东西。但我自己应该去一次，我至今十分后悔。白纸也经常邀请我去莫斯科，但我因忙，一天天拖下来。

苏联解体后，她又几乎每周给我打电话，大约是2000年前后，白纸从台湾来了信，她已应邀去台湾一所大学和研究所去从事中国文化的研究工作。她又托我在大陆买些图书寄去，我按她的要求买了很多，大概只有一本没买到。她很高兴，又经常从台湾打来电话，她在台湾待了一年多的时间。

后来，她的外孙马尔克从北京打来电话。原来马尔克已从莫斯科大学毕业，正在北京大学留学。但后来，我到北京去找马尔克几次皆未见，我又去了几封信。现在的年轻人不喜欢写信，只打电话或发电子邮件，可能是我的地址写得不准确，马尔克是否收到，亦不得知。但我好久未接到白纸的电话，我去了两封信，也未见复。2002年10月，马尔克到了南京，我恰好在南京。他找到我，在我的办公室里一叙。他的汉语十分流利，他告诉我，他想从事新闻工作。我问起白纸，他说："已经过世了。"我一惊，但马上控制住自己，问他何时去世，什么病。马尔克告诉我，白纸在台湾一年多，台湾的气候和莫斯科大异，她的膀子受紫外线照射过分，生了病。但白纸忙于学术，不去治疗，后来转化为癌，去世有半年了。我在马尔克面前尽量控制住自己。待马尔克走后，我喊着白纸的名字，哭了好久。第二天，我叫来女儿，叫女儿陪马尔克游南京，因为他们是儿时朋友。我仍在悲痛。

白纸的母亲活了一百岁，白纸也应该很长寿。我正准备去看她，未想到她只活了七十多岁。白纸的死，我想起来就痛哭。她的死，和苏联的社会主义失败有关。因为苏联——俄罗斯太贫穷，她在莫斯科无法生活，何况一家四口，都靠她负担，外孙又要留学，她应邀去台湾后，本该早点回莫斯科，但工作完成后，她又继续在台，台湾的生活要比莫斯科好得多。台湾属于亚热带，莫斯科属寒带，年龄大了，她不可能完全适应，于是生了病。如果俄罗斯的经济很好，她去台湾不会那么久，她甚至不会去台湾，那么，她也许现在仍在写作。

一个贫困国家的学者在世界上地位不会太高。弱国无外交，穷国无国际级的大名人。但白纸的功力、思想、文化底蕴都大大高于当今欧美的著名学者，她如果生在西欧或美国，肯定是世界上第一流的大学者，而且将是世界第一流学者中最出色的一位。

　　白纸离开中国后，我就一直未见到她，我一直想去见她，只因俗事缠身，误了，现在后悔莫及。每每回忆起来，泪流不止。

　　白纸是一位正直、高尚、伟大的学者和诗人，是我的好朋友，我将永远怀念她。

怀念亚明

亚明退休之后，在室中大书一"觉"字，又在大"觉"下写了"觉天觉地觉人，方为真觉，故自命觉斋"。他在南京的住处号"觉斋"，后来到了东山购"近水山庄"，又谓其园为"觉园"，由觉而悟，后又改为"悟园"，有时自称"悟人"。在画家当中，亚明可谓第一等聪明人，他对人生、对社会、对世事，都悟得十分透彻。

我和他接触期间，发现他对很多事都能一眼看穿其底细，并对很多问题发表自己独到的见解。但有一次，我问他一个问题，把他难住了。我问："现在社会上，好人多，还是坏人多？"他愣住了，然后反问我："你看呢？"我说："有人认为现在好人多，坏人少；有人认为现在坏人多，好人少；还有人认为好人少，坏人也少，不好不坏人多；更有人认为现在的好人就是坏人，坏人就是好人；还有人认为没有绝对的好人，也没有绝对的坏人。到底如何，还要研究一下再说。"亚明说："那就研究一下再说吧。"但亚明去世后，这个结论出了。结论是"坏人多"。为什么？

亚明生病，我久已知闻，虽然我十分忙，但我还准备去看他，而且还有很多话要给他讲。但他在哪里呢？我向很多人打听过，没有一个人告诉我他的具体地址，大多说："在上海，不知哪一个医院。""你去了也没用，医生不让见。"所以,我也就没法去。后来听说他回到东山,我又打听,回答是:"不在'近水山庄',在某医院。""在宾馆。……有几位小姐看护,小姐挡驾,不让见。""你一个堂堂大教授,又何必去求那些小姐……"我想也是,我的时间紧,去了找不到,找到医院,还要先见小姐……于是就算了,只好见人就打听,希望他迅速康复,也经常暗自为他祈祷。

几年后,北京一位朋友告诉我:"亚明这一次过不去了,他住在南京医院里,但不知是哪一家。"我回到南京后,向很多人打听过,都说:"亚明病重,需要休息,医院和家属都不让人见他。"我也无可奈何。既不知道住在哪里,又不让见,我真是没办法。但为什么很多人都见到呢?亚明死后,几乎所有人都告诉我:"亚明病重时住在某某医院,我们都去看过他。""他见我们去看他,很高兴,没有人阻拦,谁都可以去看他。"可在他住院期间,就没有一个人告诉我他的住址,可见这世界上坏人多,好人少。亚明追悼会前,也没有人给我发通知。南京和外地的朋友都来电话说:"我们接到通知,当然要去。以你现在的身份,如果没有接到通知,还是不要去。""我接到通知,但我太忙,不能去了。如果他们没通知你,你当然不要去。"亚明追悼会,我应该去的,也很想去。但我一向自卑心理很强,听朋友们劝告,也就没去。"亲戚或余悲,他人亦已歌。死去何所道,托体同山阿。"可是随着时间的推移,我愈加沉痛和后悔。我是亚明的好友,我为他写过一本书,我还借债凑钱为他塑过一个铜像,我还有很多话要给他讲。在他病重期间,我还应该想办法去看望他一次,但又不知道他地址,怎么看?愈想愈觉得这世界上坏人多,因为当时很多人都知道他的地址。

亚明太聪明,他又是一位不信邪的人。他死于肺癌,肺癌源于吸烟。他吸烟太厉害,我多次劝他戒烟,他反而说出很多吸烟长寿的道理,并举出很多吸烟长寿的例子。他在东山住的地方是他三十年前就选定的。那座古代建筑,居东山之中央,居住过很多名人,民国时是后来任台湾地区

"领导人"严家淦的住宅。严家淦去美国留学后就无人居住,一股阴气、潮气,也是不利于健康的,我在里面住过几天,就感到不舒服。如果彻底改造,又破坏了古建筑。东山是个半岛,居太湖之中,三面环水,只要迁移一下,或在临近湖边买一块地,重建一座新居,花不了多少钱,天天可以见到太湖,现代化建筑也有利于健康。魏紫熙先生居住在南京的公寓里,阳光明媚,又有木地板、空调,生活比亚明舒适得多。所以,我劝亚明迁居,他说:"没关系,我住在这里,一切邪气都不敢来侵犯。"因为我懂一点医学和卫生知识,后来又反复劝过他,他也打算迁居,好像是在南京的长江北。他说也准备给我要一块地,叫我和他在一起居住。但他舍不得"近水山庄",后来我太忙,也没追问此事。不久,他就生病了。

亚明去世前给人讲:"画了一辈子中国画,没有画出名堂,是一生最大的遗憾。"我听后,颇为震动。一切真正的聪明人都是很有自知之明的。亚明的画不能说不好,他是继傅抱石、钱松喦之后,"新金陵画派"的领袖人物,也是他那一代人中极有才气的画家之一。但其实他并没有受过正规的美术教育。他出生在合肥(我曾出一道谜语叫他猜:"亚老和赵绪成坐在一起。打一地名。"他立刻答道:"合肥。"因为他和赵绪成都很肥胖)。小时候,他上了几年教会小学,又读了几年私塾,后来因日寇扩大对中国的侵略,其父又去世,家宅又被日本飞机扔下的炸弹炸为废墟,他只好辍学在家,以捕鱼摸虾卖烟卷养活一家。十五岁参加新四军,十六岁又在淮南艺专读了不到一年书,以后都是在实践中锻炼,在战争年代,他主要画宣传画、办报纸、画报等。中华人民共和国成立后,他还搞过雕塑,他也没有正规地受过雕塑训练,但雕塑做得很好。他在无锡结识了吕凤子等人之后,才见到一些传统中国画原作,才对中国画有了一定的认识。1953年6月,他以艺术家身份出访苏联,对照中西绘画,他才决心学习中国画。他敏感地认识到,油画是西方人的绘画,从各方面条件看来,还是让给西方

世外风云任卷舒 陈传席

《世外风云任卷舒》

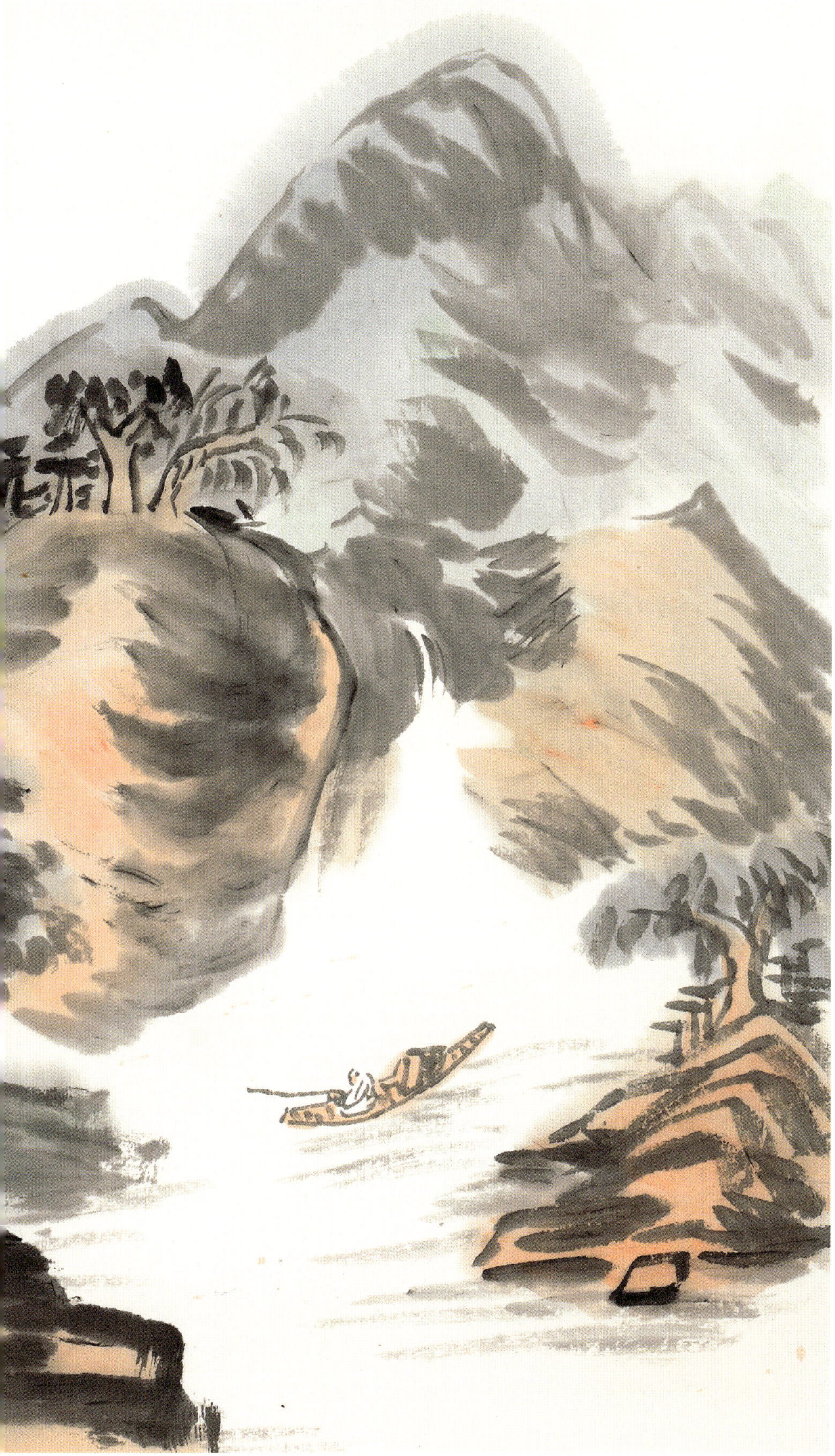

人去画，以中国人当时的条件，至少说以他本人当时的处境，只能在中国传统画道路上发展。他这一判断就十分正确。他正规学习中国画还是在画院期间，江苏国画院当时集中了全省的国画名家，尤其是一代大家傅抱石等。亚明在其中，既是领导人，又是学生。他开始向傅抱石等人学习，很快就掌握了传统的笔墨技巧。但亚明不光是向傅抱石等人学习，他也学古人，综采百家，又师造化。他常说："我有两个老师，一个是传统，一个是大自然。"所以，他的山水画是在有了传统技法之后，又去大自然中写生，加上他的性格而成，他的作品自然不同于傅抱石等人。他的画，在二十世纪七十年代之前，还是以人物画为主，兼画山水。二十世纪七十年代后期之后，就以山水画为主，兼画人物了。就灵性而言，亚明的画在江苏堪称第一。他有时能画出很杰出的作品，有时又一般化，因为他身居要职，行政职务又多，不能专心作画，但又不能不画，所以，很多作品便草草应世。他无法静下来认真研究，这是他的艺术没达到炉火纯青境界的原因之一。

亚明的人物画本有很高的成就，他1958年仅三十四岁，所画工笔画《货郎图》，参加全国展览后被中国美术馆收藏。画中二十四个人物（二十一个女性），个个造型准确，个性突出，不仅画出了每一个人的形态，更画出了每一个人的神韵。他1978年在巴基斯坦等国的写生人物画，不仅能得外国人的神韵，且笔简意赅，色墨清润而雅正，格调也高于前。但他后来没有在人物画方面发展。

1984年，亚明辞去一切职务。虽然仍任江苏省美协主席，但只是挂名而已，不再过问任何事情。二十世纪九十年代，他迁至东山"近水山庄"，把主要精力用于作画，他的山水画有很大的进步。尤其是在1993年之后，他已七十岁了。这时他的心已静下来，心静则画静，画面上不像以前那样率意、纷乱，飞动之势和激烈的气氛也减弱了，但增加了静气和沉稳之气，而且画出了浓郁厚重浑朴的气息，色墨也比以前显得整洁。尤其是他自藏的《长江图》和《黄山图》两长卷,大异于他平时信笔而画的作品。其结构严谨,功力浑厚,笔墨浑朴,在当时画坛十分鲜见。我观后大为吃惊,曾问他:"这两幅作品为什么如此精到,和你的常见作品判若两人。"他说:"这两幅画,我画了近十年,在最静、最想画的时候才动笔,稍一松懈或精力稍不集中时便停笔。我在这里,干扰还是多。"

干扰多是亚明的艺术没达到最高境界的主要原因,他退休前忙于事务,退休后,又忙于卖画。他的心肠好,很多人要买他的画,他不能不应付。流传在外的画百分之九十不能代表他的最高水平。他的精品画太少,但他的精品画也确实好。

亚明对绘画的认识水平和艺术修养都远远高于他的绘画实践。他如能排除干扰,静心研究绘画,他的艺术水平将会大大高于现在。

此外,亚明是具有中庸思想的人,不偏激,这适宜做官,却不利于突出风格的形成。需要补充说明的是,亚明的政绩也十分突出。他一生没有伤害一个好人。1957年反右派斗争中,在他的保护下,江苏省美协和画院以及其他机构的美术界人士,没有一人被打为右派。这在全国是唯一的现象。当上级向他要右派指标时,他冒着自己被打成右派的危险,硬是顶了回去。朋友、学生有困难,他都尽力帮助。这也是他在美术界享有崇高威信的原因之一。

我在写文之余也画画,我把我的画拿给亚明看时,他都十分认真,道其优劣,而不像一般画家那样,见了别人的画,只违心地说:"好、好,比我画得好。"古人常说:"传其常情,无传其溢言。""言之必溢,其人必伪奸。"见到别人就讲过分夸大的话者,其人必虚伪奸诈。实实在在的人,总是有好讲好,有坏讲坏。亚明是个"悟人",又是实实在在的人。这在他的画中也能得到验证。他的画有时虚灵飞动,有时严谨稳重,但风格的多样性必统一于性格的同一性之中,他的画风虽多,但反映出他的性格都是一致的。

亚明逝世即将周年,在他逝世前,我未能去看望他,深感痛悔,故写作此文,以传达我对他的怀念之情。

怀念李铸晋先生

李铸晋先生是美国堪萨斯大学艺术史系的讲座教授（高于一般教授），他退休后，学校根据他的贡献，又授予他"荣休教授"头衔。在美国，其他几位名气也很大的艺术史教授都没有这个地位。先生晚年，夫人先逝，他一个人生活不便，便离开了堪萨斯州，居住在美国北部偏东、靠近加拿大的Milwaukee（密尔沃基）市，因为他的儿子在这个市担任医生。

上上个月（2014年10月）初，我又到了美国，先是到了南犹他大学演讲中西文化的区别。然后到了洛杉矶，又到了达慕思大学演讲中国诗、中国画和中国书法等。到了纽约，又到了巴黎，在卢浮宫，中西画家推举我为中西画展评审主席，又接受巴黎市"荣誉市民"称号，然后又到了北欧，时间很紧，但我一到美国就给先生打电话，无人接，再给先生寄信，再给先生挂号寄去内子石莉翻译的他主编的著作《中国画家与赞助人》，均未获回应。回来后，薛永年兄告诉我：先生已于9月16日去世了。

听到先生去世的消息，我悲痛不已。我终生最感谢的就是先生。

我和先生相识是在1984年的合肥黄山会议上。1982年，我研究生毕业，被分配到安徽省文化厅文学艺术研究所工作。当时，中宣部有个通知，宣传本地区的文化名人。安徽文化名人很多，而绘画名人，我们选了明末清初的渐江（弘仁）和尚。宋代的李公麟也是安徽人，但距现在太远，且画迹难寻。元、明也有一些画家，名气和贡献都远不如渐江，黄宾虹的成功也是在以渐江为首的"新安画派"影响之下。渐江是著名的"新安画派"之领袖，是"新安四家"之首，也是"四僧"之首，对当时和以后的绘画史影响巨大。所以，我们选渐江为研究和宣传的重点。1984年是渐江逝世三百二十周年，所以，我们定在1984年召开一次国际性的学术研讨会，研究渐江和黄山画派。而我于1982年年底就开始准备，一面到全国各地博物馆院去商讨借画到合肥展览，一面向国内外的学者发出通知，先生在接到通知后，立即给我回了信，先是称赞我们为开展学术活动而做出的努力，次是表示一定前来参加盛会，同时又为我们提供很多信息。先生知道我是研究中国美术史的，后来陆续给我寄来很多资料。

研讨会筹备到一半，研究所和文化厅领导多次叫停，说不再开这个会，经费也没有，人力也不够。又说："当时为了响应中宣部号召，现在……"官场之事，总是下级哄上级，哄一下就算了，但学者总是很认真的，不能失信，所以我坚决反对，因为我和很多人联系，李铸晋等先生都十分支持，怎能半途而废呢？我当时年轻，一个人坚持筹备下去，上级几次警告叫停，我不听，继续筹备，并和李先生等国内外学者联系，最后得到省委省政府的支持。1984年，研讨会如期召开，李先生从美国飞往合肥，这是我第一次见到先生。

大会虽然是以省政府名义召开的，实际上都是我在筹划。连领导的讲话稿都是我写好，他们念的。省委书记、副书记（资格比书记还老）、省长肯定要上主席台。安徽省美术家，我们推赖少其上主席台；华君武代表全国美术家协会上主席台；海外学者代表，我推李先生上主席台并讲话，李先生谈了他在美国几十年，但对祖国十分怀念等等。

会议期间，李先生多次找我谈事，我和先生关系甚好。李先生回国后给我寄来很多论文和美术史研究资料。

不久，我的第一本学术专著《六朝画论研究》出版了，我随即给先生寄去一本。先生读到我的著作，大为高兴，大概他向一个基金会推荐，经过讨论、审查，于是便邀请我赴美，任堪萨斯大学研究员。

这个时候（1985年）我已调到南京师范大学美术系工作。先生的邀请函是寄到安徽省文学艺术研究所的，南京师范大学为了调我，说：你到江苏来办护照和出国手续更容易。先生从美国来信、来电话说邀请函继续有效，希望早日成行。谁知道我到了南京，因不知官场潜规则，本来一天就可以办好的手续，结果办了一年多，天天去省有关部门催办，每次的回答都是"等研究以后再说"。他们不批但讲不出任何道理，因为李先生为我办的手续完全符合国家要求。为了配合我办手续，李先生又从美国寄来飞机票，我拿飞机票去审批部门，说明：再不批，飞机票便浪费了。但官儿们仍然无动于衷，因为浪费损失并没有损失到他们，他们没有得到好处，仍不批。一年多以后，一位出版社的负责人出于同情我之心，给她认识的一位高官打个电话，次日便批了下来。先生为了我顺利通过美国总领事馆的签证，又特地给美国驻上海的总领事馆打去电话，所以，我拿了护照到了美领事馆，一分钟也没耽误就签了证，也就当即从上海飞到美国，转了一次机便到了堪萨斯州，李先生早已派人接我到堪萨斯大学附近他的住所，这时已是半夜时刻，先生和夫人正在等我。见面后我们都十分高兴，一直谈到下半夜。

从1986年到1987年，在堪萨斯大学这段时间，是我终生难忘的时期，是我经常回忆且十分留恋的时期，大概也是我一生最美好的时期，我在那里读书、看画、练英语，观看美国风光。堪萨斯州在美国中部，没有大型工业基地和商贸集市，到处是大森林，我租住的地方，后面是大树林，参天大树，藤萝缠挂，薜荔墙封，阳光斜沥其间，松鼠跳跃奔腾，一派生机。

《孤舟夜泊江南客》

孤舟夜泊江南
客，故國北來
燕山客
偉傳彥寫意

真是：会心处不必在远，翳然林木，便自有濠濮间想也。房前一片绿草地，空旷而清净。至今忆之，仍令人销魂。而且这里有大学博物馆，有州博物馆，纳尔逊艺术博物馆也是美国藏有中国古代绘画的五大美术馆之一。空气新鲜，人少树多，学校又赞助我去美国各地参观，这一切都是李先生的帮助，我永远不会忘记。

和李先生交谈知道，先生原籍中国广东，早年考入南京的金陵大学外文系，业余喜爱绘画，毕业后留校任助教。1947年，教育部要送一名学生赴英国深造，在全国招考，李先生参加考试，结果名列全国第二名，第一名去了英国。李先生未能得到官费赴英。但这一年，美国也从中国挑选一名学生去美深造，但美国取省事法，从前一次考试中选，第一名去了英国，第二名便是第一名，李先生是当然的人选，而且得到的赞助更多。于是李先生便和夫人邝耀文女士（毕业于金陵女子大学）一起赴美攻读英国文学。他们本来打算几年后学成便回国。但后来局势变化，中华人民共和国成立，原来派遣先生去美国的国民党政府已败退台湾，李先生不知如何是好，于是决定在美国等几年再说。这一等，先生感慨地对我说："谁知这一等就是四十年啊。"

先生在美国看到西方很多油画原作。出于对艺术的热爱，先生在博士研究生期间改治西洋美术史。但当时美国需要一批研究中国美术史的人才，因为美国得到一批中国古代绘画珍品，亟须有人研究。李先生又改治中国美术史。

因为李先生英文水平高，又懂中国艺术史，所以，瑞士的大收藏家但劳慈便聘请他研究自己收藏的中国历代绘画。1960年，李先生在瑞士出版他的研究成果——两大册的巨著《千岩万壑》，这是一部以画为史的研究著作，改变了以往因人设史的写法，奠定了李先生以后治学的基础。1962年，李先生在爱荷华大学任教授。1964年，李先生又在瑞士出版他的巨著——世界上第一本以存史为目的的《中国现代绘画史》。同时，先生又应香港中文大学之邀，任艺术系教授兼系主任。中国台湾著名诗人余光中等人皆出于他的门下。1966年，美国堪萨斯州立大学成立艺术史系，这是美国也是世界上最大的一个艺术史系（学生最多），校方特地赶赴中国香港聘请李先生去该系任讲座教授兼系主任。李先生推荐中国台湾著名画家刘国松接替他的职务，这使刘国松得以成功，李先生便离开中国香港，回到美国。从此，李先生便在这个风景美丽、幽雅的大学城定居。这期间，他完成了他的代表著作《鹊华秋色——赵孟頫的生平与画艺》。《鹊华秋色图》是元代赵孟頫的名作，现藏台北故宫博物院，李先生仍然从画入手，研究其作者、绘画的时代、传承及对后世的影响，具体而微，一部中国的山水画史，都在这一幅画中体现出来了。

在此之前，一般学者研究绘画史，皆从作者谈起，以文献资料为主，李先生以画为切入点、为研究中心，以文献资料为辅，这种研究方法对后来的美国和中国的学者影响颇大。李先生也因此成为美国杰出的教授。

中美邦交正常化后，美国政府派往中国访问的第一批学者五个人中便有李铸晋先生，而且李先生是唯一的华人代表。古人说"立德、立功、立言"，三者很难兼有，但李先生就兼有。立言，李先生是当代国际上著名的学者，他对元代绘画史的研究，对现当代中国绘画的研究，都是权威。立功，先生创建了几个大学的美术系和美术史系，并兼任系主任。立德方面更是突出，他奖掖后进，不遗余力，其他教授也帮助过别人，但多出于互利的目的，希望得到回报。李先生对有出息的年轻人，在学业上指导，经济上帮助，都是不求回报的。我到了堪萨斯大学之后，李先生对我真诚帮助，我是深有体会的。我有一位"朋友"出于妒忌心理，在李先生面前讲了我很多坏话，并挑拨我和李先生的关系，李先生都告诉我了。因我平生和人相处有两个原则，一不伤害别人的健康、身体，二不损害别人的前途。

我如果辩解或说明真相，便会影响他的前途，所以就没讲。李先生对这位"朋友"也是深信不疑的。但李先生仍对我负责到底，帮助我到各地参观旅游，直到回国前，途经日本，李先生还为我联系，并一一计算我身上的美元够不够用。我说我日本有朋友，先生说："还是自己准备好。"果然，我在日本的中国"朋友"（我曾帮助过他）并没有去接我，也没有给我什么帮助，而且……幸亏李先生帮我计算好充足的钱，否则就麻烦了。很多海外华人都说："李铸晋教授是中国人在海外的保护人。"

我在回国后，真诚地为先生做了不少事。包括写文章介绍先生，翻译先生主编的著作等，至于先生介绍的留学生和学者来找我，我都尽最大的力量帮助他们。先生喜爱收藏，我找了很多画家为他画画，可惜都毁于一次大火灾中。

先生每次回国，我都去拜望，帮助先生做一些事，他很感动，几次说："我现在已退休，已无力再帮助你了。"我说："先生曾经帮助过我，我永远感激先生。"先生对我友好如初。后来还给我寄来很多信件和著作。出卖我的那位"朋友"，我一直想给先生讲，但犹豫几次，还是不讲了。我曾真心对待这位"朋友"，又何必再坏他的事呢？自己背了这个黑锅吧。后来他在香港写文章攻击我，我也一笑了之。天理昭昭，自有公道。现在，李先生已仙去，这深藏在心里的话也就永远埋在我心里了。

李先生八十岁生日时，我本想赴美祝贺，但签证不易，我写了一对寿联，表示祝贺：

    纵化六十年，道德高悬日月亮；
    弦歌半世纪，桃李遍布东西球。
    ——贺吾师李铸晋教授八十寿辰　弟子陈传席

这副对联后来也收入《陈传席文集》第六卷中，秀才人情半张纸，也只能如此。

先生九十岁时，我曾写文论先生的治学，引用了《明儒学案·莫晋序》中的话："则东西相反而不可相无，百川学海而皆可至于海……庶不负先生提倡之苦心也夫。"现在，先生已驾鹤西去，但先生所提倡的学术和治学方法，仍然流传于世，将永远沾丐后人。

在我的心目中，先生"品高，功高，学高"，是古今少有的完人之一，是我的恩师。闻先生逝世，我几夜未眠，泪流不止，我将永远怀念先生，愿先生天堂安息。

怀念沈侗廙

一

几十年来,我所接触的或认识的大名家及大官儿等"大人物",在我心中大多十分淡漠,或如刍狗,或如云烟,没有什么分量。唯有沈侗廙,一直在我心中占有很高的位置和很重的分量。

他是有真才实学的真正的学者,不但知识渊博,有才气,而且才气过人。他更是有气节,有风骨的正直学者。他平生坐牢三次,但仍有强烈的爱国心和民族气节,事事体现他的家国情怀。就人品高尚而论,沈侗廙也是时代的铮铮佼佼者。这是我一直怀念他的主要原因。

沈茹松(1919—1989),号侗廙,他自己写作署名侗廙,大家都称他为沈侗廙。浙江嘉兴人。1978年,安徽阜阳师范学院成立,需要美术和美术史教师,经他老同学介绍,他进入阜阳师范学院,在美术系教授中国美术史。阜阳地处皖北淮北地区,我当时在淮北一家煤矿工作,也常和美术界人士交往。因为那一年,我投考了美术史研究生,很多人(包括阜阳师范学院的人)告诉我,阜阳师院有一位美术史老师沈侗廙,十分了不起。说他1957年因和美术界的领导人江丰辩论,被打成右派,但不久,江丰也成为右派。"文革"后,思想解放运动开始,江丰发表文章,沈侗廙又在

《美术》上发表文章和他辩论,等等。讲得神乎其神。

后来,我问了沈侗廎,他说被逮捕坐牢三次倒是事实,但右派不是。他说:"1956年,因为江丰'厚西洋,薄传统',以西洋画观点指摘中国画,我为了维护中国画,维护传统,写文章和他辩论。但文章发表出来后,因为反对江丰这位党的领导人,我被组织上审查、提问,眼看要倒霉,右派肯定跑不了。忽然在报纸上见到江丰被打成大右派的消息,我就解放了。不但没有成为右派,而且还成为'左派'。"

二

我考上研究生后,便离开淮北,去了南京师范大学,1982年毕业,分配到安徽省文化厅,在文化厅所属的文学艺术研究所从事美术史研究工作,同时也分管一些全省美学方面的工作。第一次和沈侗廎见面是什么时候、什么地点,记不清了。他每次去合肥,必找我一叙。我经常向他约稿(出版安徽省美学论文集之类),也经常借故请他来合肥,为见一面。每一次见面,先是谈时事,谈社会状况,他总是慷慨激昂,疾恶如仇。有时对丑恶之事与人,破口大骂。继之引用古典、历史及古诗词论证其非。接着便谈诗。我和沈侗廎谈诗多于谈美术史。

有时评判学术界人物。有一次谈到冯其庸的诗,沈侗廎说:"冯其庸的诗不行。"在场的很多人都以为沈侗廎和冯其庸关系不好。有人便迎合他而否认冯其庸的红学家地位。我也说:"冯其庸不是研究《红楼梦》的,他是研究曹雪芹的。"谁知沈侗廎马上反驳,大谈冯其庸的红学功力和成就,说当时无人可比,你们要研究《红楼梦》,这辈子赶不上冯其庸。他讲了很多褒扬冯其庸的话。原来,沈侗廎是实事求是的人。冯其庸的诗确实赶不上沈侗廎,差之甚远。冯其庸开始写的诗,诗味甚淡,后来好一点,但一直赶不上沈侗廎。所以,沈侗廎不能违背自己心意说他的诗好。从来的真人，有成就的人都是实事求是的，不违心讲话的。林散之多次讲自己的书法比祝允明好，但见到王铎低头。赖少其和唐云是好朋友，早年曾向唐云请教，但他晚年说："我的画比唐云好。"谦虚是美德，过谦则伪诈。沈侗廎盛誉冯其庸的红学研究，不但有根据，也有感情，是实事求是的。

三

沈侗廎是有气节、有风骨的人，从不拍马奉迎，和有学问的人谈得津津有味。遇到官儿，则一言不发，有时还会骂一句："他们懂个什么！"

沈侗廎重气节、重风骨，也用在他的美术史研究上。1982年年底，我到了安徽省文化厅，就开始组织国际黄山画派研讨会。到1984年5月10日大会在合肥隆重开幕。当时的省委书记、省长、副书记、副省长及文化界的官儿，名家都参加了这次大会。学者参加会议几乎都是我邀请的。国际著名学者，美国的李铸晋、方闻、傅申、艾瑞慈、班宗华、高居翰等，日本的古原宏伸、新藤武弘、西上实等，还有德、英、法很多学者如雷德侯、苏利文等以及国内的名家，都是我邀请的。当然，我也邀请了沈侗廎。

沈侗廎在大会上宣读了他写的《节操是艺术家的灵魂——试析渐江的爱国主义精神》，文中大大赞扬渐江的爱国主义精神，渐江为人的风骨气节。同时大骂石涛丧失民族气节，身为明王朝宗室后人去跪接清朝皇帝的驾，口称"臣僧"，俗不可耐。继之又从风骨气节论到艺术，他说石涛的艺术也不行，说石涛的《画语录》和题识一样，有时周折艰深，故弄玄虚。他的花卉兰竹，更见柔弱，缺乏骨力，这不能不说画如其人了。

显然，沈侗廎把自己的情绪带进了学术研究中了，也说明他是十分重气节，有风骨的人。

会议之后，世界上那么多学者，我都没有陪，唯陪同沈侗廎和北大的吴小如游黄山，畅谈古今。

四

会议期间，我们出版了《纪念渐江大师逝世三百二十周年大会暨黄山画派学术讨论会·简报》，除了报道有关大会的内容外，还刊发了不少诗词，当然全是格律诗。因为我们邀请的北京、南京、上海、杭州、成都以及东北等全国各地的著名学者大多是名师硕儒，都是赫赫有名的，除了专业外，也大多是诗词高手（当然，国外的学者、专家全是不行的）。遇到这样盛会，每人都要写几首以纪盛事。沈侗廔在这一批人中，是名气最小、地位最低的一个。但他逢诗必和，我把他的和诗也发表出来，与会学者一看，都很吃惊，公认沈侗廔和诗更好。

他还写了一首评渐江和石涛的诗：

天涯行脚不空僧，沙界尘生劫爱憎。
落日啼鸦哭钟阜，惊涛拍岸过零丁。
竭来云海黄山屐，老去琉璃古佛灯。
屐与阿长论忠孝，臣僧接驾愧无能。

最后两句是斥责石涛的，说他居然为清朝皇帝"接驾"。他写诗，对那些不忠而又缺少风骨的人，都大骂一通。

虽然沈侗廔只写了几首诗，他的诗名已为当时参加会议的学者们公认。

五

黄山画派研讨会之后，南京师范大学要调我回校任教，并要我担任系主任，即后来的院长，我坚决拒绝，声明绝不当官。后来，书记又找到我，说回校不当系主任可以，但系里事你要过问，你发指示，我们照办。我笑了笑，说："提出建议可以。"书记说："只要你说的，我们必须照办。"

云龙湖峰
坐云荒莲夜
气氛山隔树影
空著莲枝
莫望不见月
明花垂对秋
风
陈传席感事
写此遣怀

《云龙湖峰》

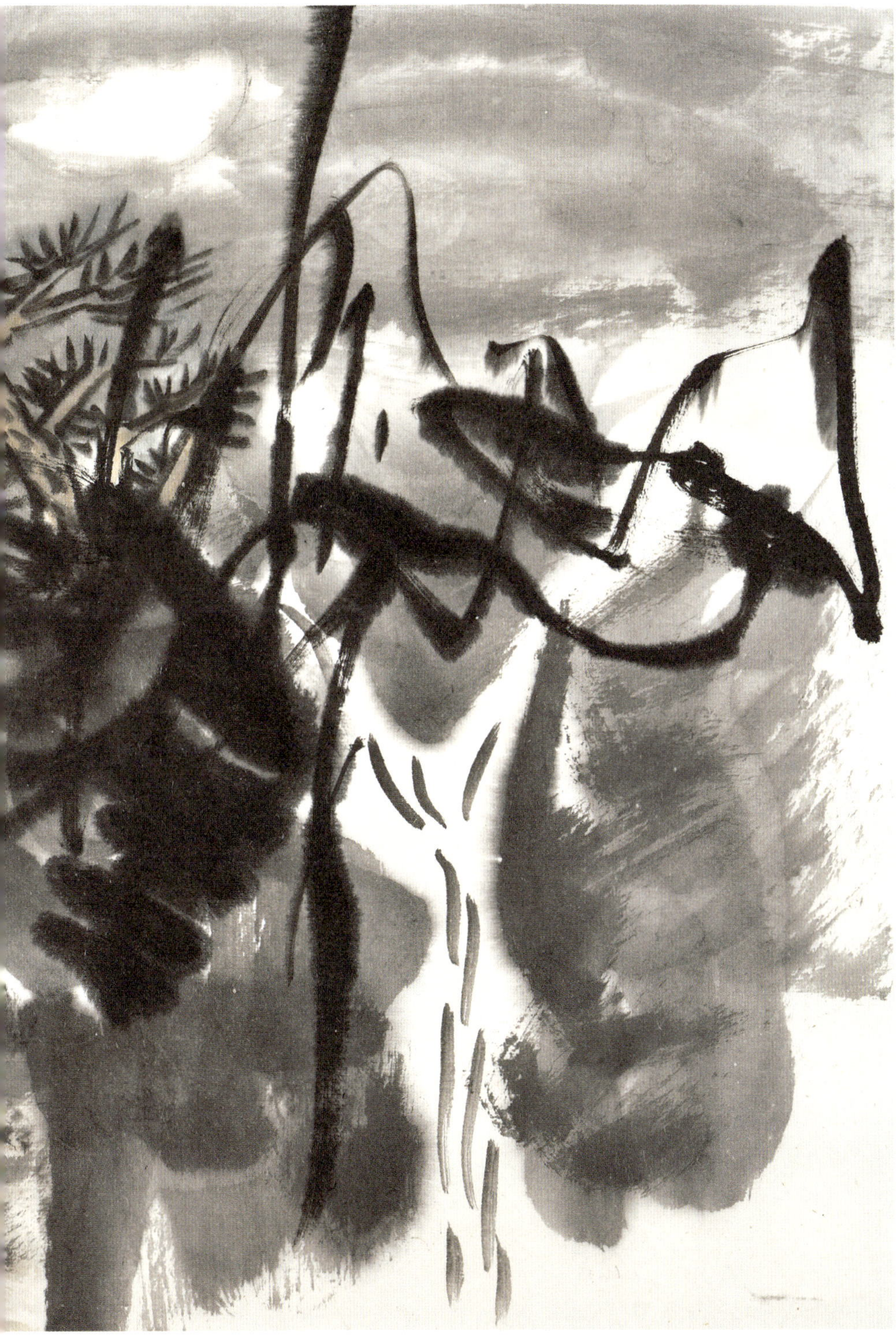

我回到南师大美术系后，即推荐沈侗廙，要求把他调来，我给当时十分有权的书记讲起沈侗廙的人品、才华等。书记十分感兴趣，说："你陈传席能看重的人，肯定是十分优秀的。"书记便到学校找房子，准备调沈侗廙来南师大任教。知道沈侗廙的人都说："那好了，沈侗廙肯定很高兴。"但我和沈侗廙联系时，他十分慎重地给我说："我家在浙江嘉兴，离南京很近，离阜阳很远。南京是大城市，是六朝古都，文化底蕴十分厚，阜阳是农村城市，无文化底蕴。南京师范大学是百年老校，原中央大学；阜阳师院是新建的学校。不论是从哪方面看，我去南师大都比在阜阳师院好得多。但是，我不能去。"

我问："为什么？"

沈侗廙说："我在最困难的时候，阜阳师院收留了我，安排我的工作，我第一次生活有了保障。现在我有了好的去处，便离开这里，这是没有良心，做人不能这样。我无论如何也不能去。"那时候的学者，大多是重道义、重情操、重良心的，不像现在某些人唯利是图，毫无道义。当然，他又讲了很多感谢我的好意的话。

我很感动。校领导问我沈侗廙何时能来，我把情况告诉有关领导，大家都说："现在还有这样的人?!"又对我说："你推荐的人，推荐对了，这人不仅学问好，人品更高尚，调不来，是南师大的损失。"

后来，听说阜阳师院对沈侗廙并无太好的照顾，家属也没有调来，他经常从阜阳赶回嘉兴老家。他如果调到南京师大，家属也可以调到南京，并适当安排工作。但沈侗廙拒绝了去南京师大，仍然留在阜阳。他的心安了，这是他高尚的、具有传统道德的人品决定的。但很多人为他惋惜。

六

因为我的纯学术性著作《六朝画论研究》出版后，传到美国，由华人学者、著名的美术史家、讲座教授李铸晋先生推荐，堪萨斯大学邀请我去该校任研究员。那个时期能出国者极少，我拿了美国堪萨斯大学的邀请函，去江苏省政府的大概叫外事局的地方办理手续。我的条件完全符合他们的出国条件——美国方面请我的"邀请函"、聘任我为他们研究员的任命书，还有发给我每月工资的证明等等。我以为所有条件都符合，到了就会批准，但到了后，他们看了看，把材料收了，说"你等候通知吧"这样。我每日去催问，一日、两日、一周、一月、两月过去了，他们根本不批，只说："等我们研究研究。"对方的飞机票时间已过，我急得去大骂，他们也不理。那段时间，我天天气得发疯，鼻子流血，于是便扬言，要买几颗原子弹、氢弹去炸他们。

我曾在南京学习生活两年，对南京的风光十分欣赏。但那时，每天学习紧张，并没有好好地、静静地享受这六朝遗都的美景。这次回到南京，开始心情轻松，得以慢慢地欣赏品味南京风光。那满城的合抱粗的大梧桐树，一条路上有六排，蔽日遮天，十分壮观，我便吟出了：

　　一城黛色六朝水，
　　半席玄言两晋风。

"一城黛色"指的是南京满城大树，绿叶遮天。六朝水，南京是著名的六朝古都。当时我正研究魏晋玄学，故有"半席玄言两晋风"之说。

两句吟出来之后，自以为得意，便开始自我欣赏。后来因为跑省政府的外事局，吵架、骂官，到处要买原子弹，气得头昏，诗便没有完成，只留下两句。正好，侗廔来信，我便把这两句寄给他，乞补全一首七律。侗廔马上回了信，完成了一首七律，又加一首，共两首七律。我当时根据信封的日期计算，他补全了一首，另作一首，时间不会超过半天，很可能就

几个小时。诗的题目是《传席兄出国讲学前,于南京古城,得二句,寄余,命足之》:

把手千杯东海东,欧云美雨楚天空。
一城黛色六朝水,半席玄言两晋风。(传席兄句)
伫听凤鸣青城外,可容犬吠出云中。
淮王若许成仙客,还有盈门五尺童。

另一首是:

枉说推陈与出新,棘门又遇楚狂人。
九天来必无明主,四海常教若比邻。
蕉叶裁诗赠行客,霸桥折柳远飞尘。
中华儿女频须记,我是泱泱大国民。

前一首,补足了我的二句,成为一首完整的七律。后一首还是提醒我,要坚持民族气节,记住"我是泱泱大国民",也可见侗廔的民族气节和中国传统文人的风骨。

后来因为一位出版社负责人看到我天天去省政府催批示,而官儿们却无动于衷,任你怎么骂,他们都端坐办公室,只讲:"等待研究。"跑了近一年时间,毫无进展。这位官员很同情我。我给这位官员说:"按政策,他们应该批准我外出,不批是错的。"他说:"应该批。但不批,你又能怎么样呢?你再跑一年,他还不会批。""我买原子弹炸他。""你那点工资,一辈子也买不到原子弹的一块皮。再说,你想枉杀无辜,把我们都炸死吗?"说着他拿起电话,讲了几句,最后说:"南京师大有一位青年教师,要去美国，手续都报上去了，你给批一下吧。"然后给我说："你嘴闭上吧，明天上午，去取批件。"我说："不可能，我跑了一年都没有用。"第二天上午我去了，他们一见我，一改过去冷若冰霜的面孔，和和气气地给我说："批下来了。你拿去赶紧订票走吧。祝你讲学成功。"我当时惊呆了。

我赴美时，还把沈侗廙这首补足我二句的诗和他另一首诗带在身上。给很多美国学者看过，都一致称赞。

去年初，沈侗廙的公子永如把《沈侗廙诗集》寄给我。我没有找到这首诗，就发信给永如，说明有一首诗，其中"一城黛色六朝水，半席玄言两晋风"是我写的，沈侗廙补成全首。这首诗应该找到加进去，并作说明。永如回信说找到了，在诗集某页。我按图索骥，果然找到了。原诗题太长，他改为《传席兄出国讲学来函乞诗》。内容未变。如果再版，请永如加一注释："其中第二联为陈传席句，陈出国前，未能续写，寄给家父，乞补足全律。"或："乞足之。"诗题也应改为《传席兄出国讲学前得二句，寄余，乞足之》，以免误会。

有一位老先生把他自己的诗集给我看，说："我的诗写得不好，但在中国，我看还没有人比我写得好的。"我说："沈侗廙呢？"他马上说："沈侗廙诗写得好，但他不在了，除他之外，没有人比我写得再好的了。"

我的评价：沈侗廙的诗，和他同时代人相比，应数第一，至少应数第一流。人品、风骨第一流，民族气节第一流，学问第一流，亦擅书画、篆刻，为文人余事。但命运不太好。

向度 — 文丛

石头和墙

卷②

陈传席 著

广西师范大学出版社
·桂林·

石头和墙
SHITOU HE QIANG

出版统筹：	多　马
策　　划：	多　马
责任编辑：	吴义红
	周萌萌
产品经理：	多　加
	周萌萌
书籍设计：	周伟伟
篆　　刻：	张　军
	张泽南
责任技编：	伍先林

图书在版编目（CIP）数据

石头和墙：全3卷 / 陈传席著. -- 桂林：广西师范大学出版社，2024.9. --（向度文丛）. -- ISBN 978-7-5598-7254-8

I. I267.1

中国国家版本馆CIP数据核字第2024UZ3601号

广西师范大学出版社出版发行

广西桂林市五里店路9号　邮政编码：541004

　网址：http://www.bbtpress.com

出版人：黄轩庄

全国新华书店经销

天津裕同印刷有限公司印刷

　天津宝坻经济开发区宝中道30号　邮政编码：301800

开本：787 mm × 1 092 mm　1/16

印张：28.25　　　　　　字数：270千

2024年9月第1版　　　　2024年9月第1次印刷

印数：0 001~5 000册　　定价：186.00元（全3卷）

如发现印装质量问题，影响阅读，请与出版社发行部门联系调换。

目录

卷 ②

陈平和金钱、美女	003
蔡文姬、李清照的荣辱	010
荣启期和被裘公	017
大禹并未传位给子	022
怎样成为伟人	027
从"宁戚饭牛"谈起	034
读史三则	039
陈独秀之父陈庶、瞿秋白之父瞿世玮	045
不可思议的思议	052
王少陵谈徐悲鸿和孙多慈	058
今古二事感叹	062
画坛点将录	067
张大千在安徽二三事	075
张大千破坏敦煌壁画等问题	080
张大千卖画报国内幕	091
游美闻见记	097
随笔三则	121
家乡·父母	125

卷②

陈平和金钱、美女

陈平和张良一向并称，都是刘邦的大谋士，后来陈平的地位（宰相）比张良高得多，何以刘邦总结的"三杰"只有萧何、韩信和张良，而没有陈平呢？加上陈平，为"四杰"不更好吗？陈平离间项羽君臣关系，削弱其力量，促使韩信出兵灭项羽，救刘邦出平城，一语而擒韩信，皆非常之大功。至于刘邦死后，他灭诸吕，安刘氏天下，功更大于张良。

我看了《史记》《汉书》，发现陈平和张良都是美男子。司马迁原以为张良"魁梧奇伟"，但见到张良的画像，"状貌如妇人好女"（如一个漂亮的女子）。至于陈平，史书多次记载他"长大美色"（高大貌美），"美丈夫，如冠玉"。《史记》记陈平文字不太多，提到他美貌处有五六次。明末最了不起的大画家陈洪绶画《博古叶子》，其中有一幅《陈平》，旁写"美好者饮"。"博古叶子"，喝酒时用，有人抽出这张叶子（如纸牌），在座中最美的男人就要饮一杯酒，可见陈洪绶也是把陈平作为美男子的典范来看的。张良只是貌如妇人好女，但多病，且"病甚"。所以，汉朝建立后，他天天从事养生之道，身体不太健康。陈平高大美貌，且一直精力充沛，因此，就美男子这一条论，也是强于张良的。但陈平的美貌也不如张良的美貌名气大，后人屡屡提到张良美，除了陈洪绶外，很少有人提到陈平美。郭沫若第一次见到毛泽东，说他像张良一样"状貌如妇人好女"，而未提到美如陈平，其实毛泽东高大美貌，更像陈平。

秋风相引到深山

陈传席

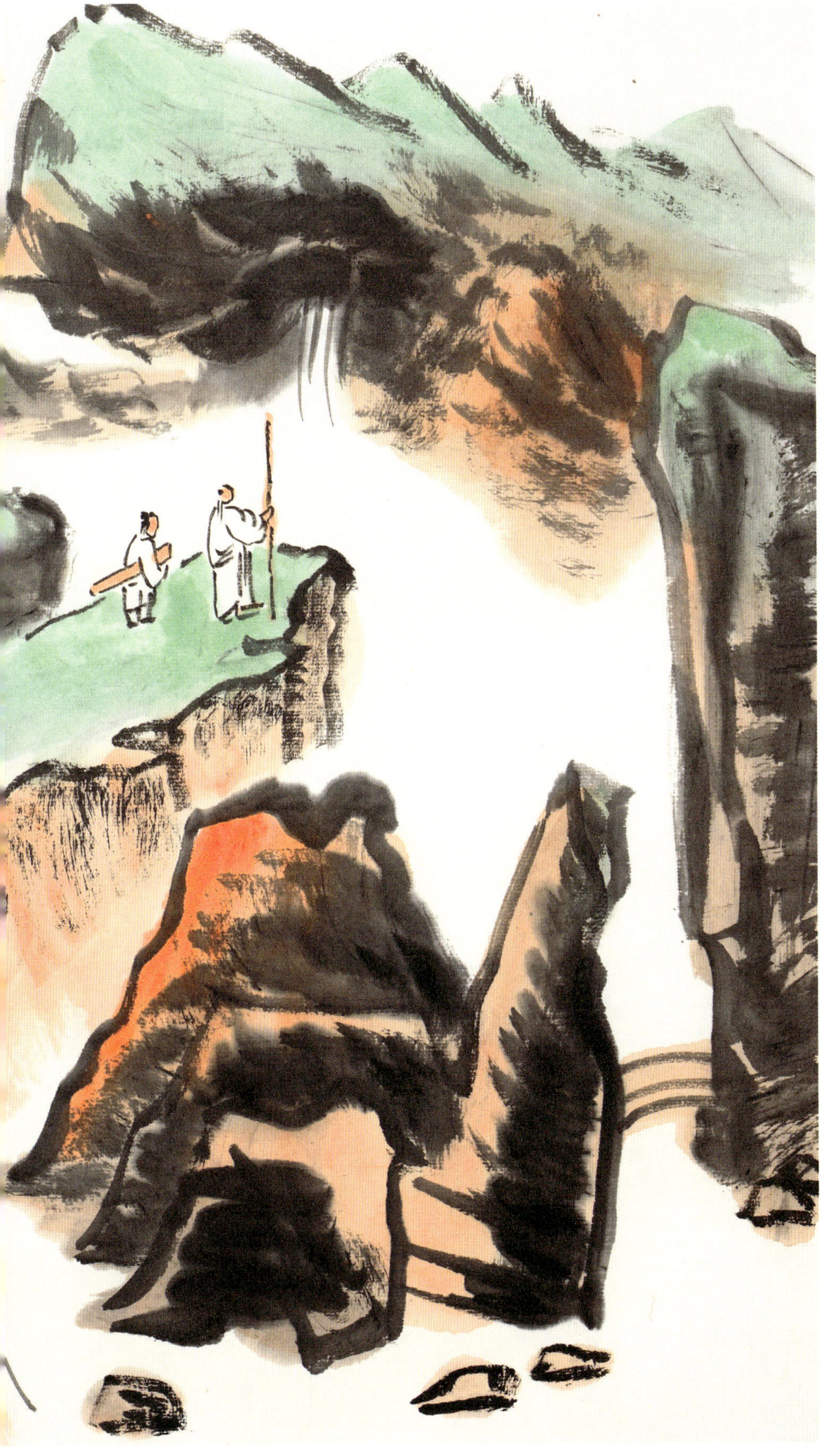

但陈平的家世不如张良的家世,张良父祖五世相韩,是很了不得的贵族。所以,韩被秦灭掉后,他还有家童三百人及"万金之资"。又以家财求刺客以刺秦始皇,又学礼淮阳,东见仓海君,家世显赫,资财富饶。所以,张良一生对金钱不甚着意。

这种家世,娶美妻当然不成问题。人生凡得不到的,便会耿耿于怀;凡得到的,便无所谓了。所以张良一生对美女也是无所谓的。

陈平则不然。曹操曾说:"韩信、陈平负污辱之名,有见笑之耻,卒能成其王业,声著千载。"又说:"得无盗嫂受金而未遇无知者乎?"(见《三国志·魏志·武帝纪》)这"盗嫂受金"指的即陈平,"盗嫂"即和嫂子私通,属于好色;"受金"即接受贿赂,属于贪财。"无知"即魏无知,明知陈平"盗嫂受金",即好美女、好金钱,却向刘邦推荐他。但陈平好金钱是有来由的,因为陈平"少时家贫"。但古人所说的贫困,有两种,其一是富贫,其二是穷贫。如某人家贫到极点,家中里外只有两个仆人。厉鹗发迹前也贫得可怜,贫到见人不好启口,因为他娶妻立宅,再娶妾便无力再立宅了,得商人资助才为妾又立宅。陈平"少时家贫,好读书,有田三十亩……"即属此类,但他贫穷也颇有名,到可娶妻时,富家人都不愿把女儿嫁给他。娶妻时是借人家钱作为聘礼的。他第一次感到钱的重要。在此之前,他因不干事、不从事生产,寄食在哥嫂家中,嫂嫂对他大有意见,讲了很多怪话,他肯定有点不愉快,但他哥哥还是关心他的。待他娶妻后,妻子带来大批金钱,于是他拿这批钱到处游学,可见他不是守财奴。

陈平投奔项羽,得不到重用,决定离开,于是便把项羽赐给他的金钱和官印都封起来,请人送还给项羽,然后只身逃走。这说明陈平人品很高,不该拿的金钱,到手也送回。

他离开项羽,去投奔刘邦。途中渡河,船人见陈平是"美丈夫",又"独行",怀疑他是逃亡的将领,身上肯定有金钱宝器等,准备杀他。陈平害怕，便把身上衣服脱光，裸体，让船人看到他没钱，也就断了杀他的念头。这一次是因为没钱救了他的命。

因为魏无知知道陈平是一位才华出众的人物，于是就把他推荐给汉王刘邦，刘邦封他为都尉，负责保卫诸将工作。这期间，他接受诸将的贿赂，很多人给刘邦回报，说陈平在家"盗嫂"，现在又受贿，诸将中给他金多者得善处，金少者得恶处。

刘邦问魏无知知道这些事否，魏答"知道"，刘又反问："那你怎么说他是贤人呢？"魏说得好："我推荐陈平，是因他有才能；你现在问的是他的品行。品行好能打胜仗吗？陈平是奇谋之士，我推荐他是为有利于国家。盗嫂受金有什么关系呢？"刘邦又问陈平："先生投奔魏王，背离魏王；投奔楚王，又背离楚王；现在又跟着我干，又接受贿赂，大家对你都不放心。"陈平一律承认，说："魏王、楚王都不相信我，不听我的，我当然要离开他们。听说你汉王能用人，我才来投你。我身无一文，不受金钱怎么开展工作呢？（看来，陈平的金钱观还是围绕他的事业）你如果看我的计谋可用，就用我；不可用，你所赐的金钱俱在，我还给你，请放我走。"刘邦听后，不但没有怪罪他，反而给他提了一级，升为护军中尉。

陈平需要钱，刘邦心里有数，于是"乃出黄金四万斤予平，恣所为，不问其出入"。就是说送给陈平四万斤黄金，随他怎么花费，不过问剩多剩少。陈平拿这批黄金施行反间计，离间项羽君臣，大大削弱了项羽的力量。项羽唯一得力的谋士范增也离开他，不久死去。从此，项羽一步步走向失败、灭亡，奠定了刘邦胜利的基础。

金钱对于陈平来说，太重要了。陈平如果没有这四万斤黄金，便无法开展工作，便无法打败项羽，刘邦也就无法建立统一的大汉王朝。

陈平爱金、需要金，众皆知之，所以文帝虽升周勃为右丞相，位第一，但未赐金；但升陈平为左丞相，位第二，却特赐金千斤。再说陈平和美女。

陈平可娶妻时，富人家女儿不给他，贫家女儿，他也不要。当地富户张负的孙女五嫁夫皆死，想必很美丽，一般人都不敢娶，陈平娶回家。于是既得美女，又得金钱。

绛、灌等人说陈平在家"盗其嫂"，而且陈平的知心朋友魏无知也说有此事，陈平不否认，所以曹操说他"盗嫂受金"是有根据的。据我考证，陈平"盗嫂"的"嫂"是他兄长的第二任妻子，因为其兄伯第一任妻子和陈平关系不太好，陈平不干事，更不种田，只在兄嫂家吃饭，其嫂讨厌他，说："亦食糠核耳。有叔如此，不如无有。"其兄知道后，就把她赶走了。既然叔嫂不和，也不可能私通。汉代婚姻还是很自由的。

陈平"盗嫂"必是其兄第二任妻子，肯定年轻，而且和陈平感情很好，当时他大约还未娶到妻子。

刘邦的妻子吕后当朝时，吕后妹妹向吕后告发："陈平为相非治事，日饮醇酒，戏妇女。"说陈平当宰相，不干事，天天喝酒，玩女人。陈平知道后，不但不惭愧，反而很高兴，更拼命地饮酒、玩女人。吕太后闻之，不但不怪罪他，而且还很高兴。陈平好色，不怕人讲，和今天有些好色之徒自称"采花大盗"一样。陈平玩女人，并有意让人知道，其实是为了迷惑吕后，让吕后知道自己是胸无大志的人、不问政事的人。其实陈平玩女人是实也是虚，他在伺机而动。吕后一死，他就和周勃一起，杀掉吕氏其他掌权者，还政给刘氏。

陈平利用美女，干成过一件大事。韩王信投降匈奴，与匈奴共同拒汉，刘邦亲率大军讨伐，结果反被匈奴包围于平城，外无救兵，内无粮草，眼看就要全部亡于匈奴之手。刘邦当然十分着急。这时候，陈平找了一位画工，画汉朝美女像，设法送给匈奴王的妻子阏氏，说："汉有美女如此，今皇帝困厄，欲献之。"阏氏一看汉朝有如此美女，比自己美得多，如果匈奴灭了汉朝，得到这位美女，自己就得不到宠爱了。后来她就设计说服匈奴王（单于）放了刘邦君臣。几十万大军没有一幅美女像起作用。当然，这也和陈平脑子里老是有美女有关，否则也想不起来用这个计谋。

再谈陈平的公正。

吾乡有谚云："从小观大，三岁看八十。"陈平小时候就公平，《史记·陈平列传》中记陈平少时分肉，十分公正，别人主分肉，割、称皆因亲疏有别，独到陈平主刀割肉，并主秤称肉时，不论亲疏，一样对待，乡里老人都称赞说："好，这姓陈的小伙子割肉，十分公正。"陈平说："啊，如果叫我陈平主宰天下，也会像分肉一样公正。"陈平一生确实十分公正，项羽赏给他金子，他没有为项羽做事，且离开项，就把金子还给项羽。自己空身逃跑了。如果换一个人，也许要把所有东西都带走，金子肯定要全部带走。可见他做事公正。陈平受金，也不会白受，给他金多的人，他对人家照顾也一定多一些。就像笔者以教书为生，人家要求我的画，必须交钱。钱多，我的画就认真一些，画得也精一些；钱少，只能画简单几笔；钱太少，我就不理了。陈平"受金"可能也是如此。

当刘邦封陈平为户牖侯时，陈平首先想到推荐他的魏无知。因此，不封赏魏无知，他就不受封，他说："此非臣之功也。""非魏无知，臣安得进？"于是刘邦复赏魏无知。

陈平与周勃合谋诛诸吕，立文帝，文帝举陈平为相。如果换上势利之徒，肯定乐不可支。但陈平出于公正之心，说："高帝时，（周）勃功不如臣；及诛诸吕，臣功亦不如勃。愿以相让勃。"他认为自己在诛吕的功劳方面不如周勃，应把自己的相位让给周勃，于是文帝以周勃为右丞相，位第一；陈平降为左丞相，位第二。但周勃能力太差，皇帝问他问题，他答不出来，最后还是让位给陈平，而且由陈平一人专任宰相。周勃功劳大，居官高，是应该的，但居官要为国家办事，能力不行，就有碍于国家发展，必须让贤。这是更应该的，也是公正的。

蔡文姬、李清照的荣辱

我在《人生不可无憾》一文中提到"美女、才女非寡即夭",美女如赵飞燕、绿珠、杨玉环等皆不得善终;才女如蔡文姬、李清照以及班昭等人皆亡夫而寡或再嫁(见河北教育出版社《悔晚斋臆语》)。中国的才女莫过于汉之蔡文姬、宋之李清照。这二人不仅是蔡、李两家之光荣,更是中华民族的光荣,也是全世界女性的光荣。但在古代,却被很多人说成是蔡、李两家的耻辱。

先说蔡文姬。

文姬名琰,是蔡邕(133—192)的女儿。蔡邕是东汉的大文学家、书法家、音乐家,官至左中郎将,故人称"蔡中郎"。文姬幼承家教,通文史,能诗,有才辩,晓音律,初嫁河东卫仲道。不久,卫仲道亡,文姬回归父母家。汉末大乱,匈奴乘乱进入中原,文姬被匈奴人所虏,嫁与匈奴左贤王为妻,居匈奴十二年,生了两个儿子。后为曹操赎回,再嫁给董祀。所以,她的传记列入《后汉书》中,但不叫《蔡文姬传》,而是叫《董祀妻传》。董祀无传,"董祀妻"却有传,这也是中国的特色之一。有人说蔡文姬一生嫁了五次,我只从记载中看到她嫁了三次。而且她本人是"无过错"的一方。蔡文姬的《悲愤诗》和传为她作的《胡笳十八拍》是文学史上的不朽作品。蔡中郎有这样杰出的才女女儿应该是很光荣的，但古人却说他感到很耻辱。

元代大画家钱选[1]曾画《蔡琰南归图》（陈按，一名《文姬归汉图》），元代文人多有题咏。其一绝云：

> 二雏回首泪千行，肠断胡笳十八章。
> 三嫁流离身未老，至今人惜蔡中郎。

这首诗在明代叶盛的《水东日记》卷七末也有载，写的是文姬归汉时，二雏儿望着母亲，但文姬不得不归，泪流千行。文姬"三嫁流离"，诗的作者不但不同情，反而说"至今人惜蔡中郎"（即至今人们遗憾蔡中郎怎么会有这样一个丢人的女儿），以文姬三嫁为耻辱事，以致她的父亲中郎也感耻辱。

其实宋人刘克庄（后村）对文姬三嫁早有微词，他在《后村诗话续集》卷二中记到文姬："曹操欲使十吏就蔡琰写邕遗书，琰曰：'男女不亲授，乞给纸笔，真草惟命。'"接着，刘克庄便大发议论说："妻胡之耻，岂不大于亲授。"意思是说，改嫁给胡人为妻，这种耻辱，不比亲授更大吗？也是嘲文姬三嫁，以为耻。

再看另一名大才女，宋代的大词人李清照。

李清照（1084—1155），号易安居士，山东历城（济南）人，其父李格非是宋代著名学者，与廖正一、李禧、董荣并称为"后四学士"。李清照十八岁嫁给著名的金石学研究家赵明诚。赵早死，李清照无子女，一个人孤苦伶仃，又改嫁张汝舟，但遭到张的欺辱甚至打骂，不久又离异了，她寡居至死。李清照不但帮助其前夫从事金石学的研究，并为之写序，而且

---

1. 陈传席：《中国山水画史》，天津人民美术出版社，2001年。本书有专章介绍。

《心事付与大江知》

心事付与大江知 陶傳席

赵明诚的《金石录》并没有完成，是李清照编定并手书成书，才得以流传至今。李清照能书法，能绘画，在散文、骈文、诗、词方面，皆宋代第一流的水平。但因其夫死后改嫁张汝舟，后人嘲笑咒骂就更多了，而且大多把她和蔡文姬相比，认为她们都"失节""非良妇"。如《诗女史》卷十一记载李清照的文学成就后，又说她："然无检操，再适张汝舟，未几反目，有启事与綦处厚云：'猥以桑榆之晚景，配兹驵侩之下材。'传者笑之……"再婚就叫"无检操"，即人品节操都不好，若是男人再婚就是应该的了。不过，李清照改嫁给张汝舟这样的"下材"（商人），确是可惜的。《七修类稿》卷十七有"李易安"条，记："赵明诚……著《金石录》一千卷；其妻李易安，又文妇中杰出者，亦能博古穷奇，文词清婉，有《漱玉集》行世……但不知胡为有再醮张汝舟一事！呜呼，去蔡琰几何哉？此色之移人，虽中郎不免。"《碧里杂存》卷上记："……蔡文姬、李易安失节可议，薛涛……朱淑真……亦非良妇。"既"失节可议"，又"非良妇"。《古今女史》卷一记李清照后又说："迨德甫逝而归张汝舟，属何意耶？文君忍耻，犹可以具眼相怜。易安更适（再嫁），真逐水桃花之不若矣。""德甫"也作"德夫"，是李清照前夫赵明诚的字，德甫死后，李再嫁竟被视为水性杨花之下流女子。最严重的是《水东日记》卷二十一"李易安《武陵春》词"条云：

李易安……作于序《金石录》之后欤？抑再适张汝舟之后欤？文叔不幸有此女，德夫（甫）不幸有此妇。其语言文字，诚所谓不祥之具，遗讥千古者矣。

"文叔"就是李清照的父亲李格非。李再嫁，叶盛认为：李文叔不幸有这样（耻辱）的女儿，赵德甫不幸有这样（耻辱）的妻子。千古之大词人，竟被人咒骂为李、赵两家之不幸，真颠倒黑白也。

《尧山堂》还说："挺之附媚蔡京，致位权要，或有此失节之妇。"挺之是李清照丈夫赵明诚的父亲，官至宰相。作者认为他依附奸臣蔡京，所得报应，才有这样一位"失节"之儿媳妇。可见对李清照之再嫁痛恨到什么程度。

其实，北宋之前，女人夫亡再嫁，甚至离婚再嫁，都不是什么问题，唐朝很多皇帝的女儿都改嫁过。两汉魏晋南北朝时，大家闺秀、皇家公主一女同时"娶"丈夫二十多至三十人，她们也有一个正夫，其余二十多个"丈夫"叫"面首"，相当于男人娶妾。这些高贵的女子如果面首（男妾）少了，还会有被人看不起的感觉。宋代理学兴起后，谓之"饿死事小，失节事大"，才开始把女人的所谓"贞节"看成是大问题。宋代之前，还没有人对蔡文姬三嫁非议过；宋代之后，对蔡文姬三嫁、李清照再嫁不但非议，还咒骂，至于她们在文学史上的杰出成就反而被视为"遗讥千古"了。一个文学家的优劣，应主要看她（他）的文学成就，宋代理学兴起后，不看一个文学家的文学成就，反而把"节操"看成主要的，真是本末倒置了。

我看，蔡中郎有幸而生此女，李格非也有幸而生此女，赵明诚也有幸有此妻，皆无上光荣而无一毫耻辱。莫说她们是夫亡再嫁，就是离婚再嫁，也无损于她们在文化史上的光辉成就。若和现在的女诗人、女作家、女画家、女演员多次的离婚结婚相比，更不值得一提了。

附带提一下，前面引述"朱淑真者，伤于悲怨，亦非良妇"。朱淑真是著名女词人，和李清照同为宋代才女，她生于浙江杭州，当时记载为钱塘人，自号幽栖居士。朱淑真不仅是大词人，而且能书善画，通晓音律，可谓多才多艺。可是却没有嫁给一位情投意合的文士，却嫁给一位商人。所以，她终生郁怨。她的诗词结集，名为《断肠集》，可见她的悲伤。她也曾另有所恋，但没有成功。所以，她"伤于悲怨"是情理中事，但也被人因此说为"亦非良妇"，连悲怨的权利都没有，这也太残忍了。

但有一个人例外，这就是清朝的女诗人顾太清。其人满族，原姓西林觉罗，为清代名臣鄂尔泰之侄的孙女，但因其祖父鄂昌在甘肃任巡抚获罪，其后人也被株连，沦为罪孥。太清养于顾家，遂改姓顾，名春，字子春，自号"太清主人"，故人称顾太清。太清工于诗词，且貌美。但结婚后不久，夫亡，守寡。后又被高宗第五子永琪之孙奕绘纳为妾，奕绘亦有才学，能文，自号"太素道人"。太清虽为妾，但夫贤，尚得意，惜奕绘四十岁死，太清又一次守寡。太清出身名门贵胄，且才貌双全，而为人妾，又两亡其夫，寡居至死，亦不幸也。我在《人生不可无憾》一文中忘记把顾太清写上了，现在忽然想起，补写于此。但骂顾太清的人却不多，大概是顾太清做人妾之故吧，做人妻不可再嫁，做人妾又没关系了，这太怪了。

荣启期和被裘公

荣启期和被裘公是六朝至明清画家们经常画、经常议论而又鲜见于一般典籍的人物，大型工具书《辞海》中也没有收录这两个人名，普通的辞书就更无，一般博物馆陈列以及编辑刊印这类题材的古代绘画作品时，只称为人物图或山水图。南京博物馆陈列的西善桥出土的南朝墓《竹林七贤与荣启期》画像砖，当时的美术刊物几乎都刊登了，只称为《竹林七贤图》。其实，此图八人，第一人便是荣启期，顺次才是嵇康、阮籍等七贤。

了解荣启期和被裘公对品读传统绘画和古代画论来说是必需的。

荣启期

"竹林七贤"是魏晋之际的七位旷达之士，虽然后来有的人迫于政治压力改变了高士的形象，而荣启期则是春秋时期和孔子同时期的一位高士。最早记载荣启期的古籍，我见到的是《列子·天瑞篇》，云："孔子游于太（泰）山，见荣启期行乎郕之野，鹿裘带索，鼓琴而歌。孔子问曰：'先生所以乐，何也？'对曰：'吾乐甚多：天生万物，唯人为贵，而吾得为人，是一乐也；男女之别，男尊女卑，故以男为贵，吾既得为男矣，是二乐也；人生有不见日月、不免襁褓者，吾既已行年九十矣，是三乐也。贫者士之

《旁观万象生》

靈山峙千仞
雲祝萬象生
甲午春
陳傳席於北京

常也，死者人之终也，处常得终，当何忧哉？'"《太平御览》卷五百零九也记载这一故事。严可均辑《全上古三代秦汉三国六朝文》中《全三国文》卷五十二嵇康的《圣贤高士传》中也收有这一故事。中国人喜欢追根求源，若论旷达之士和安贫乐道的高士，荣启期可谓其祖也。所以，六朝文人画家以至民间画家对此人物特感兴趣，往往把他放在"七贤"之前。单画荣启期像或将荣启期和孔子、颜回画在一起的也不少，六朝大画家顾恺之、陆探微等人皆画过《荣启期像》（见《历代名画记》）。只要留心一下史籍，可知，荣启期的题材，一直是常为古代画家所称道的，故宫博物院藏有石涛的一套长卷连环式《高士图》，第一个便是荣启期，第八个才是被裘公。

被裘公

被裘公的祠至今犹在（当然皆是后人重建的），我前几年云游到某山时还看过，一时却忘记了何地何山。如果对这个故事内容不了解，古代的一些画就看不懂，古代的一些画论和题识也就不甚了了。恽南田的《南田画跋》中就有一段"论繁简"的名句云："如于越之六千君子，田横之五百人，东汉之顾厨俊及，岂厌其多。如被裘公，人不知其姓名，夷叔独行西山，维摩诘卧毗邪，惟设一榻，岂厌其少。双凫乘雁之集河滨，不可以笔墨繁简论也。"这段论说很生动。被裘公是个什么样的人物呢？石涛所画的被裘公是赤脚裸腿，夏天穿着兽皮上衣，手持镰刀，背着一捆柴。不知内容的人往往以为画的是位普通打柴的农民，甚至还可能由此联想到石涛的劳动人民感情。其实被裘公也是春秋时高士。最早记载这故事的是《庄子》，《艺文类聚》卷三十六、《太平御览》卷二十二皆记载这一人物。《全上古三代秦汉三国六朝文》中《全三国文》卷五十二也收录了这一高士，其云："被裘公者，吴人也，延陵季子（按，季子名札，吴王之子，后世文人津津乐道的挂剑于徐君之墓者便是他）出游，见道中有遗金（丢失的一块金),顾而谓公曰:'取彼金。'(拾起那块金子)公投镰瞋目,拂手而言曰:'何子居之高而视之卑,五月被裘而负薪,岂取遗金者哉?!'季子大惊,既谢而问其姓名,公曰:'吾子皮相之士,何足语姓名哉?'"《艺文类聚》卷三十六和《太平御览》卷五百零七,也记载同一事。这位高士十分贫穷,靠打柴为生,无衣,五月热天,还披(被)着一块兽皮遮体,然而对道中遗金却不屑一顾,吴王的儿子以为他没见到那块金子,叫他快点捡起来,高士却说他身居高而见识浅(卑)。季子敬佩而问其姓名,他却因季子以衣貌取人,没有必要告诉他姓名。"人不知其姓名",但因为披着裘(兽皮之类),故称之曰:被裘公。后人为纪念这位志行高洁之士,在他遇金而不取的地方建"被裘公祠",以表示纪念。

荣启期与被裘公作为高士形象在古代人物画中出现,我写此短文,无非是为人们研究古代绘画和理论提供一些方便。

大禹并未传位给子

《杂文月刊》2001年第1期上发表了《大禹怎么算圣人》一文，文中讲到了两个问题：其一，大禹"冒天下之大不韪，公然破坏了禅让的传统，而把帝位传给自己的儿子启"；其二，颂扬他"三过家门而不入"。这两点都值得商榷。

我在年少时，也听说"尧舜传贤不传子，大禹传子不传贤"，后来读《史记》即知其误。

《史记》卷二明文记载，"帝禹立而举皋陶荐之，且授政焉，而皋陶卒。封皋陶之后于英、六，或在许。而后举益，任之政"。大禹推荐皋陶做他的接班人，可惜皋陶先死了。《正义》云，禹即帝位，以皋陶最贤，"荐之于天，将有禅之意。未及禅，会皋陶卒"。后来禹又推荐益做接班人。

《史记》卷二又记："十年，帝禹东巡狩，至于会稽而崩（死），以天下授益。"大禹死在会稽，现在绍兴还有大禹陵，我在1983年去考察过。死前，大禹把天下传授给益。益接了大禹的帝位。除了《史记》外，还有很多文献都写明禹欲禅位给皋陶，皋陶死，传位给益，并没有传位给自己儿子启。

皋陶、益二人一直是禹的得力助手。皋陶坚决主张法治，益却坚决主张德治。

《史记》卷一记舜时"皋陶为大理，平，民各伏得其实"。"大理"即最高法院院长兼法制委员会主任。"平"，《正义》云："皋陶作士，正平天下罪恶也。"《史记》又云："皋陶作士以理民。"都是说皋陶以法律定犯人罪恶，公平处理民事。据《尚书》记载，舜叫禹做接班人时，禹多次极力推荐皋陶，认为自己不如皋陶，应把帝位传给皋陶。舜也说，"皋陶做最高法院院长，明确五种刑罚，用来辅助五种教化（明于五刑，以弼五教）"。而且还说："现在用刑罚正为了将来不用刑罚。"并充分肯定了皋陶的功劳。但舜认为禹治水功劳更大，还是传位给禹。

禹一即帝位，就决定传位给皋陶。皋陶和禹争论问题，丝毫不让步，大禹对他更敬重，可惜皋陶先死了。

皋陶死后，禹和益共事，益力主德治。

还要补充说明的是，皋陶主张法律，提出在法律面前人人平等，这一点也了不起。我到美国考察过，很多人说美国的法律对待任何人都一样。实际上，美国在法律面前并不是人人平等的，美国的法律是管上严，管下宽，比如美国的总统如果有风流韵事，非制裁不可。但老百姓、小官、教授、学者如有风流韵事，属个人隐私，法律是管不着的。所以说并不平等。

主张德治的益接班后三年，却治不了天下。《史记》卷二又记："三年之丧毕，益让帝禹之子启，而辟居箕山之阳。"因为"及禹崩（死），虽授益，益之佐禹日浅，天下未洽。故诸侯皆去益而朝启……于是启遂即天子之位"。禹虽把天下授给益，益治不了，他反对用武力和刑法，但不用武力刑罚是治不了天下的。他也太讲道德了，自己辞去帝位并让给启，诸侯也都离开益而去朝拜启。启即天子之位为帝。

关于这个问题只有撰写一长篇论文，才能说清。总之，禹未传位给子，而先欲传皋陶，终传给益。益太讲道德，把位让给禹之子启。中国是讲道德的国度，历史上却很少有讲道德的帝王，如果是皋陶治国就好了。

《风入松声响》

風入松聲繪者
月出山鳥鳴
辛丑盛春陳傳岸

《大禹怎么算圣人》一文不长,却数次称赞禹治水"三过家门而不入",并谓"说明他有一心一意为国家办事的高尚的美德"。其实不然,大禹终生治水,治水非救火,并不是忙得连家都不能去,而且,必须休息,他"三过家门而不入",只说明他和妻子感情不太好。他的妻子是涂山氏之女,给他生了一个儿子启,一直希望他回家看看,并作了一首诗:"嚱!候人兮。"(啊,等您回来呀)一个女人带着孩子,不容易啊!但禹一直未回。

怎样成为伟人

我算来算去,当伟人比当平民划算。但怎样才能成为伟人呢?有大后台当然好办,但不是谁都有后台的,用什么办法呢?暂不从理论上去探索,先看史实和先例。

刘备是蜀汉的开国皇帝,算是一个伟人。可这小子原来是个靠编席子贩鞋子为生的穷汉,结果他能由最下等人变成最上等人。《三国志·先主传》云:"先主(刘备)少孤,与母贩履织席为业。"他和他母亲贩草鞋织草席,聊以糊口,什么后台也没有。他如果这样老老实实地"贩履织席为业",他一辈子很难娶到老婆。但他姓刘,他就说自己是皇帝的后代,而且活灵活现地说自己是"汉景帝子中山靖王"的后代。中山靖王的墓于"文革"前后在河北省满城被发掘,刘备家涿县距满城还有很远,但都在河北境内一个大地区,也还靠点谱。如果刘备生在徐州地区,他肯定会说是刘邦的后代。如果生在西安,就更好说了。如果生在延安,他会说,从长安迁过来的。聪明人编一个谎言是很容易的。他这么一说,三算两算,皇帝还是他侄子,他成为皇叔。如果在天下太平时期,他这么胡说,肯定要被杀头。但当时天下大乱,有人明知他在造谣,也跟着他干起来。后来皇帝知道了,也希望他能带一批人马保卫自己,也就认了他,喊起"皇叔"了。诸葛亮是个聪明人，何尝不知道刘备在造谣，所以刘备去请他，他拒而不见。后来想想，与其一辈子在南阳当一个"耕夫"，不如跟他干吧，后来，诸葛亮当上了宰相，刘备当上了皇帝。全是这一谣言而致。《三国演义》第三十六回借曹操之口说刘备"沛郡小辈，妄称皇叔，全无信义，所谓外君子而内小人者也"。

刘备由一个小人成为伟人，全系一谣言。但谣言必须造大，如果小谣言，比如刘备说自己是村长的叔叔，那几天就被戳破，而身败名裂。谣言大，野心也必须大，如果刘备只想做一个县令（县长），诸葛亮跟他干也只能当个小吏，诸葛亮也不肯干的，关羽张飞跟他只能当个巡捕，关、张也不干的，而刘备要做皇帝，诸葛、关、张就愿意跟他干，刘备也就成为伟人。这个本来连老婆都很难找到的混子，后来娶了一大堆老婆，连吴国君主的妹妹也送给他当小老婆。所以说，当伟人比当平民划算。

如此看来，造大谣言，是成为伟人的一个基础。汉朝开国皇帝刘邦本来是一个老农民的儿子，他非说他母亲和神龙交配而怀孕生了他，他就是神的儿子，于是也骗了很多人帮他当上了皇帝。他当上皇帝后就几乎把帮他打天下做皇帝的异姓王全杀了。明朝开国皇帝朱元璋父母及祖父等都是贫穷的农民，而且是从江苏徐州逃荒到了凤阳的，但朱元璋说他母亲睡梦中有一神人授丸，让她吞下怀了孕，而且生朱元璋时，"红光满室""夜数有光起"。朱元璋当上皇帝后几乎把帮他打天下当皇帝的功臣全杀了。

中国的开国皇帝大多是流氓，不是流氓很难当上皇帝。而且，当上皇帝后还要"继续流氓"，否则皇帝也当不长。所以，"流氓气"也是成为伟人的一个重要因素。

那么，不是皇帝的伟人也是造谣欺骗得来的吗？我仍然不从理论上探索，因为那容易被人反驳，弄到"公说公有理，婆说婆有理"的地步。事实，还是用事实说明。

溥心畬（名儒）名列《民国伟人传记》之九，这真是正儿八经的伟人；他是经集体讨论，上级批准的伟人。溥心畬出身皇族，是地道的王孙，少时受过良好的教育，能诗、能书、能画。在一般人心目中，他是标准的正人君子。但一个清朝的王孙，在清朝灭亡后，再想做名人、伟人，那也是十分困难的。

旧王孙的资本，他不再用，他知道新时代需要留学欧美的经历，需要洋博士头衔。他就说自己曾留学德国，而且留学两次，并获得生物学和天文学两个博士学位。他不但在任职填表时填写，在《自序》《自传》《自述》中写，排印发表，手迹发表，而且无数次在讲演中讲。如《心畬学历自述》中云："年十八，实为逊位后二年（即癸丑年）……因德国亨利亲王之介绍，游历德国，考入柏林大学，时余年十九岁……三年毕业后，回航至青岛……秋八月，再往……乘轮至德国，以柏林大学毕业生资格，入柏林研究院。在研究院三年半，毕业得博士学位……"溥心畬在香港办个人画展，再一次认真宣布："十八岁从大学校门跑出来，再研习一年德文，二十七岁便带了德国天文学及生物学博士两个学位回国。"各个媒体争相报道。溥心畬又发表了他的手写体自传（影印，绝不会错），反复声明自己留学德国获两个博士学位。这就绝不是一时误报误传了。因为当时在大学任教，有留学经历和博士学位，易于找工作，易于晋升，尤为政府和民间重视。溥心畬以王孙身份获德国双博士，一时名声大振。他的画并不怎么好，全是东抄西凑，但画以人传，后来竟成为民国伟人。但溥心畬获德国双博士，却不见他有论文发表，而且他连一句德语也不会讲，连一句简单的德文也看不懂。这引起一些同僚及晚辈怀疑。经过反复查考，原来他不但没有留学德国，连德国都没有去过。不但研究现代美术史的学者查出他从未去过德国，考问他连一个德文字母都不认识，后来德国研究机构及柏林大学也证明中国留学生中绝无溥

《江山垂钓图》

江山垂釣圖　陳傅席寫

心畬，溥心畬也没有去过德国。还有，他说自己在德国留学这几年，在他的诗文集中却无一诗记述。而其诗文集中记述的诗文，他这几年恰恰在中国的青岛。又采访他的亲友，都说他绝对没有留学德国，一直在国内。虽然已证实他在造谣，但是为时已晚，溥心畬已经成为民国伟人，历史书上已抹不去他的姓名。

如果溥心畬地位再高一些，不准许学者们去柏林调查，不允许发表怀疑他的文章，如果无人怀疑，怀疑了不准讲，等到当事人都死了，他的留学德国获双博士学位的"历史"便成为事实。永载史册。溥心畬造谣自己留学德国的丑闻三十年前已被揭露，在台湾无人不知，但直至今日，"史学家"写论文写书提到他时仍说他留学德国，而且有第一手资料（他自己书写的经历）为证，更有他的档案为证。后来学者们的考查和国外机构的证明都没有收入档案。

人的智力、能力固然有区别，但不会相差太大，智力高的人可能会通过吹牛、欺骗，唆使很多人为他出力、卖命或为他鼓吹，这千万人把一个人捧起来，这个人便成为伟人。如果这千万人都把捧他的手放下，这个"伟人"落在地下，那他就比一般人还渺小。因为他吹牛、欺骗，蒙蔽很多人，浪费很多财产，驱使很多人为他服务，甚至驱使很多人为他卖命。孟子曰："说大人，则藐之，勿视其巍巍然。"就是这个道理。

附：刘备不是中山靖王后代考

拙作《我们怎样成为伟人》在《粤海风》2011年第1期上发表后，引起很多朋友关注和议论，但有人说，大文中说溥心畬靠造谣吹牛成为伟人证据很充足，说刘备不是中山靖王后代的证据不足。现考中山靖王绝后以证之。

据《汉书》卷十四《诸侯王表第二》："中山靖王胜，景帝子。六月乙巳立，四十二年薨。"第一代中山靖王刘胜是汉景帝刘启的儿子。景帝前元三年（公元前154年）立，在位四十二年，卒于公元前113年即元鼎四年。"元鼎五年，哀王昌嗣，二年薨。"他的儿子哀王刘昌继位，二年就死了。"元封元年，康王昆俊嗣，二十一年薨。""征和四年，顷王辅嗣，三年薨。""始元元年，宪王福嗣，十七年薨。""地节元年，怀王脩嗣，十五年薨。亡后。"传了五代，到了刘脩，卒后，无后（亡后）。时为汉宣帝五凤三年（公元前55年）。刘脩无子嗣，无人继承王位。中山靖王刘胜一系，不仅嫡系无后，庶系也无后，否则，便会从刘胜庶系中寻找一人来继承王位。中山靖王刘胜就是庶生的，他和汉武帝刘彻是异母兄弟，年长于刘彻，但刘彻母亲是皇后，七岁被立为皇太子，十六岁即皇帝位，刘胜是庶生，虽才华出众，仅为中山靖王。中山靖王刘胜因五代后无后，依汉律，中山国除国为郡。《汉书》所载，刘胜这一系到此就没有了。中山国除后，到了汉元帝时，因元帝"柔仁好儒"，又从另一系中迁宣帝一系中清河王刘竟为中山王，中山国又复国，但已不是刘胜一系。《汉书·诸侯王表》中又载："鸿嘉二年（公元前19年）八月，夷王云客以怀王从父弟子绍封，一年薨，亡后。"《汉书·诸侯王表二》："中山哀王竟，宣帝子，初元二年二月丁巳，立为清河王，五年，徙中山王，十三年薨，亡后。"（清河王三年，中山王八年）。如果刘胜有后代，柔仁的元帝不会从其他系中选人来继承王位。说明刘胜确无后。但刘竟为中山王仅八年，又死了，且又无后。中山国再次除国为郡。

《汉书·诸侯王表》末记："孝平时东平、中山、广德、广世、广宗五国，皆继绝。"

可见中山靖王刘胜在西汉时已绝后，连"绍封""徙中山王"一系都绝了后，记载中的中山靖王刘胜酒色过度，这可能是他后代不昌的原因。总之，他传了五代后就没有后代了。二百年后的东汉末，刘备竟自称为中山靖王之后，岂不荒唐。不过，靠造谣、吹牛而成伟人者，大抵皆如是，从古至今，鲜有例外者。

从"宁戚饭牛"谈起

前时,曾经分管人事工作的一位官员和我闲谈,说到了美术界很多人才进京,都是经他的手办的。他们都要派人去调查,听听群众的反映,群众反映好的才可调京;反映不好的,便不能进京。尤其是进京后要委以重任的,更要群众反映良好才行。但是他感慨地说:"有很多人和我们调查的结果相反,反映好的人,结果并不好,而且是本来就不好;反映坏的人,实际上却很好,而且是本来就很好。有的人经领导和我们谈话,认为他很好,结果去调查,反映却不好,实际上却非常好。但我们的政策必须通过群众,听听群众的反映……"

我听后哈哈一笑,给他讲起"宁戚饭牛"的故事。《吕氏春秋·举难》记载,宁戚是卫国人,想投齐桓公干一番事业,但"穷困无以自进",于是自己赶着牛车到齐,恰遇齐桓公出郊迎客,夜开门,从者甚众。宁戚喂牛居车下,"望桓公而悲,击牛角疾歌"。桓公闻之,曰:"异哉,之歌者,非常人也!"命后车载之。回去后,桓公和宁戚谈了两次话,"桓公大说(悦)",决定重用宁戚。群臣争之曰:宁戚是卫人,离齐不远,君不若使人去调查一下,如果真的好,再用之未晚也。桓公说:这样做不对,如果去调查,有人说他坏话,"以人之小恶"而不用,"亡人之大美,此人主之所以失天下之士也"。现在既已亲自听到他的见解高明，就不必再去调查了，这就可以了。况且人不可能尽善尽美，我们用他的长处，就可以了。于是便重用了宁戚。事实证明，桓公用宁戚是正确的。

《离骚》有"宁戚之讴歌兮，齐桓闻以该辅"；《九辩》有"宁戚讴于车下兮，桓公闻而知之"。说的就是这个典故。明代浙派大画家张路还画了一幅《宁戚饭牛图轴》，现在仍藏在故宫博物院中。

既然已经知道其人有长处，只用这个长处就行了，又何必去调查呢？而且还是派人去调查呢？战国时，赵国急用旧将廉颇，当时廉颇居魏。赵王知廉颇贤，但还是派使者去了解一下。廉颇当使者面吃饭斗米，肉十斤，披甲上马，以示可用。但使者回去讲了廉颇坏话，赵王信了，未用廉颇，国家也就弱了，后来亡了。如果不派人去调查，马上重用廉颇，赵国就会是另一结局。

有的也要调查，但不能派人去问一下，必须认真深入地调查。毛泽东的《湖南农民运动考察报告》，是写给上级党的调查报告。他去湖南做了三十二天的调查（见《毛泽东选集》第一卷）。你派人随便调查，结果：第一，调查人的意见便成为群众的意见，如赵王使者，明明看到廉颇身强力壮，却说他身体不好，"顷之三遗矢矣"。第二，被调查人单位官儿的意见，他如果和这个人好，他会找和这个人好的人供你调查；反之，他会找对这个人有仇有意见的人，供你调查。反正，讲实话的人，不会让他说话。我有两个已退休的领导人给我说，反正不会让你（指笔者）讲话，因为你好讲实话，这是各单位领导都忌讳的。一个单位有1000人，有998人说这个人非常好，只有两个人仇恨他，你调查这两个人，这个大好人便成为坏人；反之998人认为他坏，只有两个同流合污的人说他好，你调查这两个人，他便是大好人。第三，你自己点人调查，所点之人，也可能会出现上述现象。第四，据我所知，有一个很高的官员，人称"四无干部"——无

《莫管前程是与非》

一葉小舟任意飛
莫管前程是與非
壬辰元旦 陳傳席

知、无能、无耻、无赖，祸害一个系统。听说北京要调他去，这个系统上上下下都约好，北京来人调查，一定全说他好，让他快点离开这里，去北京祸害吧。结果，"群众反映很好"，他去了北京，升了官。原来单位的人从此不再受害，也非常高兴。到了北京后，大家才知道他在原单位影响十分坏，为了让他走，才说他好的。第五，也有不想放人的，故意说他很坏，以绝调动者之念。第六，古训有言："能官专，好官庸"，能干的官员专横，其实是有主见，说干就干，不会因庸俗偏颇的议论而缩手不干，也就会得罪人，而且为大多数人谋利益，必然会得罪少数人，这少数人便会攻击他，力度是相当强大的。"好官"，这里指的是老好人，不得罪人的官，十分平庸，但无人攻击他，你调查的结果也会相反。"能官"为国家为人民办了很多好事，可能会因得罪少数人而被攻击、被找茬，不但得不到晋升，可能还会倒霉；而晋升的官可能就是"庸官"。其实"庸官"未必没有问题，只是无人去找他的茬，问题未被人发现而已。《管子》云："攻坚则瑕者坚，乘瑕则坚者瑕。"我最担心的是，把能官都反掉，而把庸官留下了，管人事的官儿不能不注意啊。

　　这几年，进京的画家、官儿很多，我所说的问题仅是其中之一。

读史三则

一

《明语林》记:

> 杨文定在内阁,子某自石首来。备言所过州县,迎送馈遗之勤,独不为江陵令范理所礼。文定异之,即荐知德安,再擢贵州布政使。或劝致书谢。理曰:"宰相为朝廷用人,岂私于理?"卒不谢。

读后颇为感动。杨文定名溥,字弘济,和杨士奇、杨荣号称"三杨",皆明代永乐至正统年间的台阁大臣。杨溥最有雅操,在内阁即任宰辅。其死后谥文定,故称杨文定。其子"自石首来","石首"是杨溥的故乡,在湖北省南部,即今之石首市。儿子见到父亲(杨溥),告之自己所过州县,州县的长官都忙着迎接、送行,又馈送礼物,且皆甚勤。各州县的长官皆如此,唯独江陵县令范理例外。按照现在的惯例,杨溥应该大怒,甚至给范理小鞋穿,或者找个借口把他降一级。但杨溥不但不生气,反而感到奇怪:为什么只有一个范理能秉公办事,而不做拍马逢迎之事?于是便举荐这位正直的县令任德州知府(相当于市长),不久又提拔他任贵州省布政使

（相当于省长）。范理也并不表示感谢，有人劝他写信给杨溥表示感谢，范理说："宰相为朝廷用人，并非出于对我的私情。"范理到底不俗，其实他未必不感谢杨溥，但不必做形式上的表示，而且，宰相为公提拔自己，自己把公事办好，就是对宰相的最好报答，可见二人皆出于公心。

身为封建时代的宰相和地方官，能如此清廉，又能如此正确地对待问题，实为难能可贵。

我们现在的官员又能否做到这一点呢？常见到上级官员到基层检查工作，全看基层招待如何，招待好，评语便好；招待不好，评语便不好。自己的亲属所到之处，地方官热情招待、馈送重礼，便亲之，便给以好处；反之，冷淡加报复。闻杨溥之风，亦当少愧也。地方官员对上级拍马逢迎者，闻范理之风，亦当害臊也。

二

宋代大臣范纯仁，字尧夫，是名臣范仲淹的儿子。范纯仁和苏东坡弟弟苏辙同朝共事，但关系不太好。二人对很多问题看法不一致，经常争议。《宋史·范纯仁传》记：

> 苏辙论殿试策问，引汉昭变武帝法度事。哲宗震怒曰："安得以汉武比先帝？"辙下殿待罪，众不敢仰视。纯仁从容言："武帝雄才大略，史无贬辞。辙以比先帝，非谤也。陛下亲事之始，进退大臣，不当如呵叱奴仆。"……哲宗曰："人谓秦皇、汉武。"纯仁曰："辙所论，事与时也，非人也。"哲宗为之少霁。辙平日与纯仁多异，至是乃服谢纯仁曰："公佛地位中人也。"

苏辙以宋神宗比汉武帝，引起宋哲宗的震怒，范纯仁不但没有附和宋哲宗，反而挺身而出，当面指斥皇帝："进退大臣，不当如呵叱奴仆。"这是何等的忠直，何等的大义凛然！今之拍马逢迎之众，闻范纯仁之声，亦当少愧矣。更可贵的是宋哲宗，被自己的臣子指斥后，不是勃然大怒，将臣子绑去杀头，或者革职查办，而是回味其中道理，默默承认错误。君主有这样气度者，可谓开明君主。

值得注意的是，范纯仁和苏辙平日多不和，在这关键时刻，范纯仁如果出于报复之私心，落井下石，附和宋哲宗："是啊，你为什么污蔑先帝，是何居心……"那有可能会引起苏辙的杀身之祸。但范纯仁却出于公心，出于正义，反而指斥皇帝，这种精神尤为可嘉。后世之人，若皆如此，则中国大幸也。

三

吕蒙正，字圣功，河南人，大家都知道他自幼贫寒，却学习刻苦，于太平兴国二年中状元，其后连连晋升，很年轻便任宰相。《宋史·吕蒙正传》记有一段：

> 蒙正初入朝堂，有朝士指之曰："此子亦参政耶？"蒙正阳为不闻而过之。同列不能平，诘其姓名，蒙正遽止之曰："若一知其姓名，则终身不能忘，不若毋知之为愈也。"时皆服其量。

吕蒙正初进入朝廷之堂时，因为太年轻，有人指着他说："这个小子也能参政？"如果遇到气量小的官员，听到有人如此蔑视他，必马上查找，当面争吵，时时伺机报复。至少也要查清其人，暗记于心，到关键时置对方于死地。但吕蒙正却装作没听到而过之。他的同事抱不平，要查问其人姓名。吕蒙正却制止，不准查找，而且说：若一知道他的姓名，则终生不

傅抱石

《江山独钓图》

能忘，不如不知为好。"宰相肚里能撑船"，吕蒙正的气量可谓大也。今天不知有没有这样气量的官员，如果有，应该表扬；如果没有的话，可以宣传一下吕蒙正，让他们学习学习。

此外，《宋史》本传记吕蒙正父亲龟图也是一位官员，但"多内宠"，即养了很多小妾，把妻刘氏和子吕蒙正赶出家门，致使吕蒙正受穷苦，刘氏誓不复嫁，教育儿子成才。吕蒙正做官后，也不报复父亲，而且"迎二亲，同堂异室，奉养备至"。

这种处理家事的态度和孝顺父母的精神也值得今人借鉴。同时也表现了吕蒙正气度之大。人生于世，气度应该大些。气度小，斤斤计较，于人于己都不利。吕蒙正应是后人一个榜样。

陈独秀之父陈庶、瞿秋白之父瞿世玮

陈庶和瞿世玮是近代两位画家。他俩本人倒没有做过翻天覆地的大事业，甚至他们的画也不足领一代风骚。但他们对自己的儿子产生过巨大的影响，他们的儿子又对中国产生过巨大的影响，所以，我说过这两位画家的重要有些特别。陈庶的儿子叫陈独秀，瞿世玮的儿子叫瞿秋白。说起来真凑巧，中国共产党最早的两位领导人竟都是画家的儿子，而且他们本人少年时也都学过绘画和书法。当然，受他们父亲的影响很关键。

一

陈庶是安徽省怀宁县人。我在安徽省文化厅工作期间，曾去怀宁县做过调查，又根据调查按图索骥地查过一些资料。现简述如下，以供研究家参考。

陈庶并不因其子陈独秀而出名。在当地，陈庶原是颇有名气的书法家兼画家。后来他的儿子陈独秀出了名，人们注意力集中到陈独秀身上，他反为其所掩了。我去了解时，当地人还在议论这位画家，说他脾气很古怪。陈庶后来改名衍庶，有时亦写作愆庶（有些资料上写作"衍鹿"，皆因字形相近而误），字普凡，号石门湖隐、石耕老人，主要活动于清代同治、光绪年间。陈庶的书画室叫"四石斋",《怀宁县志》中又记作"四石师斋"。"四石"指邓石如、刘石庵、王石谷、沈石田。邓、刘是大书法家,王、沈是大画家,陈庶以此四人为师,故斋其名曰"四石师"。

陈庶早年的画以学王石谷为主,谨细而柔弱。安徽博物院藏有陈庶学王石谷的《仿耕烟江山雪霁图》(王石谷号耕烟散人)。后来陈庶又学沈石田,用笔粗厚。陈庶以画山水为主,也画人物,师法也不止王、沈二家。他画的人物画粗犷、苍劲而有生气,又似五代的石恪和南宋的禅画。安徽博物院至今还收藏有陈庶的《橅罗聘斗笠先生像》(罗聘是安徽歙县人,"扬州八怪"之一),以及光绪二十九年所作的《云嶂层楼图》等。陈庶的画因在当时有一定影响,所以《湖社月刊》在刊载陈庶壬辰(光绪十八年,即1892年)所作的山水画扇面时,特作介绍,注云:"与姜颖齐名,而神韵过之。近代画家萧谦中其弟子也。"绘画史籍中记载陈庶的有《历代画史汇传补编》《虹庐画谈》等,然皆不知其为独秀父也。

陈独秀少年时就受其父影响,善书法,对画也颇有兴趣。他看了很多王石谷的画,据他在《美术革命(答吕澂)》一文中说:"我家所藏和见过的王画,不下二百多件。"(《新青年》1919年第六卷第一号)他对"王画"十分不满,因为"王画"主要靠临摹,王石谷更主张:"以元人笔墨,运宋人丘壑,而泽以唐人气韵,乃为大成。"个人的精神全无,而且他对画的要求是清、柔、淡、弱,反对雄强和浑厚,最后弄到萎靡不振。当时的中国正需要振奋和图强,陈独秀本人又是满怀激情的人,因此对王画深恶痛绝。文中说:"说起美术革命来,鄙人对于绘画,也有点意见,早就想说了。""若想把中国画改良,首先要革王画的命。""人家说王石谷的画是中国画的集大成,我说王石谷的画是倪、黄、文、沈一派中国恶画的总结束。"陈独秀认为"四王"的作品只是"复写古画,自家创作的简直可以说没有。这就是王流派在画界最大的恶影响。"他并大声疾呼:"像这样的画学正宗,像这样社会上盲目崇拜的偶像,若不打倒,实是输入写实主义,改良中国画的最大障碍。"陈独秀的这篇文章,可以说是近代影响最大的一篇美术论文。虽然他的看法未必完全正确,但给当时受"四王"画风统治而濒于危机的中国画坛带来了生机。从此,自清初以降一直被视为"正宗"的"四王"画遭到了厄运,这在美术革命上是一件大好事,"四王"受到了强有力的批判,而且随着批判的深入,"四王"的老师董其昌也遭到批判,直到二十世纪五十年代,《人民日报》还点名批判董其昌。董其昌研究绘画而提出的颇有价值的"南北宗论"也遭到攻击。所以,陈独秀的《美术革命(答吕澂)》一文实际上也影响了大半个世纪的美术理论的研究工作。这一连串影响的根子都是在陈庶那里形成的,陈独秀家的藏画实际是陈庶的藏画。就这一点来说,陈庶不可谓不重要。陈独秀的画,我尚未见到,但他的书法还是常见的,比同在安徽又是同时代文化名人的胡适的书法要好得多。陈独秀于1927年被撤销了中共中央总书记的职务,1929年11月又被开除了党籍;1932年10月被国民党逮捕入狱。有好事者慕其名又知其善书画,花钱买通了狱卒,备上厚礼,请独秀留下墨宝。陈独秀在狱中奋笔挥毫,写下了一副对联:

彩笔昔曾干气象,
白头吟望苦低垂。

流露出他沉郁而苦闷的心情,书法的精神亦如之,且又圆浑朴厚,温醇而沉毅。我想,写书法史的人应该排除成见,把陈独秀写上去,而对陈独秀产生决定性影响的书画家陈庶也应该引起更多方面的注意。

《遣怀山水》

乙亥除夕画此遣岁
怀庼尊者

二

瞿世玮，字稚彬，江苏常州人。瞿秋白1920年写的文章说他父亲"已年过半百"，可知瞿世玮生于清代同治十年（1871年）左右，和陈庶差不多同时活动在清光绪年间。

瞿的家乡常州曾是文化荟萃之地。清初，以恽南田为首的一群画家形成了一个"常州派"，影响一直到民国初年。瞿世玮也是"常州派"后期的重要画家之一。他擅长山水画，受恽南田、"四王"、"元代四大画家"中的黄公望、倪云林的影响甚重，但是也有自己的特色。他的山水画简淡萧疏、冷隽清逸，不像"四王"画那样柔媚，也和倪云林画的枯淡松柔作风有别。他每以简练爽利的线条，随意而自然地勾出山的大体结构，然后加以披麻皴或乱柴皴，皴笔不多，用色亦极简而淡，或不着色。其树多枝叶飘零或枯枝无叶，表现一种肃杀的气氛。瞿世玮的画取材大多是反映隐逸之士的闲情雅趣，或者表现落魄知识分子的穷愁心境。因此，他的山水画多秋景，色墨偏暗。瞿世玮还兼擅诗词、书法、篆刻。其兄世璜亦擅金石、篆刻、书法。他们都给瞿秋白很大的影响。

常州博物馆至今仍收藏瞿世玮的山水画多幅。1981年在苏州、扬州、镇江、常州、南京五市举办的"明清画展"中，展出了瞿世玮的山水画三幅，画的皆是秋景。我最近见到瞿世玮的一幅《秋山问道图》，画的前景是一片秋林，枝叶萧条，气氛荒凉，后景是略有重叠的三座大山，林、山之间有一位士人精神萎靡，正倾听一位僧人在讲解什么。这正是当时知识分子处于茫然状态的精神写照，更是瞿世玮自己的精神写照。瞿世玮本属士大夫阶层，瞿秋白在《赤都心史》一文中说："我的家庭就是士的阶级。"（见《瞿秋白文集》）瞿世玮的父亲和叔父都做过官，瞿世玮也有一个虚衔"浙江候补盐运使"，但无俸禄。所以，到了瞿世玮这一代，开始尚可支持，后来则家境破落，生活越来越穷困，世玮自幼读书学画，他的妻子金璇（字衡玉）亦是一位有教养有知识的妇女，读过很多史书和诗词。后来经济拮据，他们曾一度靠卖画维持生活。在瞿秋白上中学的时候，连家中收藏的金石、书画都变卖一空。秋白的母亲因忍受不了这种穷困的折磨，于1916年春节的第二天自杀了。瞿世玮为生计所迫，投奔山东济商一位朋友家，靠教书卖画糊口。所以，他的画多表现自己穷愁困苦的心境。

瞿秋白"受到工于画山水画的父亲和擅长金石篆刻的伯父等人的熏陶，也学会了绘画和雕刻"（见《瞿秋白的文学活动》），好几本有关秋白的传记中都有类似的介绍。秋白的书画篆刻作品存世很多，常州市等几家博物馆都有收藏。我很久前见过他的一幅山水轴，其画虽和"四王"画风相同，也和他父亲的画同一路数，但较之更缜密细润，其中有元王蒙的笔法。就传统功力而论，应在一般画家之上。用笔变化、内蕴，都可看出训练有素。其皴法虽也是小披麻兼牛毛皴，但就精神状态而论，远远超过"四王"末习的僵死作风，显示出瞿秋白的勃勃生气和清醒的精神。这幅画我当时勾临一本，后来在一家地方小杂志上也发表过，可惜一时都找不到了。秋白的画还有很多。《文汇报》1957年6月18日报道："瞿秋白1919年清明节为其友李子宽作山水画立轴，笔墨秀逸，有'四王'遗风。"从《瞿秋白文集》中也可以看到，瞿秋白经常谈到画，皆很内行，他的父亲——画家瞿世玮对他的影响乃是一个十分重要的因素，应该引起研究家们的重视。搞美育的人似乎也可以从中悟出点什么。

不可思议的思议

斯大林在当权期间，发动了"大清洗"运动。他的同事，他的战友，甚至他的恩人都受到了镇压。这些人被斯大林逮捕拷打，被迫承认自己反党、背叛祖国，面对录像机，自己打自己的耳光，自己咒骂自己卑鄙。斯大林在包厢里看到自己对手的丑态，他笑了，轻蔑地笑了。当宣布这些人死刑时，问他们还有什么要求，他们唯一的要求是准许他们喊"斯大林万岁"。他们被绑起来带上刑场执行枪决，这是必死无疑的，但一路上仍高呼"斯大林万岁"，直至毙命才停止高呼。斯大林听后，轻蔑地骂了一声："这些卑鄙的政治娼妓。"

可是有一位女钢琴家尤金娜对斯大林十分蔑视。因为她演奏的歌曲很好听，斯大林很欣赏。斯大林取得她的唱片后，奖励她两万卢布巨款，她并没有感激涕零，更没有高呼"斯大林万岁"，相反，她给斯大林回了一封信说："……你在人民和国家面前所犯的滔天大罪，上帝是仁慈的，他将宽恕你。我已经把钱捐给我经常去的教堂了。"尤金娜知道她这样做，必然会遭到杀身之祸，但她高傲的性格促使她仍然要写这封信。所有人都认为尤金娜非死不可，他们做好了枪决她的准备，只待斯大林一声令下。可是尤金娜很淡定，做好了被杀的准备。但斯大林并没有下令杀死她。所有人都坚定地认为，这个钢琴家必死，斯大林肯定在想用什么方法残忍地处死她。但斯大林一直没有下令处死她，也没有迫害她，而且把她演奏的乐曲灌成唱片，几乎天天听，一直到斯大林死，办公室里都放着这位咒骂他的女钢琴家的音乐。斯大林对她也很尊重。

我想，这位女钢琴家如果当面喊"斯大林万岁"，斯大林绝不会尊重她，也许会借故把她枪毙了。那些被斯大林枪毙的对手，上刑场前如果不高呼"斯大林万岁"，而是大骂斯大林，斯大林起码也不会蔑视他们，至少不会骂他们是"卑鄙的政治娼妓"。

当年德国纳粹疯狂地迫害犹太人，不论犹太人怎样地求饶、下跪，也仍然被纳粹分子处死。但有一家犹太贵族当得知纳粹分子要来处死他们时，他们面对死亡，毫不畏惧。其中一位长者说："我们死也要死得体面。"于是全家人衣装整齐，端坐在马车上，气宇轩昂，冲出门外。这群纳粹分子见到这几位高贵的犹太人，不但没有杀害他们，反而向他们敬礼，目送他们远去。

山东渊子崖战斗，日本人来要血洗这个村庄。但全村人全部冲上战场，为首的村民手持大铡刀把鬼子劈成两半，其余的会武术的男人手挥大刀，把鬼子的脑袋削去，脖子砍掉。当战斗激烈时，50多岁的妇女挥舞镢头，把鬼子脑浆砸进；小媳妇操起锄头；老人拿起粪耙；十几岁的少年空手夺枪，前仆后继。他们没有武器，只有铡刀、铁锹、镢头等农具，但他们有骨气、有胆魄，他们要尊严，他们牺牲了147人，但杀死了带武器的鬼子112人。近距离的拼杀，鬼子不是村民的对手，于是逃跑了。村民断定鬼子会再来，他们全部做好牺牲的准备，要和鬼子再拼杀一场。但鬼子没有再来，而且，不再向这个村庄派粮要钱。再后来，鬼子一见到这个村庄，便敬礼，即使急行军经过这个村庄，也行军礼，表示致敬。

人必自尊而后人尊之。生命固然重要，有比生命更重要的是尊严。弱

《萧然忘羁》

放情山水
萧然忘
羁傅第
陈传席

者有尊严，则弱者贵，无尊严则贱；强者亦然。地位高者如皇帝，当人家儿皇帝，向人家进贡、割地赔款，甚至打了胜仗还向人家卑躬屈节，订立投降条约，这就是贱。蔺相如面对强大的秦王，要秦王为赵王击缶，"五步之内，相如请得以颈血溅大王矣。"以死逼秦王击缶。相如比起秦王是弱者，但他仍然保持了自己的尊严。他"廷叱"秦王，"辱其群臣"，他是何等高贵。战国时，齐宣王召见颜斶，齐宣王要颜前来见他，颜拒绝，并要齐宣王前来见自己，并说，我前去见你是慕势，王前来见我，是趋士（礼贤下士）。齐王说："王贵。"颜说："士贵耳，王者不贵。"颜是一个士人，比起齐宣王来说是弱者，但是高贵者。

　　弱者对强者、对敌人尤其要保持尊严，宁可站着死，不可跪着死。强者见到低贱的弱者，会轻蔑，杀得会更残忍、更多、更迅速。反之，你虽然是弱者，但敢于反抗，至少你可以诅咒他，叱骂他，他就会震惊恐慌，也许手会发抖，你在他心目中也是高大的、高贵的。他杀了你，绑你上了刑场，你还喊他万岁，他除了轻贱你之外，会更加肆无忌惮，为了听一声"万岁"，他会杀更多的人。你反抗他咒骂他，他就要小心了，害怕了。

　　即使在平常情况下，你喊他万岁，他虽然表现出很高贵的姿态，但第一个被轻贱的便是你；你蔑视他，斥责他，不买他的账，他虽然恨你，但却不敢轻贱你。强者也是人，也会崇敬高贵者。你高贵了，他的杀心也许就消失了。孟子曰："说大人，则藐之，勿视其巍巍然。"当然，这主要还是要在权势者面前保持自己的尊严。

　　在弱者面前，你应该表现得更弱；在强者面前，你应该表现得更强。这是做人的原则。

　　所以，全世界伟大而高贵的画家，绝不会画在世的总统像，宁可画酒吧女郎、舞女、妓女、乞丐等。只有低贱的画家会画大权势者、总统之类的像而加以歌颂，你画出了别人的高贵，你就低贱了。

全世界伟大而高贵的作家，像曹雪芹、雨果、大仲马、托尔斯泰等也绝不会在他们的著作里以歌颂他们的帝王为能事，那是低贱作家的事。鲁迅没有一篇文章去歌颂当时的总统，他笔下的人物是孔乙己、阿Q、祥林嫂和车夫，所以鲁迅也是高尚的作家。

历史上最低贱的作家群是明朝的台阁体作家，他们专门"歌颂圣德"，把自己比作向日葵，把皇帝比作太阳。"倾心向太阳，如彼藿与葵。"又把人主喻为"红日""日初升"，高呼"万万岁""亿万寿"，又把自己比作"禾苗"，把人主比作"雨露"，"雨露滋润禾苗壮""雨露生成总帝恩""九天雨露布馀膏"。把当时出现的一切好事都归功于"吾皇圣德""神功圣德"。下一场雪，出现一只玄兔，于是画家作画，诗人写诗："岂非我圣皇，圣德斯致之。"永乐皇帝面对群臣"争献谀辞"表现得十分高兴，但背后却十分轻贱这批作家和画家，他对太子说："一兔之异，喋喋为谀，……（朕）终不为彼所惑"，而以歌颂人主为能事的台阁体作家在文学史上地位也最低、最被人轻贱，因为他们自己已没有尊严，作品岂能佳，又岂能得到人们的尊重。人们尊重的是面对强权虽被诛灭十族也不屈服的方孝孺们。

王少陵谈徐悲鸿和孙多慈

我在纽约访问过王少陵先生。他曾是名震一时的油画家,但二十世纪八十年代油画卖不出,只好过着贫困的生活。他住在纽约一条不太繁华的街道上,一见到我便问:"你是从祖国来的?"我说:"是。"他接着便说:"我们祖国是上邦,我也是上邦之民,不幸流落夷狄之邦,一住就是四五十年啊……"讲得老泪纵横。"在古人眼中,夷狄同于禽兽。孔夫子之后——唉!"老人容易激动,讲得上句不接下句。他陪我进入会客室,室内全是中国传统式的家具和摆设,正中壁上悬挂着徐悲鸿手书的诗幅,内容是:

急雨狂风势不禁,放舟弃棹迁亭阴。

剥莲认识中心苦,独自沉沉味苦心。

小诗录似,少陵道兄。悲鸿

这首诗在很多本徐悲鸿回忆录中皆未有,在其他各种资料中也没见。我一见当即断定诗是徐悲鸿的真迹,但内容不像是给王少陵的,似乎是给他所心爱的一位女性。我便向王少陵询问,王先生说:"你看得对,这首诗本是写给孙多慈的。"接着他便从这首诗谈起。他说:"大陆有人否认徐悲鸿和孙多慈的恋爱关系，这是不合事实的，徐悲鸿和孙多慈二人都承认是恋爱关系，当时无人不知二人是恋爱关系。二人分离多年还情书不断。当年我从大陆回到美国，临行前向悲鸿告别，悲鸿当时正在他的画室内写这首诗，听说我要走，马上要给我画张画作纪念，我说来不及了，这首诗送给我吧。他说这诗是写给孙多慈的，内容不合适。但我当时急于去赶飞机，又想得到他一幅手迹，就硬叫他落上款带走了。后来，孙多慈每次从台湾到美国，都来见我，每次见到这首诗，她都落泪，说：'这是悲鸿师送给我的诗。'"孙多慈后来嫁给许绍棣，十分后悔，孙、许二人从来没有感情，年龄相差十余岁，经常吵架。许绍棣就是那位呈请国民党中央要求通缉"堕落文人"鲁迅的党棍。在其妻生病期间，他又看上了郁达夫的妻子王映霞，后来公开携王映霞去碧湖同宿。郁达夫痛苦地离开浙江，后来死在苏门答腊，也因此事引起。许绍棣原答应王映霞和郁达夫离婚后，和王结婚，但王映霞和郁达夫离婚后，许又看上了更年轻貌美的孙多慈。孙多慈爱徐悲鸿，但徐却没有决心和蒋碧薇离婚。这时许绍棣的原配已死，孙多慈便和许结了婚。结婚前，孙以为许一定是位很有学问的人，婚后方知许十分无知，仅仅是个党棍。但孙是个传统女性，嫁鸡随鸡，嫁犬随犬，后来，便随许到了台湾。她看不起许，就更加思念徐悲鸿，经常借故从台来美。孙多慈来美大多住在吴健雄家，吴健雄是著名的女物理学家，也喜画。孙多慈每次来美，也必到王家，每次见到徐悲鸿这首诗，她都落泪，感叹很久。1953年9月，孙多慈又来纽约参加一个艺术研讨会，画友们见面，格外高兴，正在这时，却传来了徐悲鸿逝世的消息，孙多慈听了当时就昏厥过去，当她清醒时一直痛苦不止，面色惨白。她一生只爱徐悲鸿。她当时表示要为徐先生戴三年重孝，后来果然当着许绍棣的面为徐悲鸿戴了三年孝。由于长期悒郁，孙多慈不久也就染病，1962年病逝在美国。

《春光》

春光传春

今古二事感叹

且说"男女平等"这个口号在全世界喊有几百年了,但明显不平等的事仍然屡见不鲜。最简单的一件事,在酷热难禁的夏天,男人们在外面裸上身,完全没有问题,不会有任何人非议,但如果是女人,尤其是少女,在外面裸上身,问题就严重了,而且十分严重。如果有人举报,警察就会前来干涉,甚至会被拘留。新闻记者如果知道,弄不好就传遍全世界。我说这话是有根据的。

据报道,加拿大一位叫格温的小姐,在1991年去安大略省旅游,走在一个小镇上,因天气太热,她穿着衣服,热得难过,她看到当地和外地来旅游的男人都早已赤裸上身,只穿一个短裤,当然大腿也是赤裸的。她热得实在受不了,于是也学着男人把上衣脱去,即赤裸上身和大腿,其实她穿的短裤比这些男人都长得多。但却遭到很多人围观,后来警察也出动,把她带走。她问何罪?回答是不该裸露上身。她说:"男人们都裸露上身,为什么不抓他们?男女不是平等的吗?"但警察不由分说,并把她移交法院,法院也不听她辩解,最后以"不符合当地风俗习惯,有伤风化"为由,罚款七十五加元。格温小姐只好认罚。过了六年(即1997年),格温小姐聘请一位有名的律师,为她翻案、上诉,律师说加拿大法律没有禁止裸露上身的规定，拘留和罚款皆无根据。而且，男人可以裸露上身，女人为什么不行，何况女人是学男人的。格温小姐要上告安大略省法院有"性别歧视"嫌疑。她还根据"男女平等"的条文，要在全国发起一场声势浩大的"解放妇女上半身"的运动。但这事至今仍无结果。

男女平等，男人可裸上身，女人却不可，如果说"有伤风化"，那么男人裸上身又为什么不"有伤风化"呢？何况女人的胸乳更好看，大腿更美，应该是有助风化；即使男人不可裸露上身，也应该准许女人裸露上身才对。这问题连最讲法治的美国人都无法回答。

美国的妇女也在为争取"裸露上身"的权利而奋斗多年。美国纽约州塞内卡福尔斯村是世界上闻名的女权运动诞生地，自1848年来，每年都在这里召开女权运动会。1989年，一群女性组成"裸露上身平等权利联盟"，她们脱光上衣，并要求妇女们同男人一样，有在公共场所裸露上身的权利，并为此而奋斗。

男人们不奋斗，也有光裸上身的权利，女人们奋斗几十年，甚至百余年，仍不能光裸上身，而且谁也讲不出其中道理，你说怪不怪？

但也有相反的例子。

高级宾馆、酒店和高级大会堂，都有"衣冠不整者，谢绝入内"的规定。一个男士，即使是十分体面的男士，穿着背心、长裤，也绝对被拒绝入内；一位男士鞋袜整齐，穿西装长裤，上着背心，也被阻拦在外，不准入内。但一位妙龄小姐，穿西装裤头，上着背心，不但裸露大腿、臂膀，且前露半胸，后露至背下部，却准许入内，长驱直入，无人阻拦，也无人感到不妥，且大受欢迎。在这里，女人可裸，男人又不可裸，仍然男女不平等，而且也是谁都讲不清，你说好玩不？

广东美术馆藏有一幅古画，是元人画的，画的是一个女人带着孩子，被旅舍主人赶走的内容。这幅画名应叫《凝妻断臂》。据欧阳修《新五代

《逍遥》

逍遙遊 辛丑盈春 傳厚畫

史》卷五十四所记：王凝家山东青齐之间，王在外为虢州司户参军，后生病死于官所。王凝家一向贫困，看来不是贪官。其一子尚幼，王凝妻李氏便携带孩子从老家赶到虢州王凝住所，把丈夫遗骸收回以归。途经开封，天晚了，要住旅舍，旅舍主人见一位妇人独携一子，又穷，便不许他们宿此。李氏见天色已晚，无处可安身，便不肯去，主人便推了一下她的臂，把她赶出去。其实她身穿孝服，臂上着几层衣服，并没有碰到她的肌肉，只是碰到衣袖而已。她认为身体已受人所污，对不起丈夫，于是号啕大哭，说："我为妇人，不能守节，而此手为人执邪？不可以一手并污吾身。"于是便用斧头把手臂砍掉。手臂被人污，已砍去，身体还是清白的。

这故事也很好玩。现在的女人衣袖被人碰一下，大可不必引斧把手臂砍去，而且女人和男人握握手，肌肉接触也不要紧，甚至搂在一起跳跳舞，也不必把手臂、腰、肩都砍去。不过，应该感谢陈独秀，有陈独秀发起的新文化活动，才有今天的妇女之解放。新文化运动之前，妇女要缠足，臂、腿都不能裸露在外，更不要说和男人接触、握手了。新文化运动开始时，女生穿短袖衫、裙子，露一点臂、腿在外，被顽固派视为洪水猛兽，有伤风化，有伤国体，大骂不休。现在呢？女生穿短裙、背心，也无人惊叹了。凡事习以为常，皆无不可。

画坛点将录

《诗坛点将录》自舒位之《乾嘉诗坛点将录》、近人汪国垣（汪辟疆）《光宣诗坛点将录》以降，以至钱仲联《顺康雍诗坛点将录》等等，为数众多，皆以《水浒传》中水泊梁山一百零八将排座次为序，定其位置、专长，比拟之工，措辞之妙，皆巧夺天工。读者于游戏笔墨中见诗坛历史概要，颇得乐趣。昔舒位以性灵派首领袁枚为梁山泊之首、及时雨宋江，汪国垣则以同光体作家陈三立、郑孝胥为都头领。钱仲联以钱谦益为"托塔天王晁盖，诗坛旧头领"，以吴伟业为梁山之首呼保义宋江，以王士禛为梁山副头领玉麒麟卢俊义，以顾炎武、宋琬等为五虎上将……读后颇快人意。然独画坛无点将录，何寂寞之甚也。

今拜南京师范大学美术史论教授陈传席为帅，即日登台点将。然诗坛点将甚众，唯画坛点将尚属首次。陈子匆忙登台，临时点将，事前无备，无名录可查，故有大将遗点者，或有名将错点者，勿为计较也。他日作《近现代绘画史》再重排座次，补点名将，以为完备。

今为试点耳。所点者皆二十世纪二十至五十年代之间之名将也。

一、画坛旧头领一员

托塔天王晁盖——康有为

康有为首议中国画必须改革,谓之"如仍守旧不变,则中国画学应遂灭绝",力主:"合中西而为画学新纪元者,其在今乎?"康氏并亲往欧洲考察绘画,带回文艺复兴之仿作,回国后则大斥"四王""二石"之糟粕,力撝以禅入画,大声疾呼以写实为主,"不夺唐、宋正宗"。又,绘画教育界两大头领徐悲鸿、刘海粟皆其弟子。

故点康有为为画坛旧头领"托塔天王晁盖"。

二、画坛都头领二员

天魁星呼保义宋江——徐悲鸿

徐悲鸿出身民间,艰苦奋斗,赴法留学。回国后,名震南北,遂广结天下画家,仗义疏财,提携有为青年。坐镇中央大学美术系,当时即为画坛中心。后又组建中国美术工作者协会,任主席。又任中央美院院长。且徐氏作画,中西俱精。当时画家,或出其门下,或聚其左右,公推为画坛首领。故点徐悲鸿为画坛梁山好汉之首"天魁星呼保义宋江"。

天罡星玉麒麟卢俊义——刘海粟

刘海粟出身大户富家,自幼锦衣纨绔,然能依正道,习艺弄文,不做游手好闲之徒,是可喜也;又于十七岁参与创办美术学校,虽曰"私立",然亦聚画家于一方。后刘海粟赴欧考察绘画,大开眼界,如卢俊义之出大名府也。刘氏回国后,继任上海美专校长。1979年时,又任南京艺术学院院长。故点刘海粟为画坛梁山好汉副头领"天罡星玉麒麟卢俊义"。

三、掌管机密军机二员

天机星智多星吴用——郑午昌

郑午昌为一时理论权威,曾任中华书局美术部主任,又组织蜜蜂画社,出版《蜜蜂画报》,更被杭州艺术专科学校、上海美术专科学校及新华艺术专科学校聘为教授。郑氏亦善画,能作青绿山水,用笔精微,设色妍丽,尤擅画杨柳,有"郑杨柳"之称。郑最精者乃画学理论,尝谓"画不让人应有我",主张"善师古人而自立我法",能诗词、擅书法。其著《中国画学全史》,开一代之例;又著《中国美术史》《中国壁画史》《石涛画语录释义》等等,黄宾虹为之作序,蔡元培为之题词。其史其论,见重于艺林。故点郑午昌为画坛军师"天机星智多星吴用"。

天闲星入云龙公孙胜——王逊

王逊以哲学为基础,治画史为郑午昌后之一人也,且精密正规又过之。又组建中央美院美术史系,事未成而沦为"右派"。永乐宫搬迁,其元代壁画内容无人能考,文化部特请王逊"出山",考《朝元图》之始末及众仙来源名号,使朝元之仙人重为人识。王氏又善治佛画,专诸佛窟,为一时之奠基。著《中国美术史》,为全国美术史教材之参考。惜至死未被平反,无事可做,闲居在家。故点王逊为"天闲星入云龙公孙胜"。

四、掌管钱粮头领二员

天贵星小旋风柴进——蔡元培

蔡元培为清光绪进士,翰林院编修,可谓"天贵"也。后组织中国教育会,创办爱国学社和爱国女学,又组织光复会,参加同盟会。1907年赴德留学,回国后任南京临时政府教育总长,主张"以美育代宗教"。又任北京大学校长、国民政府大学院院长等;又倡办留法勤工俭学会,支持无数青年赴法留学,发放留学费;又创办国立艺专,培养大批画家。蔡元培以

《尘事不相关》

了然磬声寻不见
锡杖时之响空山
白云终数瓶飞改
黄金难买一生闲

癸巳夏陈传席
画於此茶石斋

其"天贵",更以其所掌财力支持画界。故点蔡元培为"天贵星,掌管钱粮头领小旋风柴进"。

天富星扑天雕李应——吴湖帆

吴湖帆能诗擅画,画以清新润淡见长,其坐镇江东,为吴地画坛之盟主。其祖吴大澂曾以湖南巡抚之身,领兵部尚书衔率军出关,指挥甲午战争,为日军所败,乃至丧师失地。吴大澂独携一印而回,当时朝野上下皆欲杀吴大澂而谢天下,朝廷也拟问斩,因袁世凯力保后削职为民,回苏州后潜心艺术品收藏与研究。湖帆母为内阁中书沈韵初女,家亦富收藏。湖帆妻潘静淑家收藏尤丰,三家收藏皆聚于吴湖帆家。唐宋元明清诸名家之作,无所不包,个人收藏,富甲天下。今国内外各家博物馆所藏中国名画中有"梅景书屋秘笈""梅景书屋""吴湖帆潘静淑所藏书画精品""吴湖帆潘静淑珍藏印"等,皆吴氏之旧藏也。吴家收藏可谓巨富。故点吴湖帆为"天富星扑天雕李应"。

五、五虎上将五员

天勇星大刀关胜——齐白石

齐白石衰年变法,大刀阔斧。所创红花墨叶,为一代之胜,又为万虫传神,为万花写照;所作山水,亦别具风格。能诗,善书法,篆刻亦为一代之冠。白石名高一代,晚年为中国美术家协会主席,自是画坛"五虎上将"之首。又勇于变法,故点齐白石为"天勇星大刀关胜"。

天雄星豹子头林冲——黄宾虹

黄宾虹为徽商之后,早年生活优裕。后因支持"公车上书"和"戊戌变法"而被通缉,被迫出逃,流离于上海、浙江、河南、安徽诸地。一面反清,一面授徒,在上海各艺术学校任教授;又从事编辑工作,编印《美术丛书》及各类画集。黄宾虹作山水画,综采百家,心师造化,其画雄浑苍莽，一扫明清画坛柔弱萎靡之风，使濒临败弱的山水画得一转机。从此开创了中国画大气磅礴、刚猛雄强的新时代。

黄之前，中国山水画"山寨"，气局甚小，"一代正宗才力薄"；黄之后，山水画始复兴壮大。

黄宾虹实中国画"山寨"中之林冲也。故点黄宾虹为"天雄星豹子头林冲"。

天猛星霹雳火秦明——傅抱石

傅抱石出身贫穷，艰苦奋斗，读书习艺。后得徐悲鸿之助赴日留学，回国后任教于中央大学美术系。抗战期间，参加三厅工作，奔走于抗日宣传之途。而后仍回中大任教。抱石先攻美术史论，擅篆刻，尤擅山水。其性情豪放，酣饮过人，不可一日无酒，酒足之后方挥毫作画。故云："往往醉后。"其室有清人联曰："左壁观图，右壁观史；无酒学佛，有酒学仙。"当其胸有块垒，借酒之势，操笔猛刷横扫，如风旋水泻，毫飞墨喷，若闪电雷鸣，似惊涛扑岸。真如"霹雳之火"。故点傅抱石为"天猛星霹雳火秦明"。

天威星双鞭呼延灼——潘天寿

潘天寿既治史，又作画。治史既有《中国绘画史》，又有《中国书法史》，双史齐治，皆早行于世；作画，既有花鸟，又有山水，且又精于书法、篆刻，有《潘天寿书画集》上下两册，又有《治印谈丛》《无谓斋谈屑》。潘天寿早年入上海美专，复任教席，后任浙江美院院长。花鸟师徐渭、八大、老缶，又能自创新格；布局敢于造险、破险，笔墨浓放，气势雄阔，为白石后又一高峰。潘天寿为人朴实，性简寡言，体貌镇重，不严而威。故点潘天寿为"天威星双鞭呼延灼"。

天立星双枪将董平——张大千

水浒英雄董平能使双枪，号称"风流双枪将"。每出征，箭壶插一小旗,上书"英雄双枪将,风流万户侯"。张大千一手造假画,一手搞创作,双套本领;且又为人风流,富抵万户。董平居五虎上将之末。张大千虽名震东西,然以传移模写古作品为能事,所造假画遍及五大洲。张彦远云:"至于传移模写,乃画家末事。"画家以创作新风格为首事,如齐白石然。模写仅为画家末事,故张大千名虽重而仅居"五虎上将"之末。今点张大千为"天立星双枪将董平"。

画坛一百零八将,不能一气点毕,今日天晚,点将暂止于此。所余九十六将,俟异日再点。读者欲知后事如何,且看下回分解。

张大千在安徽二三事

著名国画家张大千先生毕生致力于中国画的研究而扬名中外。四十八年前,大千先生曾在安徽逗留过,我们寻踪觅迹,拜访了大千先生生前好友黄历畊先生,撷采大千先生在安徽二三事,谨以纪念这位已故的国画家。

一、孝敬母亲赤子心

大千先生十分孝敬母亲,留下许多佳话。张文修(张大千的四哥)应友人邀请,带着母亲从四川内江来到安徽郎溪买山开荒造林。1935年张母患肺气肿病,咯血不止,大千先生在苏州接信后,立即赶到郎溪探望母亲的病,并且四处求医。这时,一个朋友向他推荐年仅二十三岁的黄历畊说:"我给你推荐个年轻人,你看怎么样?"大千先生为母亲求医心切,说:"只要能治好我母亲的病就行。"黄历畊见张母后细心诊断,一剂苦药果真使张母不再咯血,咳嗽也止,很快病愈。张母为答谢黄历畊,嘱咐大千热情相待。大千先生见黄历畊医术不凡,高兴至极,牢记母亲的嘱咐,不以黄历畊比自己年龄小而稍有简慢之意,尊为座上宾,结为挚友,并主动作画相赠。大千先生每次回郎溪省亲,都亲自为母亲端茶送饭,并给母亲洗脚、穿袜,母亲觉得很不过意。大千先生笑着说:"做这点小事算得什么,

《闻道此中可遁迹》

闲适中，此可适，跡皆揭，萦寒一学逃禅。

陈传席

为儿怎么做，也难以报答母亲养育之恩。"碰上朋友来访，大千先生也不回避，请朋友客厅暂坐，替母亲洗脚、穿袜后，再与朋友相叙。朋友们对大千先生一片孝敬母亲的赤子之心，由衷赞赏，深为大千先生的美德所感动。

二、挥毫添竹寄友情

那年初夏，黄历畔去大千先生家，适逢大千先生带着孩子出外游玩，只有入门弟子吴子京独自在家练字习画。见先生的好友来访，非常高兴，热情让座，又为之作画。正当子京画好菊花、雁来红的时候，大千先生从外面归来，见此情景，思致大兴，提出自己来完成这幅画。于是，一边叫子京研墨备笔，一边对画凝神沉思。片刻，大千先生挥毫添竹，一气呵成，浓墨老竹，苍劲浑厚，花竹相映，别具风采。大千先生久久细视画卷，犹未尽意，又提起画笔在画卷右上方即兴题七绝一首："本为编篱护菊花，谁知老竹又生芽。千秋名士原同调，陶令王猷合一家。"诗画一卷，相得益彰，愈见高妙，它蕴藉着大千先生"性本爱自然"的情操和对好友笃深的情谊。四十八年后的今天，老友仙去，手泽长在，黄历畔面对画卷，感慨万端，对大千先生当年挥毫添竹、即兴赋诗的情景记忆犹新，耿耿难以忘怀。

三、《双鹿图》成寓深意

一天，大千先生吃罢午饭，旋即伏案作画，他的幼侄旭明端着饭碗在一旁观看，见叔叔神笔天工，自如潇洒，十分羡慕，感叹地说："我要能画出叔叔这样的画就好啦！"大千先生听后，像发现了什么似的，眉头一动，意味深长地说："将来你一定也可以画好，信不信？"旭明摇摇头答道："我怎么能行呢？"大千先生笑而不语，继续低头作画。等到旭明吃完饭，大千先生连声喊道："旭明，来，你的《双鹿图》已作成！"旭明一愣，不知所云,继而看到落款,才领会叔叔作画赠画的意图。虽是充满生活情趣的戏言,却寄寓着深意和叔侄之情,大千先生临时构想,特意画一老鹿带一小鹿,又题"中原竞逐缘何事,蕉梦惊回一笑看"。并故意落"旭明画、大千题"之款,意在循循诱导,启发侄子旭明树立信心学画,勉励他将来在画画方面有所作为。可谓关怀备至,用心良苦。聪颖的旭明一看便知深意,于是,下决心、下苦功跟随叔叔学画,遗憾的是未到弱冠之年就不幸夭折,大千先生为此痛惜不已。

(与殷伟合作)

张大千破坏敦煌壁画等问题

一、张大千破坏敦煌壁画不是新闻，是旧闻

《新民晚报》那篇文章我没看到，平时忙，很少看报纸，但听到很多人在议论这件事，有的表示气愤，有的则觉得应该重新认识张大千。不了解内情的人，都以为这是特大新闻，其实，这件事绝对不是新闻，而是旧闻，还应该加个"老"字，老旧闻。

张大千破坏敦煌莫高窟壁画一事，当时就为世人所知，不但国内报纸有所披露，而且国外也有报道。张大千是1941年5月去敦煌的，1943年11月回来的。有人说"报纸报道张大千于1940年至1942年两次去敦煌莫高窟临摹壁画，在那里一年多"恐怕有误。据我所知，张大千只去过敦煌一次，时间是两年零七个月左右。1940年他准备去敦煌并已动身，但没有到敦煌甚至还没离开四川，因他哥哥张善孖病故而回。次年又去，他走时把大夫人曾正蓉和二夫人黄凝素安排在家，只带着三夫人还有儿子等人去敦煌，因为三夫人杨宛君和儿子心智也懂一点艺术。但后来他的二夫人黄凝素也经兰州去了敦煌，回来时是两位夫人和子、徒、友等一批人。他到敦煌后，惊叹中国传统艺术之伟大，以及敦煌艺术宝库之举世闻名，决心在敦煌多待几年。但正当张大千在敦煌莫高窟得意之时，却被甘肃省政府主席谷正伦赶走了！谷要张大千限期离开敦煌，原因是他损毁和破坏敦煌莫高窟的壁画。而这位省政府主席和张大千的关系并不坏。也有可能是中央有关方面敦促这位省主席下逐客令赶走张大千的，因为谷正伦给敦煌县县长陈儒学的电报中，有"张君大千，久留敦煌，中央各方，颇有烦言"等语。不过，陈儒学得了张大千不少画，所以从中周旋，并给予"解释"，引起很多"好的作用"。此外，张大千从敦煌回重庆时，他的行李车辆遭到军统多次检查，特务还说，即使是谷正伦主席来，我们也要检查。说明军统是受上级指示而检查的，这也说明他破坏敦煌壁画一事在当时影响很大，否则也不会惊动军统。还有很多报道，我已记不清楚了。总之，张大千破坏敦煌壁画这一消息，当时（1943年前后）就闹得沸沸扬扬，所以，我说这不是新闻，而是旧闻。

此外，张大千破坏敦煌壁画不久，向达目睹这一惨状，曾向国外介绍过，国外很多人也都知道这一消息。向达早年毕业于东南大学，后到牛津大学图书馆、不列颠博物馆图书馆、巴黎国家图书馆搞研究，看过很多敦煌的藏经卷等资料。这都是被外国人盗去的。他回国后任北京大学等校教授，是著名的敦煌学家、史学家和考古学家。敦煌学的造诣很深，著（校注）有《唐代长安与西域文明》《蛮书校注》等书，为研究中西交通史和敦煌学的必备之书。而且斯坦因所著的《西域考古记》，也是向达译为中文在中华书局出版的。向达向国外介绍敦煌壁画时，提到张大千把古老的壁画上层完美者剥去，露出下面更古老的壁画等，讲得比较含蓄，但细心的读者一看便知。

我本是研究艺术史的，敦煌艺术当然是必知的一部分。我所留心的是壁画的内容、风格以及社会价值方面，对张大千破坏敦煌壁画等事，并不很注意，也不保留有关资料，但我读过的内容都能记住。向达是负责任、品质高尚的学者，对张大千破坏敦煌莫高窟壁画耿耿于怀，在一些文章中也提到。像他的名著《唐代长安与西域文明》，其中《西征小记》中就有"C307/p17bis号洞窟内塑佛涅槃大像……经张大千剥离，下露供养比丘像"，是张大千把上面完美的壁画用刀打碎铲掉后，露出下面的"供养比丘像"，这是明证。

二、敦煌艺术研究所迅速成立的背景

敦煌艺术研究所的迅速成立，向达和张大千都有功劳。向达向外界报道了敦煌壁画的破坏情形，而张大千因破坏敦煌壁画引起国内注意。亡羊补牢，所以要尽速建立隶属教育部的敦煌艺术研究所。成立研究所之始，首要任务就是采取措施加强保护，教育部拨的第一笔专项款，就是筑墙不让人随便进入莫高窟。

敦煌莫高窟举世闻名。它开创于前秦建元二年（366年），至北魏、西魏乃为第一个鼎盛时期，至唐为第二个鼎盛时期，也是敦煌石窟艺术最盛期。尤其是武则天时期，建造了很多大窟。因为武则天曾在佛寺中度过，她做皇帝也得到佛教徒的支持，说她是弥勒佛转世，应该做皇帝，而且只有佛经中宣传男女平等，男人可以做皇帝，女人也一样能做皇帝。儒教是歧视妇女的，道教也没有妇女的地位。所以武则天大兴佛教，在龙门石窟、敦煌石窟动用国家财力建造很多大石窟，雕刻大佛像，绘制大面积的佛教壁画。到唐末，莫高窟已布满了山崖，无法再建。唐末、五代、宋和西夏时期，或再找空建些小窟，或凿旧窟重建。有的把旧壁画盖上再重新画，有的一盖再盖。元代有九窟左右，都建在人们不太愿去的北段，明代就没有了。唐以前，敦煌是丝绸之路上东西、欧亚交通的必经之地，来往行人都要在这里取水，所以很兴盛。明代之后，海运发达，这里也就冷落了。敦煌壁画从明初始一直沉睡了六百多年。清末中国政府无能，外国人在中国境内横冲直闯。1879年几个外国人跑到我国西北调查地理，发现了敦煌等宝库。在1900年，道士王圆箓发现一个藏经洞，当地贤达（有识之士）便主张把敦煌文物运到省城保管，但当地官员依然叫王圆箓看管，并不重视。1902年在德国汉堡召开的国际东方学者会议上，报告中提到敦煌莫高窟艺术，不久就来了很多外国所谓探险家，敦煌文物遭遇厄运——英国、法国、德国、瑞典、日本、俄国、美国等国"考古学家、探险家"（实为文化强盗），纷纷跑到敦煌，通过王道士用马驮用车拉，把敦煌文物精华全部掠走。其中英国的斯坦因一个月就到敦煌三次，每次都掠走大量文物，件件皆无价之宝。美国华尔纳来晚一步，敦煌文物被人掠光，他便用一种特殊胶布把壁画揭走。他揭走的壁画为敦煌莫高窟中至为精彩的部分之一。1986年至1987年我在美任研究员时，到了哈佛大学，又到了佛格艺术博物馆，看到了华尔纳从敦煌莫高窟盗去的壁画，还拍了几张照片带回，其中一张收录在我编著的《海外珍藏中国名画》中。

我们现在去敦煌莫高窟，只能看到壁画，便以为莫高窟只有壁画。其实卷轴画（绢画）也非常多，而且那些画在唐代也是最高水平之一部分，惜皆被外国人盗走。1920年至1924年，法国人伯希和把他抢去的画和文物出版了六大册《敦煌石窟图录》。其他人抢去的画和文物也都陆续在国外出版，使国外人十分惊讶中国的古代艺术。林风眠在法国学西洋画，他的老师国立帝荣美术学院院长扬西施，见到他画的油画"很不满意"，批评他"学得太肤浅"，然后诚恳地也是很"严厉"地说：

> 你是一个中国人，你可知道你们中国的艺术有多么宝贵优秀的传统啊！你怎么不好好学习呢……

《峰映松色》

崖映松色
□澤

林风眠还说：

> 说起来惭愧，作为一个中国的画家，当初，我还是在外国，在外国老师指点之下，开始学习中国的艺术传统的。[1]

这些外国画家都是见了敦煌壁画之后，才下结论的。常书鸿的老师也说：

> 世界艺术的真正中心，不在巴黎，而在你们中国，中国的敦煌才是世界艺术的最大宝库。

黄永玉是常书鸿的好朋友，他在《与画无关》一文中说：

> 常先生年轻时在巴黎埋身在博物馆里，有幸看到外国人从敦煌偷来的文化珍宝，令年轻的常书鸿热血沸腾起来，遂即决定了终生的命运。回国后按照自己设想的意愿，带着妻子和幼小的儿女来到敦煌。

常书鸿在巴黎就听说过敦煌艺术的伟大，但是却无力保护。外国人的抢掠，引起国人的注意并加以阻止。但没想到自己人会去破坏。常书鸿舍弃在北平的优越环境和安逸的工作，毅然奔往敦煌。当然，到了敦煌张大千也给常不少帮助。

1943年开始筹建敦煌艺术研究所（现敦煌研究院），该所1944年元旦正式成立，常书鸿任所长，在寂无人烟的大沙漠里常年厮守，日子十分清苦，被人称为"无期徒刑"。常书鸿的妻子难以忍受，便抛夫弃子离开那

---

1. 林风眠：《回忆与怀念》，原载于1963年2月17日《新民晚报》。

里。常书鸿后来又和李承仙结婚，夫妻二人为保护敦煌不再受到张大千等人继续破坏，贡献了一生。教育部给他们的经费十分有限，常书鸿为了保护莫高窟，不让人随便进入窟内，决定在两边筑墙。于是他向教育部要了一笔经费，又以教育部和甘肃省的名义，找来周围几个县的县长，请他们找一大批民工，但民工却在竣工前陆续逃跑且越来越多，后来只好派人把逃跑的部分民工抓回。常书鸿亲自"审问"，民工说："家中老婆孩子没饭吃。""你们在这里做工，不就挣钱了吗？""我们是派差派下来的，根本不给钱，还要自带干粮。"常书鸿查实后得知，原来教育部拨下来的钱全被县长贪污。于是几个县长全被撤职逮捕。也有的说全被枪毙。更换了县长，很快就筑起了两道高墙，前面又垒起大门，外人不能再随意进入莫高窟。从此，莫高窟才得到切实保护。那堵1944年建的墙，直到1981年我去敦煌考察时还在，还在保护着莫高窟的艺术。我后来又去仍未变，现在不知是否进行了重建。

常书鸿夫妻俩主持敦煌艺术研究所，大概得罪了一些人。敦煌不少人对他有意见，比如对部下照顾不周等，但是他保护敦煌的功劳是不可磨灭的。没有他，敦煌不知被破坏到什么程度。据黄永玉说，常书鸿在全国政协会议上一发言就是先巴黎后敦煌，今年讲过明年又讲。黄永玉为此写了首打油诗："书鸿发言万里长，先说巴黎后敦煌……"常在上面讲，黄在桌子底下传诗给其他政协委员看。据说，他讲上句，听者可以背出下句。人老了都这样，好忘事，但敦煌他忘不了。

我当时去敦煌莫高窟，研究所负责人对我还是特别关照的，不向一般人开放的特藏室都打开让我看了。开始我沉浸在壁画艺术及其研究价值方面，张大千破坏敦煌莫高窟壁画一事被我忘了。但看到第十七窟我注意了，十七窟即藏经洞，封闭九百多年的六万多件珍贵文物就出于此洞，也是游人必到之窟。窟中壁画也十分精美，都是唐代的作品，此壁有一大画，画的一部分是树下的一个少女,即《近侍女》,几乎所有的介绍敦煌壁画的画集和小册子,都选了此图。有的报刊图书中选敦煌一张画都选此图,有的题为《树下美人图》,有的叫《侍女图》。但选得都不全,原因就是画面被张大千破坏了。近侍女和树的右面,张大千用墨笔题了一大片文字,最后写上他的姓名,我当时看了十分震惊。以前听说张大千破坏敦煌壁画,以为不过是损坏一点,我总以为张大千是热爱文物的,怎么会有意破坏呢?但是面对这幅名扬世界的画,居然被他写上那么多字,这完全是有意破坏。张大千之所以在第十七窟的壁画上留名,主要是这一窟十分重要,壁画又精美,人人必去,而且他的名字题在壁画上,谁也不能刮,一刮就把画面破坏得更多,只好保留。如果题在无画的墙上,那么刮掉或者覆盖都好办。文章千古事,人品在朝夕,一件事就能看出一个人的人品。

在壁画上题字,还不算严重,因为画还在。更恶劣的是,很多壁画都被他用刀敲烂砸掉或刮去,变成废土永远消失了。现在观看者也许不会注意,因为壁上的画仍在,但不知上面一层壁画是被张大千敲掉了。有的窟内壁画上层砸掉后,露出来的下层壁画也无法再看了。尤其是第一百三十窟,窟内大佛像高达二十六米,进门雨道处大壁画本来最上层是西夏时期的壁画,第二层是晚唐时期的壁画,最下面是盛唐时期壁画,结果被张大千先砸掉第一层西夏壁画,又砸掉第二层晚唐壁画,露出的是最下层盛唐壁画,但盛唐壁画上很多刀痕和凹沟,已面目全非,不能看了。

我上面说过,因晚唐时山上建满了洞窟无法再建,就改建旧洞窟,有的在破旧的壁画上重新粉刷再画新画。粉刷是为了使泥土挂得牢,就把原来光滑的画面用刀划或砍成沟凹,使泥土粘得更牢。所以,张大千把上面两层壁画破坏掉后,露出的画价值也不大了。

有人说张大千坏画有功,他把北宋、西夏、晚唐的画敲掉,露出下面盛唐壁画更有价值。可盛唐的画本来就被破坏掉,还有什么价值呢?当然,也有的壁画上层剥掉后，露出下层的画尚能观其一部分，如上述向达书中所记，"经张大千剥离，下露供养比丘像"等。但他完全是盲目的，下面有没有画，有画又有没有价值，他并不知道。但上面的肯定是好的，有价值的，却被他打掉了。而且即使知道下面有更古的画，也可以用科学的手段把上面的画完整地揭下，华尔纳在张大千之前就用特殊胶布揭下很多。张大千却毫不心痛地把上面完整的画砸毁了，华尔纳等抢走了敦煌珍宝并没有破坏，他们盗运到国外保藏得很好，而且是永久地保存下去，供人欣赏和研究，我们至今仍能看到。它不论沦落到哪个国家，仍叫"中国敦煌壁画"，破坏比盗窃更恶劣。

张大千在敦煌时，曾邀请谢稚柳去敦煌一起临摹壁画和从事整理研究工作。我曾和谢稚柳谈起此事，谢和张是好朋友，他也说：

> 张大千是坏了一些壁画，他是想看看下面画是什么样子，他是临摹之后才坏掉的。

可见坏掉的都是好画。

但张大千对敦煌也有有功的一面，他进入洞内临摹壁画，顺便也清理了一下洞窟，他临摹的壁画到处展览发表，也扩大了敦煌的影响。正如欧美以及日、俄等国文化强盗盗去了敦煌的文物和文献，也迅速地使敦煌学在世界范围内成为显学。

张大千临摹的壁画，叫好者有之，叫劣者也有之，而且水平最高的画家和批评家对张大千的画皆不满意，前读《傅雷书信选》于1946年11月29日致黄宾虹信中说："鄙见于大千素不钦佩，观其所临摹敦煌古迹，多以外形为重，至唐人精神全未梦见，而竟标价至五百万元（一幅之价），仿佛巨额定价即可抬高艺术品本身价值者，江湖习气可慨可憎。"《黄宾虹书信集》中也说"学敦煌壁画,犹是假石涛"。齐白石对张大千不满,更是众所周知的。齐说"我奴视一人",指的就是张大千。陈子庄(石壶)也是大画家,与张大千又同为蜀人。四川美术出版社出版的《石壶论画语要》中说:"张大千把画画作为手段,猎取名利,实质是欺骗。""张大千……一辈子是画物质,不是画精神。""张大千人品不大好,如果人品好一些,他的画还是不错的。"陈子庄特别指出:"喜欢张大千画的人,大都是在凑热闹。"据台北1992年第2期《雄狮美术》报道,傅申耗费多年心血在华盛顿为张大千办了一个画展并讨论会,美国的反应是在《华府邮报》上,其显著的标题是"令人惊叹的伪作大师——张大千"。巴东在写这篇报道时感叹,"假若真是如此,那又何必筹办多年,耗费如此多的财力、精力为一个'骗子'办一个如此盛大的画展呢?"报道还说张大千的研讨会"相当粗糙",几乎没有什么学者对他有太高的评价。1992年第4期《雄狮美术》又有梅丁衍的文章说:"张大千的伪画是以探讨'手艺'为重的临摹作品……不能与创作混为一谈。"又说:"张大千……这种瞒骗专家的游戏人间哲学……不但远离作为虔诚艺术家的自我修行,而且必将背负世人道德良心的谴责。"

张大千破坏敦煌壁画的行为也如此。

张大千卖画报国内幕

张大千是个大收藏家,他收藏的众多名画中,尤以南唐顾闳中的《韩熙载夜宴图》,南唐董源的《潇湘图》最为名贵。这两幅画,现在在故宫博物院的藏画中也是宝中之宝。关于这两幅画加上另一套宋人册页,五十年代由张大千卖(让)给祖国的消息,各报刊刊登不少。最近读到包立民大著《张大千艺术圈》[1],其中"张大千与叶浅予"一章也谈到这个问题。包先生是著名记者,这消息出于他对著名画家叶浅予的采访,他说:"五十年代初,……他(张大千)决定迁居南美洲的阿根廷,为筹措一笔搬家费,他忍痛从行筐中取出三件钤有'别时容易见时难''大风堂珍玩''南北东西只有相随无别离'收藏章的名迹,一件是南唐顾闳中的《韩熙载夜宴图》,一件是五代董源的《潇湘图》,还有一件是宋人册页。他将这三件名迹交给香港一位古玩经纪人,并告诉经纪人说,优先让给中国。消息传到当时的文物局局长郑振铎耳中,郑振铎当即拍板,派人去香港接洽,终于以四万元人民币的价格,使三件从故宫散出的珍品,又回到了故宫博物院,此事使郑振铎很受感动,有一次见到叶浅予,他悄悄地说:'张大千不错嘛,他还是爱国的!'"

---

1. 包立民:《张大千艺术圈》,辽宁美术出版社,1990年。

《白云深锁沂蒙山》

白雲深鎖沂蒙山
甲午 陳傳席

据我了解，真实情况并非完全如此。我第一次看到这个消息是1986年至1987年之间（具体日期忘了），当时我在美国堪萨斯大学任研究员。堪萨斯大学在劳伦斯市。有一次我去堪萨斯市的纳尔逊美术馆看画，遇见前任老馆长、著名中国美术史研究家席克曼（Laurence Sickman）先生，他和我谈了一些宋画问题之后，便对中国有些作者不顾事实写文章胡乱发挥感到恼火，他说："最近看到一篇文章说张大千出于爱国之心，把几张名画《韩熙载夜宴图》《潇湘图》等让给中国，是为了让这几张名画归还中国，免得失落在国外，这真是鬼知道。实际上，张大千一直想把这几张画卖给美国。谁给他钱多他就卖给谁。他知道我们馆以收藏宋画闻名，就把这几张画送来，开始索价很高，我们准备叫他减些价买下，他也准备减价，但当时朝鲜战争刚结束，中国人在朝鲜和美国人打仗，双方大伤和气，所以美国政府多次下令，拒绝接受中国文化，各地不得收买中国艺术品，所以我们不敢买。以后听说他又拿到香港去卖，最后被中国收去。"席克曼一直为失去这几张名画而痛悔，但他们当时不敢违反政府的明确规定。

和席克曼谈话当天，我回到劳伦斯市我的住房中，收到了中国大使馆早已寄来的《人民日报》（海外版）。正好读到这篇文章，文章中大谈张大千爱国，对新政府有深厚的感情。说他在海外游荡，唯担心随身携带的几件名宝失落他乡，于是决定捐送给中国故宫博物院，以了却他的心愿，同时表达他对中国的热爱。但他又恐怕遭到台湾当局的迫害，于是收了很少一点钱，明卖暗捐云云（大意如此）。我回国后，读到很多类似文章，其重点皆是宣扬张大千捐画给中国是出于爱国之心。

张大千是否爱国，我并无研究，不敢臆断。我相信他的一副对联"百年诗酒风流客，一个乾坤浪荡人"。事实胜于雄辩，美国限制中国文化的政策一解禁之后，他收藏的中国名画就不停地卖到美国各大博物馆。现在在纽约大都会等博物馆中常能看到钤有"张大千收藏印"以及他的最后一位妻子徐雯波的收藏印的中国名画。此外，纽约王季迁家中也有一部分藏画原是张大千的收藏。据王季迁告诉我，这些画大多是张大千押在他家，后来张大千无钱赎回，只好出让。在这期间，他就没有卖过一张画给中国，因为中国大陆不可能出太高的价钱。

现在再谈二十世纪五十年代，张大千为什么卖画给中国大陆的问题。也许席克曼一个人的话不足为凭，但可以为之证明的人尚很多，且皆健在。看到《人民日报》（海外版）上刊登的张大千爱国捐画的文章之后，我又到了堪萨斯纳尔逊美术馆。这次，由纳尔逊美术馆东方部主任何惠鉴设宴招待我。我便向何先生谈起此事，何先生也告诉我，张大千当时先把这几张画拿到纳尔逊美术馆出卖，因美国的政策不准许收买，于是他又拿到克利夫兰美术馆出卖，何先生当时任克利夫兰美术馆东方部主任，为该馆收购了很多中国名画，但当时碍于美国政府的政策，也不敢收买。张大千当时急需一笔钱，香港是文化沙漠，一般不会出高价买画；台湾的经济尚未起步，也无力出高价收买这几张画；日本是战败国，更无指望买他的画。他实在没办法，只好拿到香港托人卖到中国内地。完全是为了钱。堪萨斯大学美术史系讲座教授李铸晋是位德高望重的著名学者，他的话颇有分量。他告诉我的张大千让画给中国大陆的内情也和席克曼、何惠鉴二先生所述相同。李、何二先生都健在，读者如果对我的话怀疑，可向二位先生打听。

包立民写的张大千为置办搬家费，忍痛出卖名画，基本符合事实，但他不知道在此之前，张大千是准备卖给美国美术馆的内幕，其他文章大谈张大千因爱国而把名画明卖暗捐给中国，皆是想当然之说，与事实根本不符。

补记：

最近笔者又读到很多文章，披露了张大千死前，承认他卖给大陆的《潇湘图》是假画。如上海书店1991年出版的《谢稚柳系年录》第255页，

"十二月三十一日,客人来访,与稚柳论画,谈及江南画派董源,稚柳曰:张大千逝世前的两个月,托香港的王南屏带口信给我说:'你告诉稚柳,董源的《夏山图》《潇湘图》和《夏景山口待渡图》都是假的。'"关于张大千说《潇湘图》是假画,很多报刊上都报道过,他也给不止一人说过,特别说到《潇湘图》是假画。谢稚柳也曾多次面告笔者。据余辉研究,《韩熙载夜宴图》也是假画。当然,《潇湘图》是否假的,不是张大千一锤可以定音的。但他本人明知且认定是假画,还要当真画卖给中国,当时,中华人民共和国刚成立不久,百废待兴,钱都是老百姓的血汗钱,都是国家建设和巩固急需用的钱。张大千把自己认定的假画拿出来,换去国家急需用的钱,他爱国爱到这种程度,爱得也太可以了。

游美闻见记

一、赴美

1986年9月2日，下午2时许我从上海起飞，4时许到达日本东京，然后换机，继续飞行，在太平洋上空度过了整整一夜。当时忽然感受到辛弃疾的一首词："可怜今夕月，向何处、去悠悠？是别有人间，那边才见，光景东头？……但长风浩浩送中秋……"

当我看到太平洋另一岸景致时，飞机已进入了美国领空。由于东西半球时差的缘故，我在上海起飞时是9月2日下午2时许，降落在美国旧金山机场上时，却是9月2日上午10时许，比起飞还早了四个小时。美国中华文化中心第一届主任、旧金山博物馆协会董事吴定一博士早等在那里迎接我。因为时间安排太紧，未及细谈，便继续换机飞行，二次转机，晚上到达目的地堪萨斯城。

我这次赴美，是经美国杰出教授李铸晋先生推荐，并由李先生提请KRESS基金会资助，堪萨斯大学授给我研究员职称，在这里从事中国艺术史的研究。瞬息九阅月矣。我曾游历美国各地，讲演、考察、观光，接触世界闻名的美术家和美术史家，欣赏各大博物馆所藏的中国古代艺术精品，浏览世界各国数千年文化遗产。其中包括我向往已久的世界名作，会见了新老朋友，参观了各地名胜，回途复游历日本各地。异国风情、绝域知交、海外游子、览睹国宝，悲喜万端，感慨系之。

"吟魄与离魂，那堪疏雨滴黄昏。"应《江苏画刊》之请，将所闻所见，或人或物，记之于此，或期与诸君同忆同忧同喜同知。

二、李铸晋在美国

研究中国现代绘画首屈一指的大家当数李铸晋教授。李教授同时又是研究中国元代绘画的权威学者，在全世界享有极高的声誉。

几十年来，李教授在瑞士、美国等国及我国的台湾、香港等地以中、英文出版他的专著多部，世界各国反响甚大。

李教授今年六十七岁，原籍中国广东，早年毕业于南京的金陵大学外文系，并一直钻研水彩画，留心中国传统绘画，后留校任助教。1947年，教育部要送一名学生赴英国深造，在全国招生，李先生应考，名列第二，未能得到官费留学，却意外得到一笔美国的赞助，于是便和他的太太耀文女士（毕业于金陵女子大学）一起赴美攻读英国文学。他们本打算几年后学成便回国，惜因局势变化，于是决定在美国等几年再说。这一等……先生曾十分感慨地对我说："谁知这一等就是四十年啊。"

出于对艺术的热爱，李先生在博士研究生期间，改读西洋美术史，获博士学位后，却无法忘情中国的艺术，于是又改治中国美术史。他开始向全世界介绍中国的艺术。不久，他应瑞士大收藏家但劳慈的邀请，研究但劳慈氏所收藏的中国历代绘画。1960年，李先生在瑞士出版他的两大册巨著《千岩万壑》，这是一部以画为史的中国画史著作，改变了以前因人设史的现象，奠定了李先生以后治学的基础。1962年，李先生在爱渥华大学任教授。1964年，李先生又在瑞士出版他的巨著——世界上第一本以存史为目的的《中国现代绘画》。这时，李先生已应香港中文大学之邀，任艺术系教授兼系主任。台湾著名诗人余光中等人皆出于他的门下。1966年,美国堪萨斯州立大学成立艺术史系,这是美国也是世界上最大的一个艺术史系(学生最多),他们特赴香港聘请李先生去该系任讲座教授兼系主任。从此,李先生便在这个风景优美的大学城中定居。这期间,他出版了他的代表著作《鹊华秋色——赵孟頫的生平与画艺》。《鹊华秋色图》是元代著名画家赵孟頫的杰作,现藏台北故宫博物院。李先生深入地研究此画以及画的作者,研究它对前代绘画的继承,对后世绘画的影响,具体而微,一滴水中见太阳,一部中国绘画简史就在这一张画中得以体现。以画为史的主要对象是李先生治画史的特点,所有史料皆是为研究画而服务的。国内的美术史家(包括我在内)往往以文献资料为主,画只用来证实资料,这样就倒置画史研究的本末。李先生一书在研究方法上具有拨乱反正之功。而后,美国所有博士研究生的论文皆以一张画为题而进行深入的研究。所以,李先生此书一出,在艺术史研究学科中具有重大的历史意义。李先生成为美国的杰出教授,中美建交后,美国政府派往中国访问的第一批学者中便有他。

  司马迁引古人语说:"太上立德,其次立功,其次立言。"三者很难兼有,但也不是绝无兼之者。在"立言"方面,李铸晋教授当然是当今世界上极负盛名的学者之一。"立功"方面,李先生任过几个大学的艺术系主任,培养学生是他最重要的事业。但李先生的"望重"更在于他的"德高",他帮助别人、奖掖后进不遗余力,对稍有出息的年轻人,他不仅在学业上指导,在做人方面教育,更在经济上给予巨大的支持。饮誉世界的画家刘国松就是李教授一手提携起来的。在海外,来自海峡两岸暨香港的华人皆异口同声地说:"李铸晋教授是中国人在海外的保护人。"

  李先生还兼任纳尔逊艺术博物馆的研究员,他和那里的老馆长席克曼先生和东方部主任何惠鉴先生相处得十分密切。

三、何惠鉴

研究中国美术而以国学基础雄厚见称于当今世界，当首推何惠鉴先生。何先生原籍中国广东，他的太太是香港的名门之后。先生早年从学于国学大师陈寅恪教授，大学毕业后，任陈寅恪教授的助教。1947年赴美，然后渐渐改治中国美术史，毕业于哈佛大学。他不仅富有才力，也富有财力，所以，世界各地所藏的中国文物，他都一一过目，鉴赏极其精到，而且青铜器上的铭文，绘画上的题记、印文问题，一经他的目，无不迎刃而解。以至于清代大鉴赏家安歧反复观摩"不可辨"的印文，何先生却能一览而辨。他在克利夫兰艺术博物馆任东方部主任时，就使这个博物馆以收藏中国古代绘画而闻名于世。1965年，何先生应邀任纳尔逊艺术博物馆东方部主任，他一上任，就使这个馆的中国画收藏工作别开生面。在美国，除了华盛顿的佛利尔美术馆和纽约大都会艺术博物馆之外，以收藏中国文物而著称的最大博物馆就数克利夫兰和纳尔逊两家。1980年，二馆曾经联合展览中国古代文物"八代遗珍"，声震全球，何先生出力最著。

何先生在学术界闻名的，还有他的名士风度，他文如其人，有深度而无纪律。研究学术，完全出于他的兴趣，忽而宋代，忽而元代，忽而明清，忽而六朝，所择题目都是他所感兴趣的画家或对某一理论提出见解，并无系统，但每一篇文章都能从高处和大处着眼，更能深入探索，立论精到、见解新颖、论说周密。所以，他的论文一出，学者争相购读，但正当大家对他提出的问题产生兴趣时，他的兴趣却又转向其他。

人们翘首相望，不知所之。据我和何先生接触一段时间中，知道他读书的兴趣不减，每天读古人书，一旦碰到他所关心的问题，便立即写，所以他的文章既有新意，又不随众论，但也不成系统。我第一次见到他时，便把我写的《六朝画论研究》送他，一般老先生很难有时间去细细阅读一个年轻人写的书，他却一口气读完，而且马上提出意见，他的兴趣也就立即转入六朝画论。当我离开堪萨斯城之前，他告诉我，他已撰写了几篇关于六朝画论研究的文章，不久即将发表。

四、艾瑞慈

我到了堪萨斯大学之后，第一个邀请我去讲学的是密歇根大学。堪大在美国的中部，密歇根大学在美国的北部。密歇根大学的美术史系也以研究中国美术而闻名，而且是资格最老的大学，中国历代绘画的资料也最丰富，曾是美国中国画幻灯图片的中心。现在这里教授中国美术史的是美国著名学者艾瑞慈教授。在我赴美之前他就写信来邀请我去密大讲学，我到了美国，他又几次相邀，盛意可感。艾瑞慈教授对中国有深厚的感情。抗日时，他一直在我国重庆开救护车救护中国的伤员，当时即对中国文化产生浓厚的兴趣。抗战胜利后，他才回美国，在密歇根大学学习中文和中国美术史。当时在密歇根大学教授中文的是一位中国姑娘林维贞小姐，学习期间，师生恋爱结婚。婚后，艾瑞慈和林维贞共同来到中国，就读于成都的四川大学。后来艾瑞慈夫妇离蜀回美执教于密大。

我到了密大之后，艾先生正在办理退休手续，因为接班的教授尚未聘到，工作仍由他主持。

我在密大讲演了《扬州八怪和盐商》。

艾先生夫妇多次宴请，并请来当地专家和中华人民共和国成立前曾任南京政府参赞的夫人等多人作陪。他们纷纷向我了解国内情况，并一致为中国政府的开放政策而高兴。华侨尤其怀念祖国，中国乒乓球队赴美比赛时，林维贞夫人就曾义务充当翻译。

我和艾先生谈得最多的还是中国的绘画。我向他介绍了国内中青年画家现状，然后征求他对中国画的意见。他说：我还是喜爱中国古代的绘画，尤其是中国古代的山水画，宋代山水画更好，山的上下、前后、林木萧寺、崎岖小道，清清楚楚，一一可辨，可行、可望、可居、可游，看到画，使人对它的境界非常向往。特别是现代人处于工业城市中，出入汽车楼房，回到家中看到一幅山水画，犹如进入山水境地，心情豁然为之一振。可是现在的中国画，大黑墨一抹，并不能使人产生什么联想。

艾瑞慈先生谈到中国的人物画时说，中国古代画家多作时装，如南唐顾闳中的《韩熙载夜宴图》、唐代张萱的《捣练图》、宋代李公麟的《西园雅集图》，皆是时装。但是现在中国画家一是好画古装，二是好画少数民族的服装。前者只能靠资料作画。后者画家多是汉族人，画画要跑到很远的边疆去"体验生活"。我曾问过一位画家，你为什么不画身旁常见的人，而要跑到那么远去画少数民族的人呢？他笑了笑，也未讲出什么名堂。画画跟写文章一样，只能写自己最近最熟悉的人和事，感受深才能写得好。有人画少数民族人物成功了，你再跟着学，就不新鲜。

周围的短衣帮不易画，你想办法创造出新的画法，这就成功了。而且你画出你的真实感受，画出能深刻反映社会生活的内容来，我们看了，才能有感受，才能增长知识，这样的艺术作品才有研究价值。你跑到少数民族地区去一次，看到的只是一些服饰，可是人物画的价值不是以服饰而定的，你的感受浅，自然画不出深刻的内容，我们看了也没什么收获，更谈不上去研究。

对于花鸟画，艾先生认为，好是好的，但是一定要创新。老是那个样子，我们也不想再看了。他对中国的墨竹、墨兰等，评价很高，认为这是中国最有特色的部分，外国画所无法达到的。中国画家不能失去这个传统。

最后谈到卖画问题，美国的画家是要靠卖画为生的，但画并不容易卖。便宜没意思，贵了无人购买。正好我们吃饭的地方就挂有几十幅画在那儿标价出售。这里是一个菜馆，北壁和西壁面临一个丘陵，景致颇美，所以用玻璃钢建成，便于用餐者聊天赏景。东壁和走廊中挂满了一位美术教授的画,我认真地观赏这批画,主要用水彩和水粉画成,十分秀美清雅。内容大多是西方的神话故事加上欧美的现代风景,手法是传统加"现代"。不论是内容和形式都有新意。画下面挂有小红纸条的,说明已有人购买,我数点一下不过五分之一,而且都是巴掌大的小速写,价钱是五十美元一幅。两千美元一幅大画,一幅都没有人买。据说这些画挂在这里已一个多月了。如果画者和老板的关系好,卖出的画他只抽取部分,卖不出的画就算了。如果和老板没有什么关系,场地租借费就不得了。

那么中国画在这里销路好不好呢?他们回答:"中国画家如果在这里单靠卖画为生,大概会饿死。"一般美国人不理解中国画,所以,也不会买。尤其是那些泼墨画,在他们眼中就是一片脏墨水,犹如一个中国人不理解西方现代派,认为那些画不过是一堆垃圾,一块橡胶皮、一只破袜子,不要说出高价去购买,就是不要钱挂在你的屋里,你也会把它扔出去,哪里还会去买呢?

艾先生夫妇告诉我,中国画偶尔也能卖出去一幅,那都是十分难得的巧遇。一般说,专门挂在什么地方出售,是非常困难的。因为未见有售,所以,价钱如何,也不清楚。

五、武佩圣

艾先生夫妇毕竟年高,且又在退休之际,所以,我到密歇根,接送和陪伴我参观的更多是武佩圣先生。武先生原籍山东,性格豪放,气魄宏大,少年时在南京读书,中华人民共和国成立前随父母去台湾,曾在台湾师范大学美术系学习工艺美术。毕业后在台北故宫博物院工作,曾获公费赴美,在夏威夷大学攻读硕士学位。毕业后回台任台北故宫博物院书画组主任。

武先生说他临摹古画的功底得益于蒋介石和宋美龄,蒋、宋经常在公

《枝傲云霄里》

故宫柏
清净居
盛年写于
逵嵚于北京

余去博物院看画,他是书画组主任,必须接待他们。按理下班后他就可以回家,但是蒋介石和宋美龄说去就去,事先并不通知。他只好等在那里,有时很晚很晚蒋氏夫妇才到,一到就要看画,武先生至今仍能绘声绘色地学着蒋介石"是的,是的"的口头禅和不停点头的形象;有时等到半夜,他们又不去。等候是十分着急而难熬的。于是武先生便开始临摹古画,蒋氏夫妇去了,他就陪着看画;不去,他就埋头临摹,有时从下午临摹到深夜。他现在密歇根的办公室里还挂有李唐的《万壑松风图》及范宽的《溪山行旅图》临本,几可乱真。所以,武先生对台北故宫博物院所藏古代精品了如指掌。后来武先生得到一位不知名的基督教徒寄来的一笔钱,到美国密歇根大学攻读博士学位,在密大攻读期间就兼任大学博物馆东方部主任。承他的美意,我参观了该馆所藏的中国古代绘画。一个大学的博物馆藏有世界各国名画、雕塑、陶瓷及青铜器等等,不可胜数,单就中国画而言,从宋到明清,从民国到现在,不但有齐白石、黄宾虹、傅抱石,还有陈师曾、俞剑华,直到现在的李华生。有很多作品在国内都是见不到的,比如美术史学者余绍宋的画,我是在这里第一次见到。古代画家的作品也很全,比如"扬州八怪"的画,郑板桥、汪士慎、金冬心、黄慎、高凤翰、陈玉几等,皆是精品。这些画主要用于教学和研究,不像中国的博物馆秘藏不公。武先生还带我参观他们的资料室和图书馆,琳琅满目,不可胜记。

六、方闻与纽约大都会艺术博物馆

美国最大的艺术博物馆,即坐落在纽约第82街的 The Metropolitan Museum of Art。Metropolitan 是"大都会"的意思,故一般译作"大都会艺术博物馆",馆址占了五条大街。这是一个著名的私立艺术博物馆,馆内收藏世界各国的绘画和其他艺术品,从原始艺术到中世纪,再到文艺复兴,以至"巴罗克"、十七世纪荷兰画派、学院派和"洛可可"、浪漫主义直至印象派,洋洋大观,美不胜收。其中很多是我向往已久的世界名作。但最使我惊叹的是三个部分,其一是埃及部分,公元前的斯芬克斯、法老王等巨大的青石雕,精美雄伟,仰视之令人叹为观止。

三千年前的壁画和墓棺画又颇令人费解,更有一个阔大的墓地,碑、坊、坟、棺及墓地石雕俱全,完全是埃及古代墓地的本来面目,只是罩上一个庞大的玻璃房。据馆内人介绍,埃及人无力保护自己的文物,由美国人出钱挖掘保护,但分得其中一半运回美国。其二是非洲的木雕,朴直怪拙,奇趣横生,原始气息特浓。毕加索说过:"只有非洲黑人和中国人有艺术,白人根本没有艺术。"看了非洲的木雕,方知这句话的分量。其三是中国部分,"中国部分"又分卷轴画陈列室、雕塑壁画陈列室、林园、研究室、资料室、库房(储藏中国画,外有供研究者展看的大厅)等几个部分,最为突出。雕塑壁画室又最为高大,这里收有从中国山西盗运出去的元代壁画,这些巨大壁画,当年被锯开铲走,又在这里复原,览之感叹不已。北魏、东魏、西魏、北齐、北周、唐宋的大型石雕也不知是如何从中国运到这里,石佛们依旧微笑向人,我却清然出涕。室中还有青铜器和石坊等艺术品,这些艺术品都比美国的历史要长一千乃至数千年。

陈列室中刚换上一批唐、五代、宋元的名画,第一张便是闻名于世的唐韩幹所作的《照夜白图》,此画经千余年,墨韵神采,依旧动人。

《睢阳五老图》之一也引起我的注意,这五张画皆在美国,我已在华盛顿佛利尔美术馆看到其中之二,又在耶鲁大学美术馆看到两张,最后一张又在这里看到。宋徽宗的画,我在国内看到不少,但史书记其以生漆点睛、隐然豆许的画,我在这里还是首次见到。周文矩的《琉璃堂人物图》,赵子昂等的《三世人马图》,张渥的《九歌图》,米友仁、夏圭、屈鼎、钱选、倪云林、董其昌、方方壶的画,黄山谷、米芾的书法,皆稀世名宝。

这些画足供撰写一部完整的《中国绘画史》。

陈列室分两幢大房，两幢大房中间，便是不久前建成的中国明园，园中有堂有殿、有亭有阁，青砖黛瓦，飞檐尖耸，环池浮玉，平桥碧浪，怪石假山，岩洞秀奇，修竹长蕉，嘉木杂卉，完全是中国明代苏州的园林景象，置身于此，会使你忘记身在美国。明园之所以突出，大都会艺术博物馆的中国部分之所以突出，完全归功于该馆顾问方闻先生。

方闻先生在中国美术史研究方面是当今世界上颇具实力的学者之一，他以气派宏大、门生众多、能干善断、指挥若定而闻名于世。先生原籍上海，自幼喜好书画，时时弄翰，颇得前辈书画家青睐，少年时，作品展出于上海，一时倾动群雄，被誉为"神童"。中华人民共和国成立前，放洋留学至美，毕业于普林斯顿大学，为了更好地了解西方艺术，方先生于硕士研究生期间，攻习西洋美术史。但他的根基还在中国的艺术，于是在博士研究生期间，又改攻中国美术史。后至日本，观赏大德寺所藏中国南宋时期的五百罗汉图，十分惊叹，当时学者对此五百罗汉知之尚少，方先生决定解开这个谜，于是以此为题，撰写博士论文，获得了普林斯顿大学博士学位。而后，先生又对宋元画以及钱选、倪云林、董其昌、"四王"、八大、石涛等做过专题研究，以中、英文在美国和港台等地发表论文颇多。1984年，方先生回国参加黄山诸画派学术讨论会，回到了阔别三十多年的祖国。此后，他又经常在大陆各地发表学术论文。

1986年，方先生以艾氏家族所藏中国历代书画为主要内容，出版了《心印》（Images of the Mind）一书，这是我见到的世界上最厚的绘画史著作。

方先生又是一位著名的教育家，多年来，他一直任普林斯顿大学考古与艺术系教授。在方先生主持下，这个系成为美国唯一的只研究中国考古与艺术的一个系，而且在方先生努力下，该系建立了专收藏中国画的艺术博物馆。其中黄山谷《赠张大同》行书卷、米芾《三札》册页、李公年《山水》轴、钱选《来禽栀子图》、赵子昂《幼舆丘壑》图卷、石涛《致八大山人书札》《罗浮山图》等，皆是中国古代书画的名迹。

方先生作为著名的教育家，还培养出一大批著名的学者。他的门生遍及欧美各大重要博物馆和高等学府，如华盛顿佛利尔美术馆的东方部主任傅申博士、纽约大学美术研究所的韩庄教授、哥伦比亚大学的王妙莲教授、耶鲁大学的班宗华教授、曾任职英国大英博物馆十余年现为伦敦大学教授的韦陀博士，以及大都会艺术博物馆远东艺术部两位副部长姜斐德、何慕文等等。

由于方先生在美术史界的崇高地位，以及在当今世界上的实力，大都会艺术博物馆特聘请他为顾问。方先生广泛联络海外华人及中国画收藏家，为该馆收购了一批又一批的宋元明清绘画，并特聘苏州园艺家建造了明代园林。他经常筹资邀请中国学者去美从事研究工作，为中国留学的学生争取助学金。李铸晋教授的学生张子宁毕业后，也由方先生资助在大都会艺术博物馆实习。出于对中国人的感情以及对中国文化的责任心，方先生为培养和帮助中国的青年学者费尽心力。

七、傅申与佛利尔美术馆

傅申先生字君约，毕业于台湾师范大学美术系，而后任职于台北故宫博物院，从事古代书画的鉴定和研究工作。傅先生曾以书、画、篆刻闻名，他在华盛顿的办公室里至今仍悬挂一幅大轴山水，就是他曾在台湾地区美展中荣获一等奖的作品。他又曾发表过《巨然存世画迹之比较研究》等论文。当普林斯顿大学教授方闻先生去台北故宫博物院参观时，发现了傅申是个人才，便动员他去美深造。在方闻教授的鼓励支持下，傅申即去普林斯顿大学攻读中国美术史。在校学习期间，他即与王妙莲女士合著《鉴赏研究——沙可乐所藏之中国画》，这是一部巨著，对研究和认识中国绘画颇有助益。傅申先生获得博士学位后，曾执教于耶鲁大学，其间他筹办过大型的中国历代书法展览，并编其目录《行穰》。

傅申先生同时举办了首届国际书学史研讨会，震动颇大。不久，他又应聘到华盛顿的佛利尔美术馆，因爱其环境之美以及藏画之多，遂长期留在这里任中国部主任。傅申虽然年轻，论实际功力，却堪称一流学者。他目前正在研究张大千，同时又编辑了海外所藏中国历代书法集七大巨册，不久将出版。我问他为什么要研究张大千，他说本来是研究石涛，后来发现各地所藏的石涛画多为张大千伪造。张大千又伪造了很多古代名人画，要研究古代绘画，非把张大千弄清不可。说着他就搬出两大摞画，其一是张大千的，其二是古人的。然后他一一指出，张大千的这些画都是从古代画中来的，山头来自何处，山根来自何处，树、云来自何处，两相对照，十分明了。我大为吃惊，傅先生研究得真细啊。但他对张大千却那样佩服，殊不可解也。我说我只佩服张大千一方印文曰"游戏人生"，说着大家一笑，便去库房看画，佛利尔美术馆收藏中国古代书画最丰富。这个博物馆原是佛利尔私人建立的，佛利尔十四岁在一个水泥厂做工，后转入铁路公司，四十四岁退休，他把钱存在银行里，用利息购画，目的是让美国人通过艺术品了解中国。不过，在二十世纪三十至四十年代间，他们派人去中国购画，却误把很多明人画当作宋人画收来，但是真正的宋人画以及其他名迹真品，仍是不少。傅申先生首先取出了元代大家赵孟𫖯的名作《二羊图》，接着便取出传为顾恺之的《洛神赋图》、唐画宋摹本《内人双陆图》、郭熙的《溪山秋霁图》、金人李山的《风雪松杉图》、宋人龚开的《中山出游图》、元人钱选的《来禽栀子图》和《贵妃上马图》、王蒙的《夏山隐居图》、吴镇的《渔父图》以及明人沈周、唐寅、徐渭、陈淳、董其昌、陆治、陈洪绶的铭心绝品。

对着这些稀世名宝，我差一点昏倒了，我说，有生以来，我只激动过两次，这是其中之一。

傅申先生虽然十分忙，但仍然陪了我几天。不过，去佛利尔看画，没有他关照，也是不行的。

八、高居翰和景元斋

高居翰是 James Cahill 的汉名，中国画界的朋友对他反而比几位美籍华人学者更熟悉，因为高居翰近几年常来中国，而且每来必讲演。其实，第二次世界大战期间，高居翰就到过中国。从此他对中国的艺术产生兴趣。后来他回国在密歇根大学专攻中国美术史，并以吴镇为题获博士学位，后在华盛顿佛利尔美术馆任中国部主任，现任旧金山加利福尼亚大学伯克利分校教授。作为一个美国人研究中国画史，他的看法和思路都有别致之处，很多地方颇引人注意。高居翰治中国美术史有三点特别突出：一是具有讲演天才。他的语言流利，声音洪亮，知识渊博，邀请他去讲演的单位特多，在夏威夷大学等地听他讲演要购买很贵的门票，但愿听的人仍然很多。二是有著作癖。他不停地写作，我在堪萨斯大学从事研究工作期间，他也应邀前往讲演，我发现他在讲演的空闲时间，还不停地借打字机打字著书。因而，高居翰在治中国美术史学者中是著作最多的一位。他的著作有《图说中国绘画史》《中国绘画》《永无止尽的山水——晚明的中国画》《气势撼人——十七世纪中国绘画的自然与风格》《黄山之影》《中国古画索引》《隔江山色——元代绘画（1279—1368）》《江岸送别——明代初期与中期绘画（1368—1580）》《山外山——晚明绘画（1570—1644）》。他现在又在撰写清代和近代的中国画史。三是收藏癖。在研究中国画史的学者中，高居翰的收藏是无与伦比的。其实高居翰并非十分富有，他少时甚至很贫困，但他很节省，有钱便去购画。他的藏画室叫"景元斋"，颇为世界各国学者知闻。

我和高居翰认识多年，1983年我们就书信频繁，以后多次见面。

我这次赴美前，他就多次来信邀请我到他们大学观光和讲演，可惜我因申请护照一拖再拖，比约定的时日晚了半年，当我到达旧金山时，他又到了中国。后来在美国几个地方，我们又多次见面，他约我去参观他的景元斋藏画。我到了旧金山，他请一位博士小姐陪我看画。景元斋的藏画寄托在加大伯克利分校艺术博物馆里，藏中国宋元明清绘画数百幅，当然其中不乏赝品，但明清的精品也不在少数。陈洪绶的《山水花卉册》、任熊的《人物图册》、罗聘的《孟浩然像》以及渐江、查士标、吴彬、龚贤、方士庶、张风、高岑、樊圻、石涛、萧云从、金农、黄慎、任伯年等人的作品，皆令人难以忘怀。很多画看后，你会增加对画家和当时画史的新看法。到了美国，景元斋藏画是不能不看的。

九、夏阳

五十年代，台湾美术青年们成立了以刘国松为首的"五月画会"和以夏阳为首的"东方画会"。这两个画会彻底冲垮了日本奴化教育带给台湾地区艺术界的绘画日本化，以及大陆赴台的老一代画家们所带去的恪守传统而毫无生气的僵死画风。但当时，他们却遭到台湾保守派的攻击和压制，可最终他们的画都得到世界的公认。我这次赴美，见到了夏阳和刘国松二位，并且受到他们热情的接待。这里我简略地把他们的生活和艺术介绍给读者。

"东方画会"的领袖夏阳，祖籍南京，1932年生于湖南，1948年毕业于南京师范，1949年去台湾，1951年从师李仲生习画，1956年夏阳因不满于当时台湾的陈腐画风，和画友李久佳、陈道明等八人创"东方画会"，以前卫的姿态提倡现代绘画艺术，被当时的评论家称为"八大响马"。"八大响马"以其迥异于时俗的画风，横冲直撞，把当时的正统画风冲得七零八落。1962年,首将夏阳搅乱了台湾画坛之后,"落荒逃走",奔赴需要他的法国巴黎。

在巴黎六年余,他认为世界艺术的中心已由巴黎悄悄地转向纽约,于是1968年,夏阳来到了美国,旅居纽约。住在艺术家群居的苏豪区,一直至今。夏阳出售他引人注目的精妙艺术,生活得很好。夏阳又以他曾是台湾画坛和巴黎画坛中的风云人物,颇受人敬重。但夏阳没有停留在原来的基础上,1972年,他开始全力研究超写实主义绘画,成为当时最著名最有代表性的超写实主义画家,收藏家们争相抢购他的作品。后来,他成为OKHABBIS画廊的画家。他的作品一出,画廊就代为销售,他租借了宽大的住宅,潜心于艺术的创作和研究。一直到八十年代中期,他还是一位幸运的画家。可是最近几年,他的超写实主义绘画忽然滞销。目前,夏阳这位曾在世界画坛上放射异彩的大画家,开始进入了他的潜伏时期,但人们相信,他不久将会重整旗鼓,再放异彩。

我第一次见到夏阳时,他给我的印象是不修边幅,身材不高但很结实,不由得使我想起"八大响马"的绰号。他见到我第一句话便是:"祖国的情况如何了?"又接着问了一连串具体的问题,他的声音是那样的急迫而凄切,情感是那样的真挚而激动,说着抬起头看着我,等待我的问答,眼中闪烁着淡淡的一层泪水,我没想到这位"响马"竟有这样一颗赤子般的心。

他的画室十分宽大,摆满了各种古器玩意。美国有一项照顾贫困艺术家的政策,房主不得增加没有固定收入的艺术家的房租。夏阳十年前租的宽大房间,按一般住户房租不知要增加多少倍,但至今他的房租依旧,否则,他的收入将无法维持这样宽大房间的租金。稍坐饮茶后,他带我去里间看一大堆明清的家具文物等。原来,他在创作之余,还帮助美国的博物馆或其他收藏家修复文物,赖以养家糊口。再向里间,便是他的画室,画架上正摆着一大幅尚未完成的画,原来他的超写实主义是以照片为底稿的。

先用幻灯把画稿放到画布上，描下来后，再对着彩色照片画，但画出来却和照片不同。其意境虽然逼真，但色调给人的感受却是冰冷凄苦的。元代画家倪云林作画不画人，自云："世上哪有人？"夏阳画中有人有物，甚至很繁多，但给人的感觉，都是无情的、冷漠的。其气氛犹如夜间带着惨绿灯进入一个大坟场。所以，他虽然对着照片画，却能画出他个人的感情，画出他对现实世界的认识。他的画颇能牵动读者的心，使人感叹不已。然后，他又叫我坐在他的画椅上，按动电钮，椅子便上下左右移动，一直能升到空中，且非常方便，不像我们画家画大画非搭脚手架不可。

夏阳最关心的还是国内的情况。他说他不想发财，只想画画，像社会主义国家中设立画院，把画家养在里面，自由创作，他是十分向往的。我又向他介绍了国内大学美术系的情况，问他是否愿意回国到我们大学当教授，他十分高兴。我又提起徐悲鸿先生曾主持我们系工作，以及其影响之大和基础之好，皆非同一般。他说："那麻烦了，我并不反对徐悲鸿这个人，但非常反对他提出的写实主义口号。这等于否定艺术、限制艺术，实际上，任何艺术，即便是变形艺术、抽象艺术、中国的大写意艺术都是从现实变来。只要人在现实中生活，现实中的一切必然在头脑中有反映，也必然是他绘画的基础，但一切绘画也不可能绝对写实，因此，他提出的写实主义口号，有时等于不提，但对艺术的发展却起到阻碍和限制作用。"接着他又从理论深度作了很多说明。我听后非常惊讶，原来夏阳还是一位出色的理论家。话题又回到他回国任教授问题。我告诉他：国内的文艺政策是百花齐放、百家争鸣，您可以回去宣扬您的观点，建立您的学派和画派。夏阳在沉思，但他的夫人却忧心忡忡。夏阳的夫人是学哲学的，曾获哲学博士学位。可是她一直在家闲居，找不到工作。贫困的时候，她为了支持丈夫的事业，几次想去做一点小生意，可是一个中国传统式的女知识分子对于从商却是无能为力的。她知道在国内，大学毕业都会受到重用，一个博士更是国家的重要人才。所以,她又向往国内,但又不清楚国内的现状。

十、刘国松

现代画坛风流,在世界上都颇有影响的大画家是刘国松。他是台湾最早的新派画会——"五月画会"的创始人和领袖,现在执教于香港中文大学艺术系。目前他已辞去系主任的行政职务,主要从事艺术创作。我从美国回来途经我国香港时,本由文物馆馆长兼艺术系主任高美庆女士接待,她安排我住在风景优异、面山临海而又十分高雅的雅礼宾馆。

第二天,刘国松给我打了两次电话,接着便来接我。我十分惊讶,这一位驰名中外的大画家怎么知道我在香港的?不一会儿,他和他太太以及一位美国客人来到我的房间。他给我的第一印象就不同一般:英俊、潇洒、爽朗、坦率,双眉间距离特宽,有种万事不在心上的精神。我看他有山东人的气质,果然,他说他是山东益都人。接着他便告诉我:"李铸晋教授是我的恩人,他的客人就是我的客人,你到美国时,我就知道,到香港时,我也知道。我还为你预订了房间……"我听了十分感动,这位山东汉子一直不忘他的恩人,又爱屋及乌,以至于恩人的客人。

我从来耻于去见名人和官员,然而,一旦真正的名人对我很客气时,我又倍加敬重,难以忘怀。当时,我就有要写一部《刘国松传》的念头,于是便不停地向他发问。

吃饭时间,他向我讲起他的经历以及绘画主张等等。刘国松原来是台湾国民党遗族。早年主要在遗族学校中度过,他从小就喜爱画画和看武侠小说。1947年在武昌读初二时,每天途经两家裱画店,总是恋恋不舍。后来裱画店老板注意了他,鼓励他学画,并给他很多支持,不但给他纸、笔,借给他画册,还指点他画之得失(我当时插了一句话:"你的经历颇似傅抱石,傅先生也是受裱画店的启发和影响而走向艺术的道路。一艺之成,莫不神于好,而精于勤,然意外之机遇、启迪和影响有时亦有转机拨航之作用。"刘先生非常赞成)。1949年赴台湾,在省立师范学院附中读书,他一直被老师称为"小画家",所以,1951年考大学时,他五个志愿都填台湾师大艺术系。大学毕业后,苦闷又来了,年轻人要想发表作品,想成名,必须参加台湾地区美展。可是当时的美展被评审委员把持着,除了他们自己的作品,就是他们学生的作品,其他人的作品很难入选。更令人气愤的是,评奖变成了分奖,由评委们和他们的学生轮流获得。

刘国松说:"我们的作品都绝对超过他们,比获奖的作品都好得多。越是好,越不给我们展出,怕我们把他们比下去,我们看透了把持艺术的这批人,但又不甘沉沦,于是,联合四个人自办画展,借用师大美术系教室。结果画展十分成功,得到各界人士支持、鼓励。于是我们便进一步决计成立画会,像巴黎'五月沙龙'一样,所以我们的画会便叫'五月画会'。这个画会第一次给台湾画坛带来了巨大的冲击力,接着'东方画会'成立并展出作品,以后,众多画会便接二连三地成立起来。新画会成立,大家又都一起发表文章,很多教授、诗人、文艺评论家也都一起写文章为我们叫好,一时间,台湾的画坛由死气沉沉变成生机勃勃。当然也有反对的。徐复观就多次发表文章,说我们破坏中国的传统文化,用心不良,我们和他辩论,指出他的错误,结果使他哑口无言,这就更增加了新画会的志气和生气。"

刘国松接着说道"最使我难忘的是1963年,美国爱渥华大学教授李铸晋先生来到台北。李先生的推荐,使我获得了洛克菲勒三世基金会的奖助,得以周游世界,也从这一年开始,我的作品开始打向全世界。接着李铸晋教授又撰写了一本著作《刘国松——一个中国现代画家的成长》。

李先生写道:'中国艺术已成为世界文化最重要之一环,在这个融会中西发展中的最有力之一员,就是刘国松。'从此之后,我才得到世界画坛的认可。"

刘国松曾被列入《世界名人录》《美国名人大辞典》以及英国出版的《成就人士录》《世界著名知识分子大辞典》。刘国松的画除了非洲之外，遍布全世界各大博物馆，私人收藏家收藏他的画者更是不胜枚举。

谈到作画，刘国松仍认真地介绍他的"画若布弈"的著名论点，他反对作画"胸有成竹"。主张以势取势，犹如下棋一样，自己投上一个子，马上看看对方的反应，然后再决定自己下一步在何处布子。如果完全是预先设计好的，犹如自己和自己下棋，那就完全无趣了。他还主张画家交朋友要注意交结理论家和画家以外的朋友，他的新画之成功就得力于一位建筑家的理论，他还强调，他的成功，妻子黎模华对他的支持也十分重要。

晚上，刘国松邀请我到他的家，黎模华女士为我准备了十分丰盛的菜肴。他们住在一个面海背山的大楼中，抬头便见到祖国的南海，群岛罗列，层峰叠起，浪涛拍岸，水光连天，景象十分壮美。他的一个画室大约有一百平方米，我去时，地上正铺着他的长卷山水图，长达几十米，是为一位英国收藏家特画的。他的画风总的精神状态和以前差不多，但用笔变化甚大，他仍用他的"国松纸"，但完全用笔画成而不用工艺的方式制作，只是最后揭去纸上的纸筋，留出天然的白道皴法。黎模华女士告诉我，刘国松画水的方式大异于以前，我细览之，果然如此，十分逼真，有时也用书法笔意。他给我解释，他的画中所追求的主要二点，一是现代的，二是中国的。

谈到画史的分期，刘国松认为："以前的画史是以朝代为界限，以后的画史应以世纪为界限。"是的，那么二十世纪的中国画，应该属于谁？至少说，刘国松的崇高地位已经无法动摇了。

十一、美国的美术教育

我到美国的重要任务之一就是去考察美国的美术教育。但他们聘请我为他们的艺术史研究员，所以所到之处，多为艺术史系接待。美国的教育把美术和美术史截然分开，美术属于艺术学院，美术史属文理学院，因为前者是艺术，后者是社会科学，本不是一回事。但每到一处，我总要美术史系的学者们陪我去考察美术系。所见所闻甚多，择其要而记之。

——美国美术系入学情况和其他任何系科一样，不必考试，任何具有高中学历的人皆可进入（硕士、博士研究生也不必考试），但不是任何人皆能毕业。顺便言之，美国大学以私立最强，哈佛大学、普林斯顿大学、耶鲁大学、麻省理工学院等名牌大学全是私立。私立大学学费高，且人数有限制，州立大学要保证本州每一个人入学，所以，美国很多大学学生忽多忽少，教师也会相应多聘或解聘，每个系的人数当然也会忽多忽少。不像我们的大学有固定人数，一届学生从入学到毕业基本不变。为了节省文字，现以堪萨斯大学为例，以一斑而窥全豹吧。美国画家程凡（从中国台湾入美）入学那一年，美术系共147人，二年级时剩下几十个人，毕业时只剩下几个人，得到毕业证书的仅4人。在他前后几届入学时大约都在150人，毕业时一般都剩下不多，每届能得到毕业证书的人也不过四五人。当然美术系特殊些。人数由多到少的原因：很多人只想学一点美术，并不想以此为职业，学一点，得到一点美的教育就改学其他科了（美国人大多都了解艺术，所以美国的艺术博物馆特多）。再者很多学生不宜学美术，主管老师就会劝其改变系科。有的学生必须退出来。

——美国美术系的学生们必须到美术史系去选修美术史课程。美术史的学分约占全部学分百分之二十。绘画课占全部学分百分之四十，其余的课可到文学、哲学、历史、美学等科中去选修，而且还必须有百分之二十的学分要到数、理、化等科中去选修。只有美术史和外语是必修的，其余可由学生自己去选。但已有硕士或博士学位的人只要学绘画就行了。美国的美术教育重艺术，不重技术。美术系一般没有学位，若有之，最高也不过硕士而已，亦不因技术。有很多学生取得哲学或数学、力学、文学、美术史学等博士学位后，再去美术系学习。我所熟悉的程凡先生大学期间学理工，研究生期间，先得机械学硕士学位，后得数学博士学位，曾任大学副教授，四十余岁后，忽然醒悟了人生的什么道理，毅然抛弃一切，去美术系学画。四年后，又得到美术系本科文凭。他学习期间，只要学画和美术史二门就行了。毕业后，他失去了工作，以钓鱼为生，每年可以卖一次画作为补贴。他是当地的画鱼专家。前面说过，美国美术系不以技术为重，大画家的作品中总有哲学、数学、力学等方面的内容。比如雕塑是静的艺术，但力学博士的雕塑就改成了动的艺术，我在美国看了很多动的雕塑（造型很简单），不要任何外力，却不停地运动。

——美国美术系的学生造型能力确实差，我看他们画人体不过几分钟就一幅，夏威夷大学画人体课时间最长，也不过半小时。只画大概动势而已。他们早已废除画石膏像，有的学生连画鞋子、房子都要改来改去而且画不准。很多画家靠拍照幻灯片放映到画布上描下来（雕塑靠塑料模），但他们很重思想，重个人创造。抽象的画，我看不懂，但见那些乱七八糟的色块线条，似乎是胡乱涂抹，实际上他们作画时十分吃力，改来改去，据说很讲究，而且都有什么道理。我只见到一位女学生画具象的画，她手里一大堆照片，主要的一张拍成正负二张，先用幻灯机放到画布上，再对着照片画。

我问她为什么这一群人中大家都红光满面的，但有一人呈令人讨厌的恶紫暗棕色。她说她曾应邀出席一次联欢会，会中有一个男人老是和她讲话，她讨厌他，忽然感到他的颜色和一般人都不一样，颇令人厌。所以，她就画出这种感觉来。还见到一位研究生的毕业作品，她画的物中有物，比如落下的雨点却是一个个人头，绳子却是男女纠缠在一起。……她说，她经常胡乱想象，有时想天上下的雪如果是白银就好了；有时想，雨点落下来了，如果是人头，多可怕啊；两股拧在一起的绳，真似一男一女纠缠在一起。于是就画出这种感觉。人称之为假的现实主义。美国人重创造、重自己,鄙视因袭别人。

——美国是重实际的国家,所学必有所用,社会不需要的他们不会学。美国虽然是世界上最富的国家,但却绝没有闲钱设画院养画家,所以,学画画的人并不多,美术系以工艺设计、(摄影)冲印、手工制造为主,往往是一人而兼多能。他们的美术系酷似工厂的大车间,有翻砂模型,有熔炉、煤炭、风机、油漆、斧、凿、刨、刀、车床、纺织机……老师带领学生在这里设计、浇灌、烧制各种工艺器皿。中国五十年代农村中的织布印染工艺,现在早已丢弃,他们却作为艺术学习。

他们问我,中国人为什么不会做生意?日本人从中国学去的工艺都能大赚外国人钱,为什么中国人只赚本国人钱而不去赚外国人钱?中国工艺品为什么价格忽高忽低,自断销路?甚至问我中国这样贫困,为什么会有闲钱设置这么多的画院等等,可惜我皆无可奉告。美国学生学知识很踏实,不怕脏、不怕累,耐苦力不亚于中国人,他们学习期间就要创造价值。

——学生可以任意地画和造,老师不能限制学生的自由,那么老师又怎样教呢?我每到一处,不但看,而且还问。上课时,老师不停地检查观察学生画画或制作,有时也向学生发问,当学生想达到某一效果而无法实现时,就要请教老师,老师就要帮助或启发学生。初入学的学生,老师布置的作业,要求学生表现出色彩或意境上某一效果时,学生是必须做到的,做不到的,就可能被勒令退学。老师都必须是有一定成就的画家,而且思想都很解放。

美国的美术教育有很多问题值得介绍,至少要写一本书才能谈清,限于篇幅,仅介绍这一点。

随笔三则

一、好女子,何人可嫁?

丙辰秋月,余应邀参加一国际学术研讨会。晚宴,与台湾师范大学画家兼诗人罗青教授、香港大学画家兼学者万青力教授同桌,席间论及新旧诗词及楹联,青力曰:"明人有一联(按,实为半联),可谓奇联。仅有上联,求对下联,数百年无人能对。古人不可对,今人更不可对,亦无法对,可谓绝对也。"

余曰:"愿闻其详。"

青力曰:"好女子,何人可嫁?"

余对曰:"森林木,谁言佳材?"

罗青叫好,青力默然。

二、虹在水天中

六年前,中国艺术研究院美术研究所所长水天中和上海美术馆女画家徐虹历经八年恋爱后终成连理。冬初,于北京城台湾饭店内举行结婚仪式。余应邀出席,席间歌舞甚盛,唯乏文情耳。余倡以水、徐二人姓名事业联诗,群情响应,并推余出首句。余曰:"水阔月行徐。"

《为寻静雅情　故向山中行》

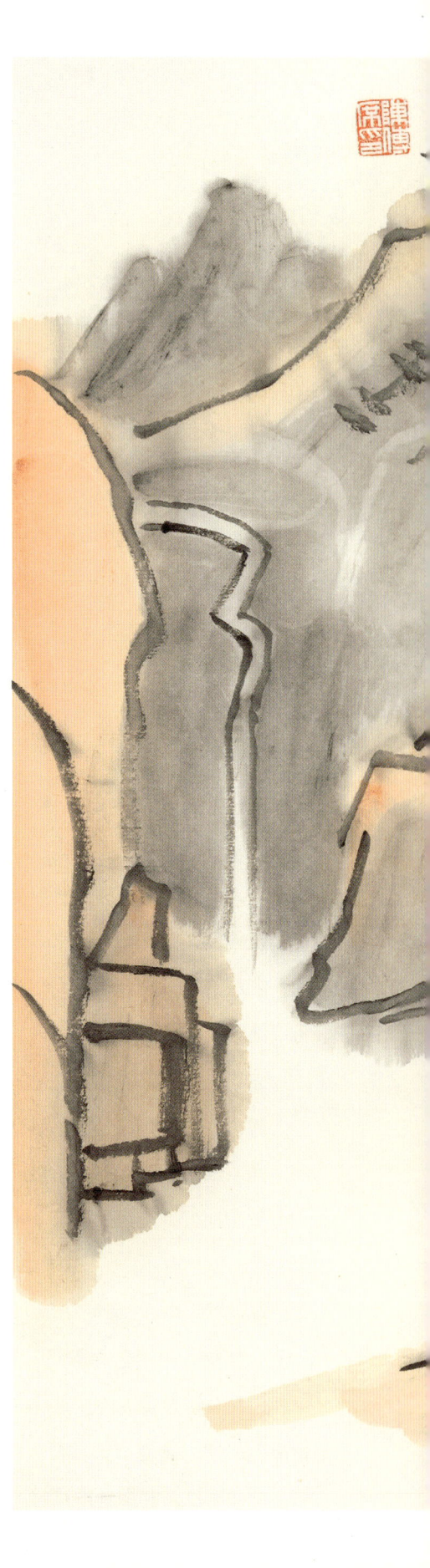

山色静，鸟情孤，向山中作，无人家多焦，流水鸣句碧涛停的诗众默然,唯中央美院教授薛永年对曰:"虹在水天中。"

众听后齐鼓掌叫好。

薛对固不工,然意颇佳,五字,容徐之名、水之姓名,亦奇也。唯恐年久失之,故记于此。亦见一时之雅意也。

三、想念

余插队屏山为知青时,尝在某小学为某教师代课,课间以"想念"一词令学生练习造句。有云:"我们想念毛主席。"有云:"我想念妈妈。"有云:"我想念姐姐。"唯一顽童在后偷看连环画书,余责令其起立造句。顽童支吾。久之,曰:"我想——念书,想念书。"余闻之,不禁失笑。至今三十余年不能忘。

家乡·父母

我虽然生在山东,少年时代便去了安徽,但我的家乡(祖地)是江苏徐州市睢宁县。

按族谱上记载,我们家族是从浙江顺溪迁来的。但那个族谱编得很糟糕,出处不清,语焉不详。顺溪在何处?查遍了浙江省地图,也找不到顺溪。去年(2011年)11月,浙江省温州市邀请我参加"黄公望和《富春山居图》研讨会",去后,当地负责人陪我们游雁荡山,同时去参观顺溪陈家大院。这里人家都姓陈,大院威严,气势又磅大。匾额"户侯第"是清朝时立,两旁楹联是"驾福乘喜,含和履中"。我忽然醒悟,顺溪在这里。这里山明水秀,四面环山,前后皆水,陈家大院又正对笔架山,从风水学上看,也是出大文人的地方。为什么要从这里迁走呢?后来才知道,顺溪濒临东海,和日本相望,日本海盗经常出没此地,杀人劫货,而且专门找大户人家,往往抢劫之后,又把人杀光,为防同族人报复,有时把全族人杀光。陈氏家族为防被海盗灭族,故迁走一批到内地。徐州睢宁县是内地,肯定不会遭海盗袭击。睢是安逸的意思,宁是安宁,名字也好。这就保证了陈氏一脉不会灭绝。我觉得以前族长制也有道理。

我在顺溪陈家大院认真观看一番,几个大院连成一个更大的院子,一时看不了。看了陈氏宗谱，说这一支从河南陈州迁来。这是对的。因为我考证过，天下陈姓人家都出自河南陈州（古陈国），陈氏以国为姓，本是舜的后裔，因封在陈，陈在当时首都的东面，陈字的左边古写本来是"邑"，右面是"东"，邑之东，即首都东面，先有陈国，然后根据首都之东面而造出"陈"字。宗谱上又说，顺溪这一支的高祖是南朝皇帝陈霸先，当然也没有什么根据，但陈霸先也确是浙江人。据说陈朝灭亡时，这一支逃到顺溪避难。大院左侧，还有专厅供奉陈霸先的像。据《陈书·高祖本纪》记载，陈霸先是汉太丘陈寔的后代。其实这都和我们无关。人生是气之聚，死则气散，如是而已。

我们这一支从何时迁来睢宁县，族谱上也没有记载。

我的家乡靠近白塘河，白塘河从北向南，到了我们家北面，忽然转向西，再向南流，我家正对着这个河湾。有人说从风水学上看，正对河湾也是好地方。

我出生时，祖父已去世了。听家乡父老及亲戚言说，我的曾祖父、祖父在当地德高望重，非同一般。他们都十分勤劳、公正、聪明，几代人凭着自己的勤劳和才智，把家园建得十分出色，在方圆数十里地都颇有名气。拥有土地也多，白塘河之北有大片肥沃土地，河西也有大片土地，而且睢宁县陈氏这一支高祖的大坟便在我们家的土地里。睢宁县陈氏的族人清明前夕都去添坟，我小时候也去添坟，坟高大如山，占地颇多，大约在二十世纪七十年代，被公社平掉了。我家宅的附近即河东也有我们家土地。我记事时，这些土地都早已归公社所有，但族中老人还告诉我，这些地原来都是我家的。我们家的宅地也比一般人家高大得多。宅四周都是大森林，其中梨树、枣树、桃树、杏树、石榴树、槐树、榆树、杨树、柳树、楝树、梧桐等更多，还有好几棵大皂角树，每年结了很多皂角，可当肥皂用，凡能吃的、能用的、能看的树差不多都有。我至今也特喜欢大树，尤其是门前大池塘前两棵大梨树，双人合搂粗，大约有两百年历史，每年结梨两千斤左右。我对这两棵大梨树颇有感情。小时候，上树摘梨子吃，在树下睡觉、会友、看书。可惜，2000年我父亲去世时，死掉一棵；2006年，我母亲去世时又死掉一棵。老树是不是有灵性呢？我也不知。

原来我家宅子后（北）正对白塘河，河南河北空旷无际，大片原野，宅之西也空旷。宅前有场，场周围有树林，向前有大梨树，再向前是池塘芦苇地，十分空旷，因而也十分突出。现在宅周围都盖满了房子，当年气势也不复存在了。

曾祖和祖父建得家大业大，还建有油坊等。他们又乐善好施，经常救济贫困人家。所以，方圆数十里人家对我曾祖和祖父都十分敬重。他们又公正，凡是人家有难处和无法调解处，有时连法院都解决不了的事，都来找我祖父处理。我祖父一讲，他们都听。有的人家争吵准备动刀子，祖父去呵斥他们，帮他们处理，没有不听的。当然，祖父是从不收钱的，而且还会拿自己的钱帮助他们。尤其是应该赔偿的一方，祖父判一方必须给另一方多少钱。基本上是祖父拿自己的钱，送给一方，叫他交给另一方。所以，祖父在当地有崇高的威信。

曾祖和祖父的公正、诚实，最为人称道。我小时候，父老乡亲常为我讲起他们公正的故事。后来，我读《史记·陈丞相世家》，说陈平小时候在家乡分肉，最公平无偏私，后来当丞相仍然十分公正。我当时暗想，这不是陈平遗风吗？而且《史记》还记陈平"为人长大美色"，即高大貌美，我的父、祖也是高大貌美，气质非凡。当然，这只是乱想的，绝不可以联想为事实。有一年，我在广州，很多朋友（都是名流）谈起某人说自己是范仲淹后人，有人说自己是赵宋皇帝的后人，有人说自己是汉刘邦的后人，有人说自己是唐李世民的后人。他们问我是谁的后人，我回答："不知道。"有人说："你是陈胜后代吗？"我说："不是。"有人说："你是陈朝皇帝陈霸先后代吗？"我说："不是。""是陈平后代吗？"我说："不是。"最后我说："我是陈世美的后代。"大家哈哈一笑。后来有人大煞风景说："陈世美是虚构的人物。"我只好说："那我是我祖父和我父亲的后代。"大家又一笑。

我祖父生有一儿一女，女的即我姑母，嫁在附近一朱姓人家。祖父下决心培养我父亲读书。为了供我父亲读书，祖父卖了很多地产和副业，但最肥沃的地和油坊没有卖。

我的父亲讳允恭，取《尚书·尧典》中"允恭克让，光被四表，格于上下"之意，又《汉书·叙传下》有："太宗穆穆，允恭玄默，化民以躬，帅下以德。"是信实而恭勤的意思。父亲自幼聪明颖悟，先是上私塾读了两年，老师就教不了他了。祖父叫父亲改上新式学堂，成绩优秀，闻名一县。初中到河北去上。毕业后，到河南读高中。当时战争频仍，河南的很多学生迁往四川，父亲到四川的成都读大学。（据父亲说，当时是政府方面批选学生入川深造）同去有二人和父亲是同乡。

父亲的档案上写的是大学本科学历，追悼会上，组织部宣读的也是大学本科学历，但在父亲和我言谈中，他似乎没有读完本科，因为激于爱国热情，他们要投笔从戎，参加抗战。在一个夜晚，同乡三人在一个酒店里讨论到哪里去参加抗战。那两个人说，当然去重庆，投奔国民党政府。我父亲则坚定地说："我投延安。"那二人问："为什么不投政府，而去投土匪？"父亲说："国民党现在控制政府，投国民党，虽然也抗战，还有升官发财的企图。共产党是在野党，现在延安，不掌权，我投共产党，只是为抗日，为救国，并不为了升官发财。"争论很久，结果各奔前程，那二人投奔重庆。父亲先是回家看望我奶奶，然后奔向延安。

那时候，国民党军队在很多地方拦截知识青年，阻止他们去延安。我父亲也被拦截（在何地被拦截，我当时没有问，似乎在西安附近），被拦截的青年不少，集中在一起，长官只是劝说他们回去，还算文明，也很礼貌。

有的人便回去了。但我父亲生病了，很严重，被送往军队医院治疗。一个年轻的女军医，为我父亲检查和治疗，女军医看到我父亲高大英俊，又是大学生，通古文和外文，便爱上了，也就更精心为我父亲治疗。日久，二人感情益深，病也即将痊愈。但一天夜晚，军队迅速转移，女医生也便随军转移了。从此二人失去联系。父亲的病并没完全医好，身体仍虚弱，身上无钱治疗，便被送回家乡。

父亲回乡后，地方党组织知道他投延安未成而归，便任命他为岚山乡乡长。那时候，睢宁县（邳睢铜——邳县、睢宁县、铜山县由一个党组织统一领导）日、伪、国、共都有，处于"拉锯"状态。据档案等史料记载，国军经常打击日、伪，甚至炸掉他们的碉堡。共产党领导的地下武装及民兵（自卫队）等也经常袭击日、伪，少则歼敌几个人，多则几百人、上千人。在南方，有的几千人被几个日本兵赶得团团转，任日本人烧杀淫掠。在南京两个日本兵比赛杀人，一个杀了105人，另一个杀死106人。这种现象在徐州地区和山东地区，绝无可能。莫说你杀我们人，你不杀人，我还要杀你。见于记载的1938年前后，邳睢铜地区打击日军、杀死日本军的战斗就有近300次，经常全歼日伪军。老百姓见机起事，杀死日军的还没计在内。有一次400多日伪军经过睢宁县，被一个年过六旬的老人发现，马上召集自卫队员，迎头便打，日伪军不知道遇到什么样军队，丢下很多尸体和枪弹逃跑了。有3个日本兵下乡（不知是找女子，还是想抓鸡），还没来得及动手，便被当地人杀死。刘少奇、陈毅回延安，途经这个地方，当地自卫队员保护他们，在日伪军碉堡群里，装甲车队里穿梭，安然无恙。小说、电影《铁道游击队》描写游击队杀鬼子、炸火车、抢机枪等，全有事实根据。我询问过当年的自卫队员，有的就是老百姓，他们杀鬼子、抢机枪、炸碉堡的事，比小说电影里写的还要生动，还要勇敢。这里的人大多会武术，他们不怕死，熟悉地形，把鬼子杀死后，立刻就跑，很少会牺

《梦里故园秋》

壹山都出雲夢
王故國秋
陳傳席
北京

牲。他们甚至以杀鬼子取乐。这就是徐州人的性格。

闲话休叙。再说父亲当了岚山乡乡长后,便组织抗战,他的枪法进步很快,能手使双枪,百发百中(中华人民共和国成立后,他在法院工作,我亲眼见到一只飞奔的黄鼠狼,被他一枪击翻。可能是遗传的因素,我第一次军训时,三枪三十环。当时武装部副部长十分吃惊:"好枪法,在哪里练的?"其实,我是第一次打枪。我的四弟在军队时打枪也十分优秀)。父亲经常率众打击日伪军,日伪军十分痛恨他,便联合保长等告示通缉。这时睢宁地方武装已集中到别的地方,留下父亲坚持斗争。父亲躲在日伪碉堡附近的一个同族人家里,大约一个月。老是躲也不行,三十六计,走为上计。

一个漆黑的晚上,父亲手持双枪,到了伪保长的家,翻墙跳进大院。伪保长一家吓得跪地求饶。父亲说:"你们不是天天通缉我吗?要我的人头吗?"伪保长连说:"好说,好说,饶命——"父亲说:"……我今天就走了,我在这里,你们也不安。我走后,家中老母,就交给你了,是死是活,是好是坏,全是你的事……"伪保长连说:"放心,放心,大娘就是我的娘,有谁敢动她一根毫毛,我就毙了他。至于吃穿用,全由我负责,如果有差错,你杀我一家。"父亲收起枪,伪保长一家千恩万谢,开门把父亲送走。(父亲离开家乡,到哪里去了,我当时也没有问,现在很后悔)

我小时候,父老乡亲和姑母都反复给我讲:你父亲在外多少年,你奶奶不但没有受过苦,没有受过难,还享了不少福。伪保长派专人照管,送吃送用的,伪保长也隔三岔五亲自去照顾,每次去都说:"告诉允恭,在外放心吧,家里一切事交给我了。"奶奶要是生了病,他们更害怕,伪保长亲自掏钱找医生,精心医疗。奶奶讲的事,他们完全照办。我说:"这保长还很有良心,说话算话。"回答是:"有良心?有什么良心,他不照顾好,你奶奶万一有个三长两短,你父亲知道,会马上带人杀他一家子。""你父亲要是死了,保长马上就会把你奶奶杀死,财产抢光。"姑母也给我讲过:

"就怕你父亲回来，只要他在外，我们一家就安安稳稳的。"原来是因为伪保长怕奶奶出事，父亲回来杀他一家子，才不得不精心照顾奶奶。

现在很多人知道"南下"，即大军向南打，但很少有人知道"东撤"。"东撤"早于"南下"。"南下"是1948年下半年至1949年，"东撤"是1946年年底至1947年年初开始的。

日本投降后，国共合作基本上也就结束了。抗日战争时，国共两党合作。虽然大部分是各自打仗，但都共同对付日本军队，国共两党已由仇人变成朋友。但日本投降后，两党又变为仇人，国民党是执政党，开始迫害逮捕枪杀共产党。1946年6月26日，国民党撕毁停战协议，大举攻击共产党的队伍。年底，这种全面进攻即告失败。共产党考虑地方党组织已暴露了，其中骨干党员有可能被杀害（实际上已被杀害很多），为了保护一批骨干党员，同时中华人民共和国成立后，马上需要一批干部，于是便把各地方共产党的骨干力量集中起来，撤往东北，保护起来。（没有被安排东撤的中共党员，后来基本上都被杀害了，有的死得很惨）

父亲参加了东撤，并负责登记工作。这时候，父亲认识了我母亲。母亲姓黄，讳正兰，又作种兰。母亲一家也都是老革命、老党员，外祖父、外祖母都是早期的地下党，而且外祖母的弟弟（即母亲的舅舅，我称舅姥爷）也是地下党。东撤时，外祖父和外祖母以及几个姨娘参加东撤队伍。母亲和舅姥爷留下坚持游击战。但不久就被国民党的武装力量打散了。母亲和舅姥爷便追赶东撤队伍，有地下党的帮助，他们很快便追上了东撤的队伍。因为父亲负责登记工作，知道母亲的家距离陈家不太远。这样，他们就认识，不久便结婚了。母亲十六岁便入党，为革命工作奔波，她的党龄比父亲党龄还早很多年。而且母亲也是十分聪明的人。

父亲和母亲先撤往东北。到了黑龙江，准备危难时撤到苏联。但形势变化很快，共产党的胜利已成定局，东北也完全掌握在中共手中。这样，东撤人员，不是接受保护，而是要出来工作，父亲和母亲便到了吉林省通化地区。这地区和朝鲜接壤，父亲文化水平高，便负责教育工作，实际上什么工作都做，剿匪、土改、建学校，和少数民族打交道，父亲还会几句朝鲜语。

全国解放，父母便随组织南下回乡。那时中共的地方干部主要任务是土改和镇压反革命。我的姨娘当时还是一个女孩子，因为她也随父母（我的外祖父母）东撤，算是东撤干部，回到地方，她身上挂一把带套手枪，根据群众举报，她随时可以把人抓起来，不经任何手续，当即下令枪决。凡是在国民党政府干过事，或当过保长，或危害过中共党员等等，特别是帮日本人干过事的人员，都随时可能被抓起来枪毙。

有人向组织上汇报，我奶奶曾受到伪保长的保护。因此，我父亲不得在当地工作，他被派往安徽帮助工作。

我母亲要回家照顾奶奶，又加上当时怀孕，后来生下我的妹妹，便脱离了组织。为此，我父亲回来后，十分生气。但据我的分析，有得有失，因为母亲参加过东撤，地方干部遇事便来向我母亲请示，我们家的地多，虽然因祖父卖了大半供我父亲上学和从事革命工作，但剩下的地仍很多，在划分成分时，至少应划为中农，但因我母亲的关系，只划为下中农。贫农下中农是党的依靠力量，这对我和弟妹后来上学工作，没有产生坏的影响。我的弟弟十几岁便入党，二十多岁便担任公社领导干部，如果是中农成分，便会麻烦。我的妹妹"文革"中被推荐上大学，也未受到影响。因为那时凡是出身于贫下中农的，便是政治上可靠。

父亲遇到大难。伪保长问题影响不大。因为逮捕审问伪保长及其手下人员，他们作了交代，先是参与通缉我父亲，后来父亲持枪上门，因为害怕父亲报复才去照顾奶奶。但伪保长同时交代部下，时时注意，只要父亲回家，马上打死，并杀全家。

另一个问题出现了。和父亲同时在成都上大学的另外两人，因为投奔国民党，中华人民共和国成立后当然便是反革命分子。其中一人被打死了；另外一人，一直没有查到，活不见人，死不见尸。有人向组织上汇报，说某年月日晚上，看到这个人到我父亲的房间去。组织上问父亲，父亲说："如果他到我房间去，我不抓他吗？""包庇反革命是犯罪的"，那人说，"我亲眼看到的，我相信我的眼睛。"父亲说："我相信我的党性。"因为没有任何证据，也没有第二人证明，组织上也没法定案。但这个问题，一直纠缠到"文革"前，一有政治运动便提起此事，党组织生活也会提起此事。我当时还是小孩，看到会议上众人齐声叫喊，叫父亲把这事说清，人藏到哪里去了。父亲急得赌咒说："如果他到过我房间，飞机向我头上扔炸弹炸死我……"但父亲从此不得重用，凭父亲的才学和资历，本应该不停地晋升，担任十分重要的职务。但那时极"左"路线横行，他被免去职务，后来下放农村。父亲一直向省委和中央申诉。多年后，中央派人调查，责成省委重新处理，父亲又被请回。但工作并没有安排好。父亲下放农村期间，工资也没有了。我们家生活十分困难，弟妹又多，嗷嗷待哺，我那时虽然是几岁的孩子，看到家庭的困难，看到父母亲的痛苦，从此奠定了我悲痛的心理，兹后五十年没有高兴过。韩非子说："家贫则富之，父苦则乐之。"但我当时无力改变这个状况，所以，到了十一岁，我便离开家乡，只身到了安徽上学，靠拔草、打工维持生活，多少次被饿昏。现在我看到十一岁的孩子，是那么稚嫩，想起我十一岁决定离开家庭，只用一块旧布包着两个未成熟的山芋和陈旧发霉的山芋干，背在身上，没有一分钱，途中吃苦瓜、树叶、野菜，喝沟水……从此，我独自闯入社会，没向父母要过一分钱。（每忆往事，哀叹不止）

父亲的工资恢复了，但不久，又一次被辞退，这一次大约是说他对党有怨言，当然重提包庇反革命事件，工资又没有了。父亲又上诉，奔波几年，穷困潦倒。后来工资又恢复了，但工作还没有安排，仍居住农村。父亲性情刚烈，但心地十分善良，镇压反革命期间，他逮捕了很多反革命分子和坏人，但他不忍心枪毙这些人，只是判他们几年徒刑，有的因他讲情，又提前释放了，这些人当时千恩万谢，甚至下跪磕头。现在看到父亲落魄回乡，以为报复的时机已到，便到我们家去闹事，有人大哭大叫："你也有今天。""当年为什么抓我，为什么叫我蹲大牢。"还有一个人装疯大闹。父亲大怒，拿起一根棍就打，几个人不是父亲对手，有的被打倒在地，有的被打伤逃跑。第二天父亲找人把这批人抓起来。虽然有人整肃父亲，但他们绝对不能容忍反革命报复，抓起来的人都被判了徒刑。从此无人再敢来我们家闹事。后来组织上觉得父亲在家不安全，便安排他和当地驻军在一起，名义上在林场工作，实际上是保护他的安全。不久，"文革"便开始了，父亲不幸中之万幸，一是恢复了工资和医疗，生活有了保障；二是免去了"文革"中遭受冲击。

"文革"结束后，父亲的问题得到彻底解决，恢复名誉，享受高干待遇。他还希望为党工作，但已过了退休年龄。

父亲文武双全，通古文、外文、经法之学，书法比现在著名书法家强胜百倍，诗词楹联，脱口而出；春节对联，都是他自己创作，不假思索，皆有新意。长短枪法，百发百中，可惜毁于政治斗争中，未能尽其才华之万一。父亲晚年应该很幸福，但他关心国家大事，自费订阅很多报纸，读书阅报之后，心事重重，郁郁寡欢，心境孤独，无人能解。

"文革"后，母亲因为是1938年前的老党员，也享受政府津贴，子女皆很孝顺，生活很好。

父亲于2000年春节，无疾而终，享年八十六岁。那天早晨，父亲自己洗完脸，正要叫儿媳送饭，但一低头，一秒钟便离开了这个世界，他去世时毫无苦痛。

六年后，母亲也去世，也享年八十六岁。

向度 ╂ 文丛

石头和墙

卷 ③

陈传席 著

石头和墙
SHITOU HE QIANG

出版统筹：多　马
策　　划：多　马
责任编辑：吴义红
　　　　　周萌萌
产品经理：多　加
　　　　　周萌萌
书籍设计：周伟伟
篆　　刻：张　军
　　　　　张泽南
责任技编：伍先林

图书在版编目（CIP）数据

石头和墙：全3卷 / 陈传席著. -- 桂林：广西师范大学出版社，2024.9. --（向度文丛）. -- ISBN 978-7-5598-7254-8

I. I267.1

中国国家版本馆CIP数据核字第2024UZ3601号

广西师范大学出版社出版发行

　　广西桂林市五里店路9号　邮政编码：541004

　　网址：http://www.bbtpress.com

出版人：黄轩庄

全国新华书店经销

天津裕同印刷有限公司印刷

　　天津宝坻经济开发区宝中道30号　邮政编码：301800

开本：787mm×1 092 mm　1/16

印张：28.25　　　　　　字数：270千

2024年9月第1版　　　2024年9月第1次印刷

印数：0 001~5 000册　定价：186.00元（全3卷）

如发现印装质量问题，影响阅读，请与出版社发行部门联系调换。

目录

卷 ③

有话则短，无话就算	003
大道至简	007
不要培养人格低下的知识分子——谈评奖的一个问题	010
隐士和隐士文化一些问题	016
梅花不宜做国花——兼论牡丹	029
多留一些黑暗	034
天安门前为什么要建人民大会堂和历史博物馆	038
什么叫知识分子（节录）	046
错在赵，而不在秦——评中国部分有名的新建筑	054
论命运	060
从"三余""三上"想到的	071
人由人"进化"而来，非由猿	075
庶免马首之络	079
造谣 传谣 信谣	083
明代之亡，亡于善书者手也	089
现在还有吗	096
"夫人"姓什么	104
老人会想什么	109
柳下惠·鲁男子·传统·继承	114
悼父文	119
悼母文	123
自述	127
石头和墙	143

卷 ③

有话则短，无话就算

写文和画画，最忌讳"有话则长，无话则短"。你有话要讲，但讲得很长，别人就听厌了，也浪费别人时间，鲁迅谓之"图财害命"。你无话，还要讲，无话就不讲，为什么还讲短呢？所以，我把这句话改为"有话则短，无话就算"。尤其是开会，请了很多官儿在台上，还要有画家代表、主办方代表等等。台下大家嗡嗡议论，根本没有人听台上人讲话，但台上的官儿仍在作长篇讲话。而且每个人都要讲一番，几个小时没完。前时，我在欧洲参加一个真正的国际性大会，全世界一百多个国家和地区的艺术家都被请去，那么大的一个宴会也是开幕式，主持人只讲一分钟话，"感谢上帝，感谢各国艺术家的光临，干杯"，就结束了。大家还希望他多讲几句，但他却没有了。而我们的会议大家都希望台上人少讲几句，快些结束，他却"有话则长"，甚至长到半个小时。话一结束，大家忙着鼓掌，不是欢呼讲得好，而是欢呼终于结束了。讲话如此，写文章也是，画画更应如此，"有话则短，无话就算"。

唐张彦远在《历代名画记》卷二中说："夫画特忌形貌采章，历历具足，甚谨甚细，而外露巧密，所以不患不了，而患于了，既知其了，亦何必了，此非不了也，若不识其了，是真不了也。""历历具足"即"有话则

《苏东坡游荆溪》

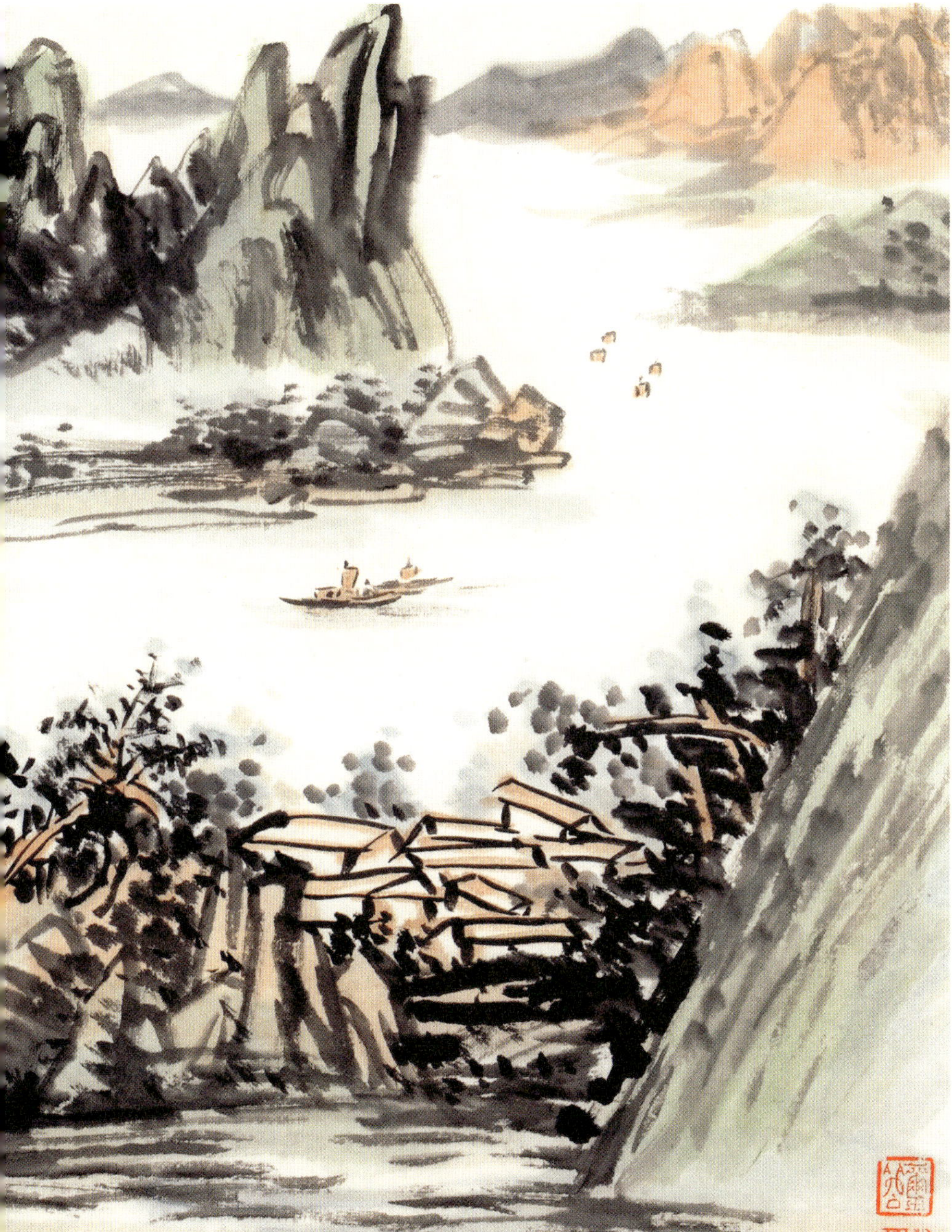

长","亦何必了"即"有话则短"。一幅画，若添来补去，"老不识了"，那就会无穷无尽画下去，越画越糟。很多画家，在画速写时，画得很生动、精神，一正式落到正规画稿上，反而不如速写稿生动、精神，就是速写稿贵在"速写""有话则短，无话则罢"。而正式画稿，则"有话则长"了。有时画家随意涂抹几笔，十分生动，到了正式落笔，反而不行。随意落笔犹如"有话则短"，把最重要最精神的东西表现出来，其他的不再"历历具足"，"正式落笔"则十分讲究，起承转合，一步一步深入，反而啰唆了、繁化了，精神则被掩盖了。这正如"有话则长"。

所以，开会讲话讲演，写文章，画画，都要遵循："有话则短，无话就算。"但这和林语堂说的"绅士的演讲，应如少女的裙子，越短越好"不一样。我说的"短"则是精练、浓缩、炼金去滓，删除废话、套话，单刀直入，直取精神处。

大道至简

世界上的事本来都是简的,烦琐都是人为的。

南朝有一个皇帝信佛,要经常放生,于是很多人张网捕鱼、捕鸟,把鱼、鸟捕到后交给皇帝,又当众放生。他问北朝来使,北朝人是怎么捕鸟、捕鱼的,又怎么放生?北朝使者说:"不捕也不放。""不捕也不放",何等的简单,效果又最好。所以说:大道至简。

书画也如此,书法就是用笔写出来就行了。现代派书法又写又画,又染颜色,又刻又凿,效果也不好。

明人李东阳诗云:"莫将画竹论难易,刚道繁难简更难。君看萧萧只数叶,满堂风雨不胜寒。"他说的"简更难",难在必须有功力,正因为更难,效果也更好。

让我们舍弃小道,而行大道,大道就是至简。

翠壁照天光青崖列雲樹煙傳處空平曙

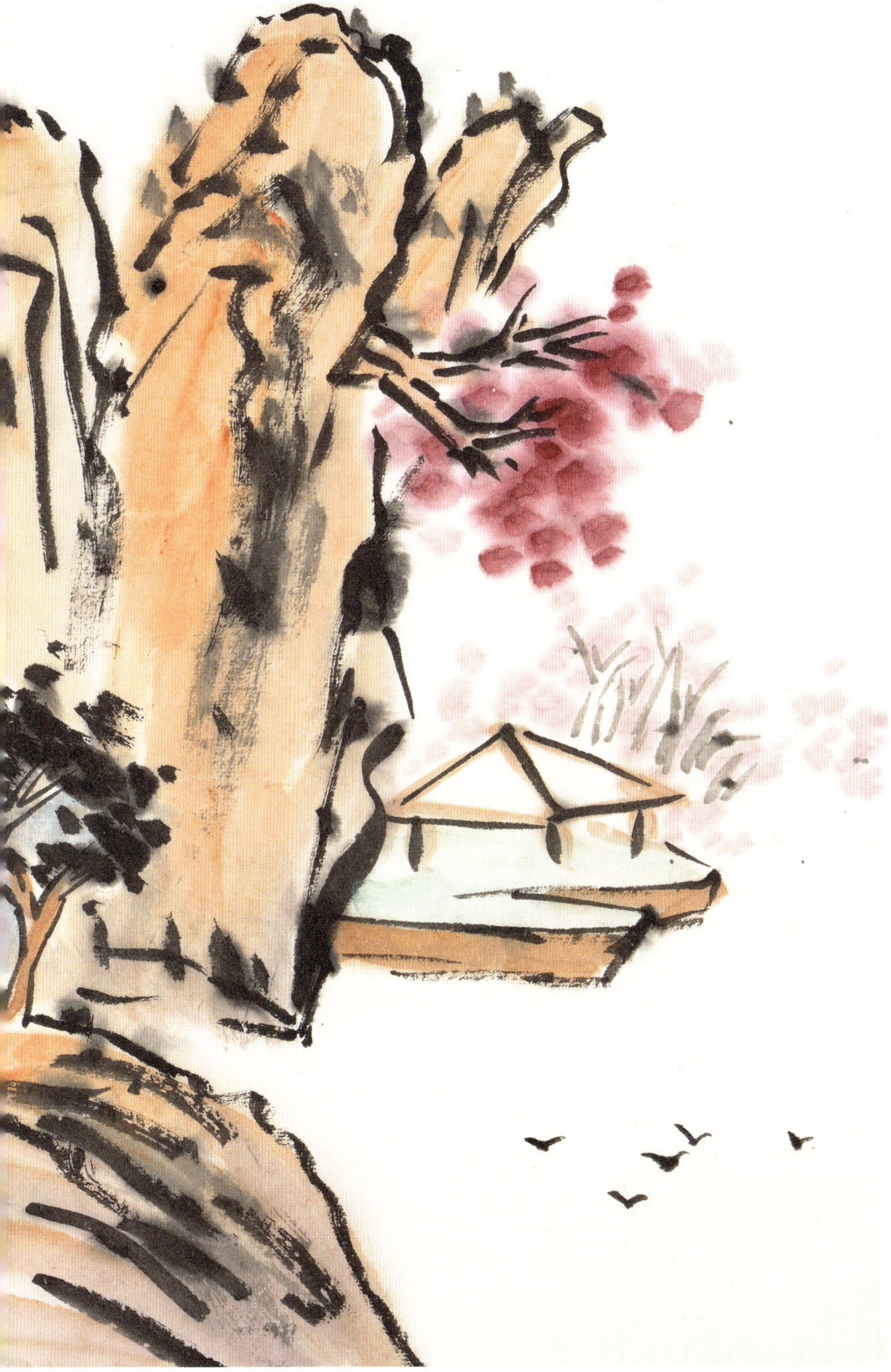

不要培养人格低下的知识分子
——谈评奖的一个问题

1986年至1987年，我在美国一所大学任研究员，在一次华人聚会上，忽然有几个人跑到我面前，热烈地向我祝贺。我吃了一惊，他们也马上停下来，"你是……"原来他们弄错了。交谈中才知道，当时有一位华人获诺贝尔科学奖，大概叫李远哲，长得很像我，"长相、年龄、气质、风度……啊，他比你个头还是稍矮一点。不过，太像了。"他们都是台湾人，在美国工作或留学，刚从广播中听到李远哲获诺贝尔奖的消息，而且李远哲也正在这个城市，他自己也是听别人告诉他自己获诺贝尔奖的消息，后来又在广播中得到证实了的。原来，诺贝尔奖的获得者，得主事先一点也不知道。既不要自己像乞丐似的把自己科研成果一一上报，也不要填表，更不要自己吹自己的成果有什么独创和怎么高明，更不存在拉关系、开后门等等，而是由有关专家提出推荐，且不通知科学家本人，再由权威专家评判，评判后，发布消息，所以得主往往事先一点也不知道。消息发布后，大家向得主祝贺，得主当然也很高兴，更十分光荣。但如果要科学家自己上报、求奖，求人为自己发放诺贝尔奖，而且必须自吹自己的成果如何高明，同时还得贬低别人（同行）的成果，又是填表，又是上报，又是审核，等等，那么，这位科学家还高贵吗？人格还高尚吗？他还有时间和心情去从事研究吗？

③

传闻诺贝尔的妻子是被一位数学家夺走的,诺贝尔为此十分伤心,所以,诺贝尔奖中不设数学奖。后来,国际某组织设立了世界数学奖(我忘记了具体名称),相当于诺贝尔奖。上次得主是一位俄罗斯数学家,这位数学家埋头研究数学,功力极深,但从不发表论文。如果在中国,他肯定不会被聘为大学教授,但俄罗斯一位大学校长还是聘请他为教授。这位数学家只把自己的研究结果挂在自己的电脑网上,绝对没有向任何刊物投稿,他认为投稿有辱他的人格,他在自己研究成果前写下一句话:"就是这样的。"结果被国际权威机构评为国际最高数学奖。全世界轰动,他也无动于衷,继续过自己平淡而紧张的研究生活。通知他去领奖,他一笑置之,拒绝去领奖。他的生活并不富裕,但有教授工资,能维持生存和研究也就够了。

每一个人都应该有自己的高尚人格和骨气,但不可能完全如此。比如当官的,下级必须服从上级,而且官员礼贤下士时,面对群众、贤士,他应该表现出"处下"的风度,绝不可高傲。此外,为了巩固和提高自己的地位,也不得不(略去);又比如一个乞丐向人乞讨,他必须低下……

但知识分子必须有独立人格、高尚的人品,特别是骨气。

社会也应该尊重和维护知识分子的独立人格和高尚人品,至少不能培养知识分子的低下人格,而现在很多规定就是培养人的低下人格。比如评奖,先发通知,叫人去看通知,然后按通知规定,把自己的著作或画集上交,再填写表格,自己认为自己的作品能得几等奖,并讲出自己作品的优点,比别人作品强在哪里。一个知识分子,自己拿自己的作品去求奖,自己讲自己作品如何好,而且还必须贬低同行其他人的作品,这人品就不会太高,还能有什么格调呢?但不求奖也不行,因为每年都有大量著作、画集出版,评职称、评工作、入协会,都要得奖作品才算数。

这还不算,评奖时还要活动,打听好谁当评委,好一一登门拜访打招

《远望》

傅抱石

呼，是否送礼就不得而知了。一位朋友告诉我，他在某市办一个书法展，原定好请一位名人出来讲讲话并剪彩，名人也答应"肯定来"，但到展览前一天，名人告诉他："不行了，有紧急事。我的作品要参加评××××奖，这几天正要评，我得去活动活动。""去活动就有希望，不去准没戏！"他去活动了一个多星期，奖果然评到了。

争着当评委，谁有权谁当评委主任、副主任，再由他挑选几个和自己合得来的评委。评奖讨论时，首先把自己的作品评上一等奖，再评几个关系户，或自己朋友及学生……

真斯文扫地矣！

我建议，以后评奖也像评诺贝尔奖一样，由有关部门找一批权威专家参与，由权威专家推荐，再评比。如果权威专家自己的作品也被另外权威推荐，那么评到他的作品时，作者必须回避。评好之后，再公布。这样可以少折腾作者，不要让他们为评奖到处兜售自己，到处拉关系，长此以往，知识分子人格降低而不自知，还以为是应该的。其实，每年出的书出的画册很多，但真正好的著作是十分少的，大家一提就知道的。现在，好书评不上奖，十分恶劣低下的书反而能评上奖，问题就出在人格高尚的人不愿降低自己的人格去求人求奖，而人格低下的人本来写不出好书、画不出好画，便到处求人拉关系，或者自己有权，奖便评到自己头上，不是评奖，而是评关系、评权势。

知识分子是社会精英、人群的典范，他们人格的高下决定社会素质的高低。所以我希望不要培养人格低下的知识分子和文化人。要培养他们高尚的人品和人格，贫贱不能移，威武不能屈，富贵不能淫。捧着自己的作品求人为之评一个奖，这人格还不低下吗？

明代朱元璋就是培养知识分子低下人格的一个皇帝，历来"刑不上大夫"，而朱元璋对具有高尚人格的知识分子，或批颊，或逮捕，或腰斩，或侮辱后杀头,重用的都是那些俯首帖耳、人格低下的人。从明初始,知识分子的人格集体降低,直到五四运动,知识分子的人格才上升起来,在一些特殊时期,知识分子甚至已无人格可言。知识分子人格低下,整个社会人的素质必集体降低,中国人的素质之低早该引起注意了。我们不希望再培养人格低下的知识分子,因而在细节操作上都应该改变。

隐士和隐士文化一些问题

"隐士"就是隐居不仕之士。首先是"士",即知识分子,否则就无所谓隐居。不仕,不出名,终身在乡村为农民,或遁迹江湖经商,或居于岩穴砍柴,历代都有无数人,皆不可称为隐士。《辞海》释"隐士"是"隐居不仕的人",没有强调"士",实在是不精确。《南史·隐逸》云:"故须含贞养素,文以艺业。不尔,则与夫樵者在山,何殊异也。"而且一般的"士"隐居怕也不足称为"隐士",须是有名的"士",即"贤者",《宋书·隐逸》谓:"《易》曰'天地闭,贤人隐'。又曰'遁世无闷'。又曰'高尚其事'。"是"贤人隐"而不是一般人隐。质言之,即有才能,有学问,能够做官而不去做官也不做此努力的人,才叫"隐士"。《南史·隐逸》谓其"皆用宇宙而成心,借风云以为气"。因而"隐士"不是一般的人。

《孟子·滕文公下》中所称的"处士"("处士横议,杨朱、墨翟之言盈天下"),也就是隐士,指的是有才有德而隐居不仕的人,但这个"处士"是指从来没做过官的人。先官后隐如陶渊明也叫隐士,却不能叫"处士"。当然,如果硬叫"处士"也没办法。

旧时认为隐居的人不求官,不求名,不求利,《旧唐书·隐逸》称"所高者独行""所重者逃名"。又曰:"不事王侯,高尚其事""隐居求高"。即是人品高尚的人，所以"隐士"又叫"高士"。江苏常熟至今尚保存元代大画家隐士黄公望的墓，墓道石碑即刻"元高士黄公一峰之墓"。元代另一位大画家倪云林也被人称为"倪高士"。晋宋时戴逵和他的儿子戴勃、戴颙都是著名的大画家、大雕塑家、大音乐家，他们都隐居不仕，所以《历代名画记》称之"一门隐遁，高风振于晋宋"。戴氏父子为大艺术家，然而传记不列入"文苑"，也不列入"艺术"，却列入"隐逸"，是因其有大艺术家的才艺，才有资格称为"隐士"，因其"隐"，才有"高风"。《史记》中记古人语"太上立德，其次立功，其次立言"，看来隐士是立了"德"，所以正史皆为隐士立传。但德在何处？却是值得研究的。

实际上，从来隐士，大抵可以分为七种。其一是真隐、全隐，如晋宋间的宗炳、元代的吴镇等，从来不去做官，皇帝下令征召也不去，而且也不和官方打交道。其二是先官后隐，如陶渊明。陶是著名隐士，传列《晋书》《宋书》《南史》三史中的"隐逸"，其实他不是一个纯粹的隐士，他当过官，因不满意才隐居。明代的沈周一天官没当过，传列入"隐逸"。而他的学生文徵明，只在京城当了一年翰林，然后，便安心隐居至死，但其传就未被列入"隐逸"，而列入"文苑"。陶渊明也是先官后隐，但其"隐"的名气太大，超过其诗名。不过陶渊明后来是真隐了。像陶渊明这样先官后隐的隐士较多。其三是半官半隐，如王维，开始做官，后来害怕了，但如辞官隐居，又没有薪水，生活没有保障，于是虽做官，而不问政事，实际上过着隐居生活，这类人从名分上不能算作隐士，但有隐逸思想。有隐逸思想表现在意识形态上是相同的。其四是忽官忽隐，如元末明初时王蒙，明末董其昌，做了几年官，又去隐居，朝廷征召，或形势有利，又出来做官，做了一阵子官，又回去隐居。这种人不果断，拖泥带水，王蒙创造了牛毛皴，董其昌的画用笔含糊不清，太暗而不明，就和他们的性格有关。其五是隐于朝，这种人身为官，但思想已隐，做官不问政事，"居官无官官之事，处事无事事之心"，随波逐流，明哲保身，这种人对国家损害最大，中国的事就坏在这批人手中。其六是假隐，如明代陈继儒，虽不做官，但好和官家打交道，有人写诗讥笑他"翩翩一只云间鹤，飞来飞去宰相家"。其七是名隐实官，如刘宋时陶弘景，人称陶隐居，虽然隐居山中，朝中大事还向他请教，被称为"山中宰相"。这种人身为隐士，实际上不具隐士思想，他不做官只是为了自由而已。其次还有一种是不得已而隐，如明末清初的弘仁，早年攻举业，明清易祚之际，他奋起反清，失败后，不得已而隐，但弘仁后来思想上真的隐了。石溪也和弘仁一样，反清失败后，不得已而隐，但他终生都忠于明王朝，情绪很激烈，一直没有静下来。只要思想上真的隐了，在意识形态上表现出来的都是以"淡""柔""远"为宗的，这在下面再作分析。

  隐士在每一个时代的情况都不同，但总的来说，还有一个时代性的问题，元以后中国知识分子的素质越来越差。谈起历史，我总是把"安史之乱"作为封建社会的转折点。"安史之乱"前，封建社会蒸蒸日上，之后，每况愈下。时代对知识分子有一定影响，而知识分子对时代的影响更大。因为任何时代，社会的实际领导阶层只能是知识分子，知识分子凝聚起来，齐为国家着想，国家就有希望，否则便会相反。从群体上看，唐代之前，知识分子都能为国家着想，汉代马援那句名言"男儿要当死于边野，以马革裹尸还葬耳，何能卧床上在儿女子手中耶？"（《后汉书·马援列传》）激励无数志士仁人为国捐躯。唐代的知识分子们"不求生入塞，只当死报君""报君黄金台上意，提携玉龙为君死""要得此生长报国，何须生入玉门关""功名耻计擒生数，直斩楼兰报国恩""黄沙百战穿金甲，不破楼兰终不还"。唐朝的君臣们共同努力，拧成一股绳，使国家强大起来。宋朝的知识分子也还是好的，虽然没有唐朝知识分子那样报国心切，而且也有一部分人颓废，但大多数知识分子尚能为国忧虑。北宋知识分子"进亦忧，退亦忧""居庙堂之高，则忧其民；处江湖之远，则忧其君"。南宋的知识分子"一身报国有万死""位卑未敢忘忧国"。南宋早期有岳飞、陈东为国事努力，中期有陆游、辛弃疾等诗人拼搏于抗金第一线，晚期还有文天祥、张世杰、陆秀夫等为国捐躯。而且海陵山的抗元军民集体牺牲，无一叛降，这是何等的气概。

唐以前，是君臣共同努力，使国家强大。宋就不同了，臣民为国，而君相却卖国，名义上国家是属于皇帝的，而毁坏国家者，恰恰是皇帝。北宋败于宋徽宗及蔡京等六贼之手。南宋的支持者是宗泽、岳飞等人，而卖国的恰是皇帝赵构和宰相秦桧。南宋末，国事也正败在宋理宗、宋度宗、丁大全、贾似道等君相手中。当宋朝的臣子抗元正激烈时，皇帝、太后却投降了，而且命令臣子投降。臣之努力正是为报国报君，而君却如此，所以，南宋之后，知识分子都寒了心。

元朝的知识分子则不再过问国事，而且从此失去了凝聚力，变成一盘散沙。据我考察，中国人不团结的现象始于元朝。之前，士人不团结有之，但不居主流，主流是团结的，之后，团结者有之，但不居主流，不团结现象较多。元士人的素质大为下降，元曲有"体乾坤姓王的由他姓王，他夺了呵夺汉朝，篡了呵篡汉邦，倒与俺闲人每留下醉乡""葫芦今后大家提，想谁别辨个是和非"。元代士人不问国事，终日在勾栏妓院中和妓女优伶一起鬼混，也和他们寒了心有关。元代的士人几乎是集体退隐。

明朝的情况又特殊，朱元璋是个天才，他由一个贫苦的农民、叫花子当上了皇帝，依靠的是士人，但一切天才都有多疑和喜怒无常的缺点，朱元璋总是怀疑士人看不起他，因而他杀了一批士人，还发明了"批颊"即当面打士人的嘴巴，动辄便把士人损死、打死，这是他自卑心理造成的，从而造成了士人的自卑。一个人只有得到别人尊重时才能更好地为国为民着想，一个人得不到别人尊重时，他想到的可能只是他个人，甚至会损害他人、毁灭国家。所以，历代的功臣和士人都能尽力维护国家，而太监、佞臣等靠自残或逢迎而深居宫廷，他们得不到别人的尊重，往往就会损害他人，损害国家。明朝的士人不被皇家尊重，在高压政策下，他们不得不为君所用，但也绝无发明，虚应故事而已。一旦高压解禁，曾被轻蔑的士人便只考虑个人，而不再考虑国家。

当国家危难之时，很少有人挺身而出。明永乐年间预修过《永乐大典》的慧睐和尚说："洪武间秀才做官，吃多少辛苦，受多少惊怕，与朝廷出多少心力，到头来小有过犯，轻则充军，重则刑戮，善终者十二三耳。其时士大夫无负国家，国家负士大夫多矣。"到了永乐年间，国家尊重知识分子，对士人采取宽松政策，很多知识分子开始还心有余悸，后来胆子大了，一部分知识分子以传播画艺等为名，到国外去定居，在国外搞得好就不回国，搞不好又回到国内来，来去自由。这时慧睐和尚又说："国家无负士大夫，天下士大夫有负国家多矣。"（见《今献汇言》之陆文量《菽园杂记》）朱元璋时代，知识分子虽然无负国家，但因心惊胆战，只能顺着朱元璋的意思去办事，个人的才智都没能很好地发挥。

到了永乐年间高压政策解除，知识分子得以解放，但曾被轻蔑又因失去了对国家的信任，大都为自己着想，很少有人愿为国家献身，所以说："天下士大夫有负国家多矣。"知识分子这一次总体素质的下降一直未能回升过来。但明代早期知识分子尚知重名节，而中期至后期的知识分子连名节都不要了。《明史·阉党》上有一段总结云："明代阉宦之祸酷矣，然非诸党人附丽之、羽翼之，张其势而助之攻，虐焰不若是其烈也。中叶以前，士大夫知重名节，虽以王振、汪直之横，党与未盛。至刘瑾窃权，焦芳以阁臣首与之比，于是列卿争先献媚，而司礼之权居内阁上。迨神宗末年，讹言朋兴，群相敌仇，门户之争固结而不可解。"

最后说："患得患失之鄙夫，其流毒诚无所穷极也。"历代的知识分子对阉人是不屑一顾的，而明中期之后，知识分子为了个人利益，竟附丽于阉人，充其羽翼，而且"列卿争先献媚"，何其鄙也。到了这一步，这一批人已失去了知识分子的起码人格。

明末天下大乱，正是知识分子为国尽忠之时，可是朝中知识分子纷纷逃离，李自成打到北京外城时，崇祯帝敲钟召百官议事，竟无一人上朝。崇祯帝临死前写在衣襟上的一段话就强调："皆诸臣误朕。"（《明史·庄烈帝》）"诸臣误朕"实从洪武年间的"朕"不尊重"诸臣"积累而致。明末陈洪绶目睹朝中官员所为，他总结当时官员"皆身谋而不及国"。当年君待臣太狠了，君不把臣看重，臣也就不会把君看重，不为君谋，只好为身谋，也许是臣的素质低下原因之一。

明末清初，身为明朝高官并为一代名人的钱谦益、吴伟业、王时敏、王铎等一大批文人都投降了清朝，心安理得地为新王朝服务，钱谦益的名诗"春风自爱闲花草，蛱蝶何曾拣树栖"，正代表这一批知识分子的心态。自古以来，良禽择树，良臣择主，忠臣不事二主，而钱谦益却自比蛱蝶，无须择树择主，真是太没骨气。

清初，统治者开始整治这批没有骨气的文人，据康乾时王应奎的《柳南续笔》卷二所载《诸生就试》所云：

> 鼎革初（清初），诸生（明所遗秀才）有抗节不就试者，后文宗（主试考官）按临，出示：
>
> "山林隐逸，有志进取，一体收录。"诸生乃相率而至。人为诗以嘲之曰："一队夷齐（伯夷、叔齐，周初忠于商朝的隐士）下首阳，几年观望好凄凉。早知薇蕨终难饱，悔杀无端谏武王。"及进院，以桌凳限于额，仍驱之出。人即以前韵为诗曰："失节夷齐下首阳，院门推出更凄凉。从今决意还山去，薇蕨堪嗟已吃光。"闻者无不捧腹。
>
> （按，《清朝野史大观》有相同记载，文字略异）

清王朝告示隐逸之士，如果出来应试，朝廷便会录用。这些没有骨气的"隐士"便纷纷参加考试，一参加考试，就是想当清朝的官，也便失了节，便不是隐士了。但清朝录用的人数很少，大部分人都被赶回老家，官没当上，隐士也当不上了，好不凄凉啊。虽有怨也无法出声，更不能"载道"，只好藏于心。清王朝在明清易祚之际杀了一批抵抗的文人，然后又收买了一批有才学之士，隐居士中有才学之士又一次被收买，剩下的文人便愚弄一通，一脚踢开。有怨声又能怎么样，无非是咒骂几声。于是清统治者采取第三步措施，大兴文字狱，把一批有怨声的文人抓起来判刑，割去脑袋，脑袋一割，就不能再咒骂了，其他的文人也就老实了。软硬兼施，恩威并济，清统治进一步巩固。但文人们可被整苦了。

从此，文人们无所适从，只好继续钻到故纸堆里考证点文字。无所适从之后，便是无不适从，清中期黄易写了一联云："左壁观图，右壁观史；无酒学佛，有酒学仙。"正是文人们的生活写照。明朝君待臣开始硬，后来软；清朝的政策是一硬二软再硬，这软硬交替用于士人身上，士人们既失去了刚性，又失去了韧性，变成了可伸可缩的皮条了，变成了无骨的软体动物，从此失去了士人在社会中的领导形象和作用。

"无所适从"还反映了他们的苦痛，"无不适从"则自己变自己为无足轻重的小人了。

时代如此，文人如此；文人如此，时代如此。清王朝也就渐渐软弱了。

早期隐士，有自己的追求和志趣。有的确是厌恶官场生活，隐居后，积极于文化的建设；有的隐居后，仍然关心国家大事，如商山四皓，如陶弘景隐居山中，从事道、儒、佛的研究，但仍为朝廷谋划大事，被称为"山中宰相"。孔子曰："隐居以求其志。"隐居为求其志，而非消极无所求。

明清时期，朝中的官员都"身谋而不及国"，隐士们隐于山林、隐于市、隐于朝而皆无所追求，他们隐居是无可奈何，因此，明清的隐士也无所谓隐，官也无所谓官。只有一批抗清复明的志士，在不得不隐的情况下而隐，后来却变成了真隐。

不论早期，还是后期，隐者总的说来都是弱者。他们既不能面对现实拍案而起，或奋而反抗，或钻营求进，只好退隐。但却有更多的时间从事文学艺术等创作，他们或过着悠闲的田园生活，或结庐于山林之中，所以，中国的田园诗和山水画特盛。而且，隐士们笔下的田园诗和山水画虽然也风格各异，但在大的方面却有一个总的风格，这和隐逸者的性格基本一致有关。隐逸文化总的风格有三，其一是柔（弱），其二是淡，其三是远，这个问题值得注意。

尽管陶渊明有过"金刚怒目"式，但他隐居后的诗风总倾向还是"柔"，鲜有刚猛雄浑的气势；王维也如此。"南宗"一系山水画从王维到董源、巨然，到黄公望、吴镇、倪云林等画风也都以"柔"为特色。到了明文徵明、董其昌，清"四王"，其画更柔。"柔"是老、庄的境界，特别是庄子的境界。和历史上的隐士一样，早期的"柔"和后期的"柔"大有不同。老、庄的"柔"是外柔而内刚。《老子》曰"柔弱胜刚强""柔之胜刚""柔弱处上""守柔曰强""天下之至柔，驰骋天下之至坚""天下莫柔弱于水，而攻坚强者莫之能胜"。因之，老子守柔为了强和"处上"，"至柔"为了"至坚"、为了"攻坚强"，"无为"为了"无不为"。庄子同之，庄子的"柔"，更以无限的力量和冲天的气势为内蕴，以俯视宇内为高度，所以，《庄子》第一篇谈的是"逍遥游"，其游固逍遥，然"怒而飞，其翼若垂天之云"，其大"不知其几千里也"，其背"不知其几千里也"，"鹏之徙于南冥也，水击三千里，抟扶摇而上者九万里"，这是何等的气势，何等的力量。他还要"乘云气，御飞龙，而游乎四海之外"。没有十分伟大的内在力量是无法实现的。

老庄之学在六朝时期最盛行，六朝人读老、庄，谈老、庄，外柔而未

《高士图》

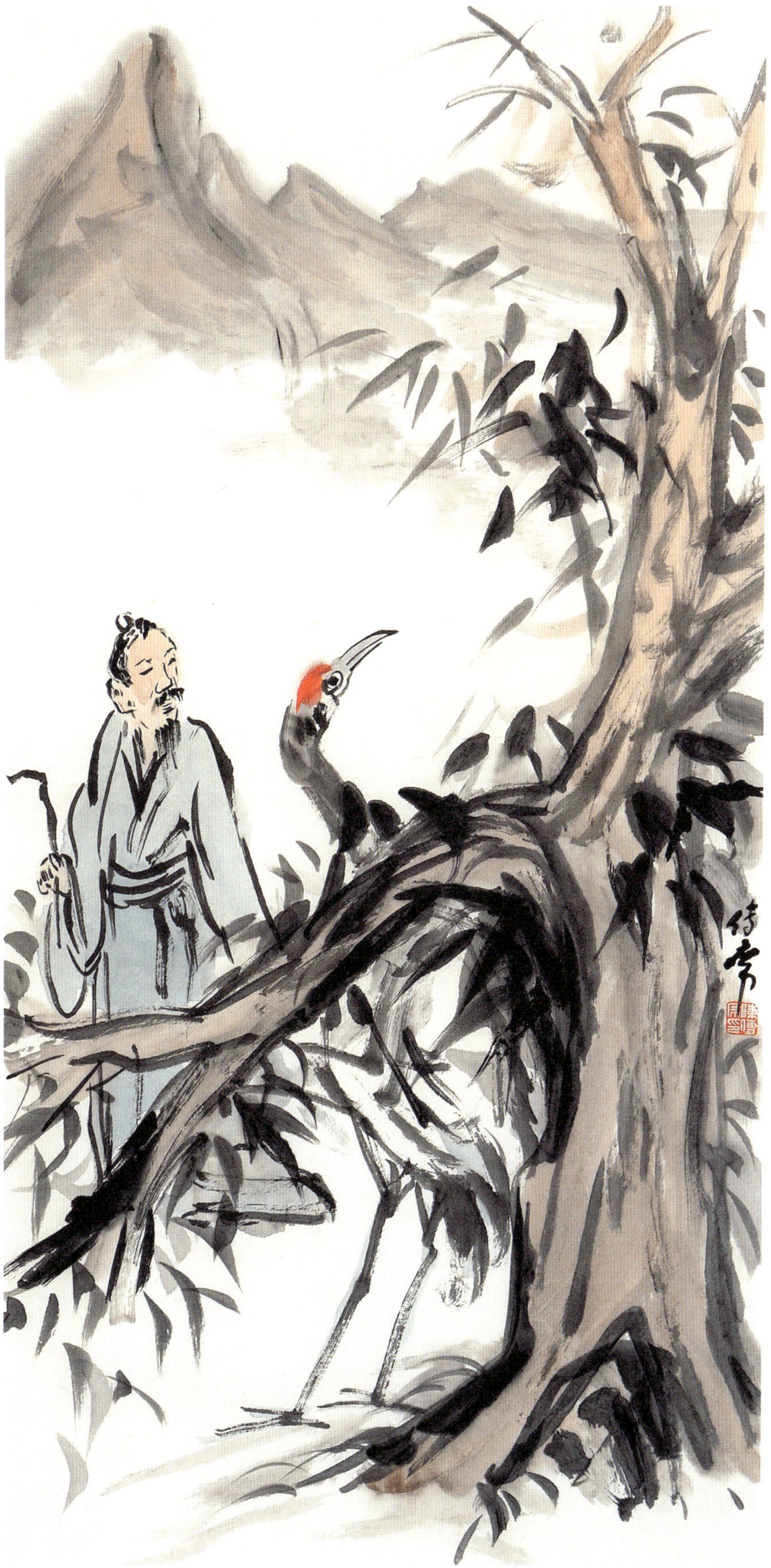

尝失去内刚。嵇康学老、庄，敢于"非汤武而薄周孔"，敢于嘲弄贵公子钟会至遭杀身之祸而不惜。阮籍学老、庄，敢于装醉酒而拒绝帝王的拉拢，敢于长叹："时无英雄，遂使竖子成名。"直到唐代李白学老、庄，仍不失为豪迈气概和傲岸作风，他们的作品都不曾有过软弱柔媚之气。唐人之前的画，线条虽然是柔而圆的，但却内含至大至刚之气，包蕴着蓬勃的生命力量。宋元人学老、庄，外柔已向内渗透，但内在的生命律动仍跃跃欲试。而明清人学老、庄，早已失去了老、庄的内核本质，只见柔媚而不见刚强了，这在董其昌和"四王"的画中皆可见到。正是时代精神使然。

即使不刚强，不反抗，仍然动辄被批颊甚至赐死，招之即来，驱之又必须即去，叹一口气都有文字狱等待，为了生存，如前所述，士人们既失去了刚性，又失去了韧性，完全变成了软体动物，因而，形之"态"（文学艺术作品）何来刚强？所以，早期的"柔"和后期的"柔"大为不同，早期的"柔"是柔中见刚，后期的"柔"则是柔软无骨而萎靡了。

淡，老、庄的"淡"，固然指自然无所饰，也就是"朴"，朴而不能巧，《庄子》云："吾师乎，吾师乎……覆载天地，刻雕众形，而不为巧。"此外，《庄子》的"淡"还有纯、静、明白之意，《庄子》云："纯粹而不杂，静一而不变，淡而无为，动而以天行。""明白入素，无为复朴。"则早期的"淡"都有自然无饰、纯、静、明白之意。

金人元好问说陶渊明的诗："此翁岂作诗，真写胸中天。"黄山谷《题子瞻画竹石》云："东坡老人翰林公，醉时吐出胸中墨。"这在早期的文学作品和绘画作品中触目可见。但后期的"淡"，虽然看上去，似自然无饰，然而刻意追求的"淡"却无法掩饰，完全靠技巧刻画而成。前期的"淡"，犹如大自然中的真山真水；后期的"淡"却如花园中的假山假水，固然也追求和真山真水相同，而人们在同中却能看出不同。当然，后者的技巧比前者要高得多。董其昌、"四王"的画技巧皆高于前人，但人们在其画中仅见技巧，而见不到一种特殊的精神状态。如果说后者有精神状态，那只是一种萎靡的精神状态。像恽南田，算是真正的隐士了，他的画以"淡"为特色，但却可以看出是高度的技巧而成就的"淡"，非自然而然的淡。

远，隐士之所以成为隐士，是因为他们远离政权，远离官场，他们或不愿爬上高处，或从高处退下来，都立在"远"处，"心远地自偏"，心远，其诗其画也自有"远"的感觉。陶渊明的"悠然见南山"，王维的"开门雪满山"，都给人"远"的感觉。我曾写过《诗有"三远"》一文，说："陶渊明'悠然见南山'是平远，李白'登高壮观天地间'是高远，杜甫'群山万壑赴荆门'是深远。"而隐士们的"远"只是"平远"，鲜有"高远"和"深远"。具有隐逸思想的画家画山水也只求"平远"一种。元明清的画家甚至视"高远"和"深远"为压抑和险危，几乎所有的山水画都是"平远"之景。黄公望、吴镇、倪云林等尤甚。影响所致，无隐逸思想的画家也都向"平远"方面发展了。其实，"高远"和"深远"更有气势，而隐士们（包括隐于朝、市的"隐士"）"百年心事归平淡"，只在"平淡"上着眼，"平远"更近于"平淡"，他们还要"化刚劲为柔和，变雄浑为潇洒"，连"刚劲"和"雄浑"都要反对，因为这和"平远""平淡"不合，"平远"给人以"冲融""冲澹"的感觉，不会给人的精神带来任何压迫和刺激。一般说来，"平远"的用墨较淡，只画中景和远景，鲜画近景，淡而远，平而和，在平和、淡远中把人的情绪思维也引向"远"和"淡"的境界，这更符合隐逸之士的精神状态，也是山水画在艺术上更成熟的境界。

最后还要谈一个问题，历来学者对隐士都是持反对态度的，认为隐士逃避现实，应负国家衰亡之责。当然，隐逸不宜提倡，年轻人隐逸不仅不宜提倡，还应加以反对。但隐逸者所创造出的灿烂丰富的文化却不容否定。而且，隐逸的根源在政治浑浊和强权统治，应该鞭挞的正是这一批卑鄙之徒。《南史·隐逸》有云："夫独往之人，皆禀偏介之性，不能摧志屈道，借誉期通。若使夫遇见信之主，逢时来之运，岂其放情江海，取逸丘樊？不得已而然故也。"天下事，能努力的，当然应该努力，但有时努力而无济于事的，苏东坡《大臣论》有云："天下之势，在于小人，君子之欲击之，不亡其身，则亡其君。"

结论曰："非才有不同，所居之势然也。"如武则天、慈禧，只一妇人，然天下势在其手，千军万马都不能奈其何，又何况一手无缚鸡之力的士人呢？当然强者可以反抗，虽失败也不要紧。弱者呢？只好退隐，总比同流合污要好。

隐士表面上超脱，在意识形态上也表现出超脱，实则内心都有无穷的痛苦，物不平则鸣，痛苦和不平正是产生优秀文学艺术作品的最好土壤。在这块土壤上产生的文学艺术，有其共性，值得我们认真研究。

梅花不宜做国花
——兼论牡丹

我本人曾经最喜爱梅花。我画花卉,第一喜爱画梅花。校园内梅花开了,南京梅花山梅花开了,我都多次去欣赏、写生。苏州东山梅花山香雪海,我多次专门乘车去观赏。但我却不主张以梅花作"国花"。文人们喜爱梅花,因为梅花有孤傲、抗严寒、拒风雪的品质,又有纯洁、冷静、不凑热闹之意。所谓"众芳摇落独暄妍""不须檀板共金樽"。真正的文人们的性格大多似梅花。所以,梅花是文人们的花。梅花又有清香之气,文人们就更高兴以之自喻了。你说我臭,其实我自己认为很香。奈何?陆游《咏梅》词云:"零落成泥碾作尘,只有香如故。"苏轼诗云:"玉雪为骨冰为魂。"历代文人咏梅的诗词太多了,我不必一一列举。

文人们爱梅,是从梅的身上看到了文人的某些性格和本质。也就是人的本质对象化产生了美。

但梅花太孤傲,连绿叶扶持都不需要;太不合群,百花开时,它不开,百花凋落后,它独开;梅花太冰寒,喜于冰雪严冬之际开放;梅花太瘦硬,缺少富贵气。这一切,对国人的心理、思想意识和性格都会产生很大的影响。我们国家不需要太孤立,不能再搞闭关自守的锁国主义,我们需要和世界同步发展,需要和世界各国建立友好关系,我们不需要严寒的

《风清国色润》

風清國色潤 辛卯夏 陳傳席 寫於 陳傳席 寫心造境

政治气候，而需要温暖如春的气氛；我们更不需太瘦硬，我们需要大富贵。对于文人来说，孤傲和纯洁以及甘守寂寞，反映一个人的品格。对于一个国家来说，都不是太需要这些东西。因此，若以梅花为国花，对中国人的心理会产生一些不合乎国际潮流的影响。所以，我不赞成以梅花为国花。一句话，梅花可以为部分文人的象征，不宜为国家的象征。喜爱梅花的人，如果当权，也很难和更多的人共事，可能会独行己见，一意孤行。

牡丹和梅花则相反。牡丹有富贵气，画家画牡丹，题"大富贵"。牡丹是富贵的象征。我本人认为富贵比贫贱好。我以前一直鄙视富贵，所以，我一直过着贫贱的生活。我以后估计也不会富贵。但我通过认真研究：人宁肯富贵，也不要贫贱。我们国家更要富贵，而不要贫贱。

牡丹除了有大富贵气之外，还有绿叶扶持，不孤独。它更在春天百花齐放时开花，在万紫千红中又独占魁首。人们称牡丹是"国色天香"，更有人说牡丹"竞夸天下无双艳，独占人间第一香"。牡丹和众花同时开放，但它的美艳却出类拔萃。在百花竞争中显得最美，才是真美。像梅花那样独自开放，太孤立，没有比较，沾沾自喜，是显不出高低的。此所谓"孤芳自赏"。

正因为牡丹最美最艳，"美肤腻体，万状皆绝，赤者如日，白者如月""倾百卉之光英""夺珠树之鲜辉"；加之牡丹雍容华贵，气质也不同凡卉，俨然花君之相，所以，人们称牡丹是"百花之王""百花之首""艳冠群芳"。

白居易诗云："绝代只西子，众芳惟牡丹。"徐夤牡丹诗云："万万花中第一流，浅霞轻染嫩银瓯。"牡丹花的美艳，加之层多花大，以及其雍容华贵之态，因此周敦颐说："牡丹，花之富贵者也。"据《广群芳谱》记载："花若盛开，主人必有大喜。""倾国姿容别，多开富贵家。"故又有"盛世牡丹"之说。牡丹花始盛于盛唐，也以盛唐时牡丹最盛。唐人都推崇牡丹，欣赏其富贵之态。宋人有观其色者，但对牡丹之富贵不但不欣赏，反取鄙视态度。唐盛宋弱，于此可见。为什么要鄙视富贵呢？《易经》是

"群经之首",其云:"崇高莫大于富贵。"孔子也说:"富而可求,虽执鞭之士,吾亦为之。如不可求,从吾所好。"李斯云:"诟莫大于卑贱,而悲莫甚于穷困。"《史记》云:"人富而仁义附焉。"凡大儒、大文人皆不讳言富贵。至宋儒始忌言富贵,主张忍受和安于贫困。其实,富不比穷好吗?贵不比贱好吗?唐朝的皇帝高高在上,周围的国家都向他称臣,外国人称中国为上邦,年年向中国进贡,给中国的皇帝下跪;宋朝的皇帝却跪在别人面前,向人家称臣,自称侄皇帝、儿皇帝,年年要向外邦进贡,把金银、粮帛、美女、名马源源不断地送向外邦,而且要低声下气地请求人家准许自己继续当儿皇帝。前者富而贵,后者贫而贱,恐怕和一代的意识也有关。改变一个时代,要从各个方面去努力,社会心理的影响也是其中之一。向往富贵的人虽然未必都能得到富贵,但有可能通过努力得到富贵;而鄙视富贵、以贫贱为荣的人永远不会富贵,等待他的就只能是贫贱。《左传》有云:"……不言禄,禄亦弗及。"如果再鄙视禄,那就更成问题了。什么叫"富"呢?物质丰富、钱财充足就叫富。一个人富了,想上学就上学,上了学就有知识,有了知识就更强、更富足;想造火箭原子弹,就造火箭原子弹,有了火箭原子弹,国家就强大。"穷"了,想上学上不起,上不起学就无知识,就更弱更穷;想造火箭造原子弹造不起,国家就更弱。当别人来侵略你时,你只好投降,当奴隶。奴隶就不贵了。什么叫"贵"呢?挺起胸脯做人,自尊自重而后人尊之。若跪在地上,仰视别人,或一见外国人就点头哈腰,或者跑到国外去为外国人服务、当西崽,以做三等公民为荣,就叫贱。

"牡丹,花之富贵者也。"我们需要富而贵,不需要贫而贱,我们也应该特别欣赏"盛世牡丹",一代人向往富贵,努力于富贵,心理上也就欣赏牡丹。所以牡丹盛,世也盛。我们的国家要富而贵,因此,宜以牡丹做国花,这将对中国人的心理和意识产生正确的、正潮流方向的影响。

多留一些黑暗

一家名牌大学要在仙林区建新校址,征求全校师生建设意见。我看了图纸,其中有山、有水、有树林、有荷塘、有竹园、有芦荻,真是一块风水宝地。又看了有关部门的呼吁,希望大家捐款,多设一些路灯,使新校区多一些光明。

我则建议:多留一些黑暗,主干道上可以设一些路灯。但山上、水边、林内,尤其是偏僻幽深处,绝对不装路灯。保留自然的黑暗,让人们有机会欣赏一下黑夜。

得意者,昂首挺胸,趾高气扬,时时要炫耀自己,当然喜欢亮处。《史记·项羽本纪》记项羽云:"富贵不归故乡,如衣绣夜行,谁知之者。"夜行,穿好的衣服,谁能见到?秦汉时没有电灯,夜间皆黑暗,也就是说,他们喜爱光亮,需要人们看到他的富贵,这是成功者的心态。但成功者毕竟是少数。失意者,就喜欢黑暗。尤其是我们这些一直受人排挤的教授,长期精神痛苦、悲伤不已,有时苦闷极了,到校园偏僻黑暗处,叹几口气,流几滴眼泪,或到山顶更偏僻处,哭上一场。如果到处都是亮亮的路灯,连流泪的地方都没有。堂堂一个教授,如果在路灯下、光亮处流泪,被人看到,多难为情啊!所以,还得留几块黑暗地让他们流点眼泪。因而,一个大学校，一个高层次的科研机构的所在地，以及一个城市，都应该有明、有暗和半明半暗处。明亮处供得意者亮相和炫耀，也给忙碌的人们带来方便；半明半暗处供人们窃窃私语，恋人们散步和亲昵；黑暗处供失意人叹息和流泪。失意人总是居多，而且流泪只能独自一人偷偷地流，新亭对泣不会太多。因为幸福的人总是幸福的，痛苦的人却各有各的痛苦。所以，应多留一些黑暗。这样，既方便了失意人，又省去很多路灯费（电费），而且，黑暗又是一种特殊的美，亮处一览无余，黑暗处沉重、幽深，使人感到里面有无穷的内容，给观者带来很多联想——里面也许有人、有鸟、有兽、有蛇，也许有仙女……可以无穷地想象。亮处太明，见其所见，则不容乱想。李商隐《楚宫》诗有云："月姊曾逢下彩蟾，倾城消息隔重帘。已闻佩响知腰细，更辨弦声知指纤。"正因为隔着垂帘，想象里面的美人倾国倾城、细腰、纤指，若在光亮的大厅里见到，也许是丑女，即使是美女，也不会比想象的美，因为想象是最美好的。但若一切都暴露在人的面前，就不容想象了。所以，我需要光明，我也爱黑暗。

　　光明中，我们读书、写作、画画、干其他事；黑暗中，我们睡觉、休息、痛苦、流泪。留一些黑暗，让人们有机会欣赏沉沉的黑夜，美丽的黑夜，令人浮想联翩的黑夜。

　　啊！伟大的光明！啊！伟大的黑暗！都是大自然的杰作和恩赐。

《清峰相引》

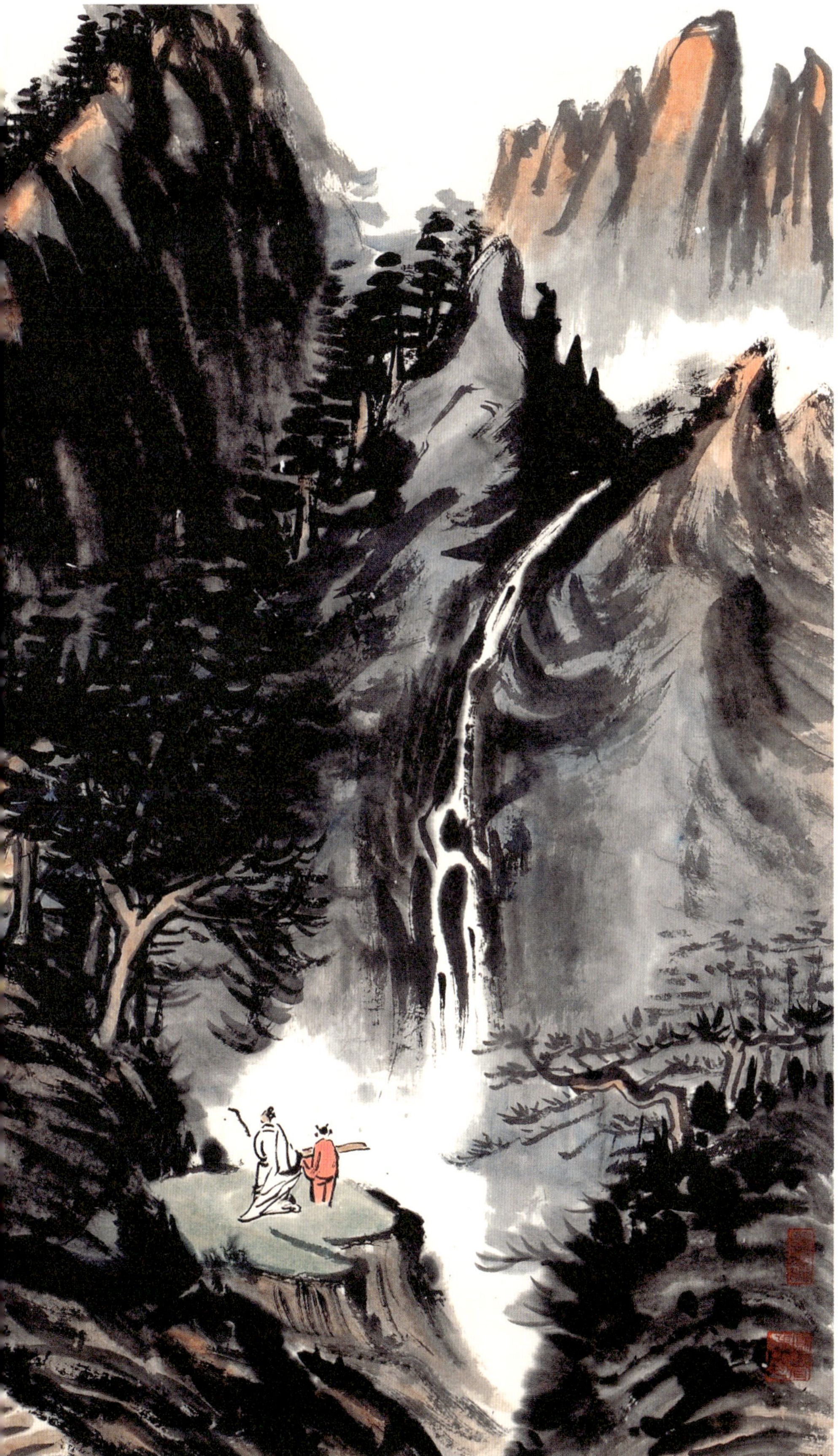

天安门前为什么要建人民大会堂和历史博物馆

北京的故宫原称紫禁城，即皇宫，是明代皇帝朱棣下令于永乐四年至十八年（1406—1420）建成。有很多电视节目及江南园林介绍中说天安门和紫禁城是江南苏州吴县人蒯祥（1398—1481）设计的，把江南的园林和建筑样式搬到北京，这话并不十分准确。蒯祥是参与了紫禁城的建造，但故宫（紫禁城）始建时，蒯祥年仅八岁。规划和设计紫禁城时，他并未起到作用。紫禁城的规划设计应是集体的力量，朱棣的作用最大。当然蒯祥是十分了不起的建筑家，尤其是正统以后，北京的大型建筑多出于其手。其父蒯福是著名的木工，曾主持南京的宫殿建筑中的木作工程。蒯祥少随父学艺，永乐十五年（1417年）到京，即参加宫殿建设。紫禁城建设的后期，他也起到作用。紫禁城建成后，是当时世界上最大最雄伟的宫殿建筑。"天安门"当时称"承天门"，是皇宫的正大门，始建于永乐十五年，清代顺治八年（1651年）重修，改称"天安门"。天安门前的广场自建成至今一直是世界上最大的广场，但原来广场上并没有历史博物馆和人民大会堂。现在的中国历史博物馆（今中国国家博物馆）和人民大会堂是1959年建成的，但为什么要在天安门前广场上建造这两个大型建筑物呢？又为什么在天安门前的左边建造中国历史博物馆，在右面建造人民大会堂呢？我看到的几本《中国建筑史》，没有一本书中谈到其中道理。按道理，《中国建筑史》应写建筑的哲理，而恰恰没写建造人民大会堂和中国历史博物馆的哲理。

主张在天安门广场上建造人民大会堂和历史博物馆者是毛泽东，毛泽东是熟读中国古代典籍的，他的思想中更多的是继承中国传统哲学，哺育他成长的也主要是中国传统文化。

据《周礼·考工记》所载：

匠人营国……左祖右社，面朝后市。[1]

意思是：王宫的建筑……左面是祖庙，右面是社庙，前面是朝廷，后面是集市。左面祖庙中陈列祖宗牌位，供时时去祭祀祖宗，求得祖宗灵魂保护自己。右面是社庙，这个"社"有二义，一是土地神，二是集会、开会，又往往二者兼之，即在土地神的牌位前聚会，组织战争、布置生产等，以求土地神的保佑。"祖"字原来写作"且"，形似男性生殖器，后加祭祀，表明中国也有生殖崇拜时期。故加"神祇"旁，为祖宗的"祖"。[2]"社"字，《说文解字》曰："社，地主也。从示土，……《周礼》二十五家为社，各树其土所宜之木。""地主"就是主管土地的神。又，"二十五家为社"，这里是二十五家共同祭祀一个土地神。又有社会的组织之意，汉代就有乡社里社之名。很多志同道合的人聚集在一起叫结社，谢国桢写了一本《明清之际党社运动考》，谈明清之际文人结社，如复社、几社、应社等等。晋代有慧远建有莲社，宋代胡瑗建有经社，《红楼梦》中林黛玉重建桃花社。

---

1. 见中华书局《十三经注疏》上册《周礼·冬官考工记·匠人》，第927页。
2. 一说置肉于俎上以祭祀先祖，故称先祖为且（音zǔ"祖"）。

因而这"社"便是很多人聚在一起，俞正燮《癸巳存稿》："同社者，同会也"，社堂也就是会堂，同社人在一起开会的地方。原始社会时，在聚会的地方竖一根长木，木棍的上部挂一个牌子，形似"仚，土"。¹其实，"土"和"社"原是一字，如《春秋公羊传》"僖公三十有一年"，"天子祭天。诸侯祭土。"注："土，谓社也。诸侯所祭，莫重于社。"²《礼记·檀弓上》："君举而哭于后土。"汉郑玄注："后土，社也。"³唐孔颖达疏："或曰君举而哭于后土者。后土，社也。"⁴《周礼·春官·大祝》："建邦国，先告后土。"汉代郑玄注："后土，社神也。"⁵另《诗经·商颂·玄鸟》："宅殷土芒芒。"⁶而《史记·三代世表第一》引用此句就写作："殷社芒芒。"集解："《诗》云'土'。"⁷可见"土"和"社"本为一字。社即社神。原始社会时，在自己居住的村落右边插一木牌（后则建房、庙），人们在那里聚会，商讨如何去打仗，去渔猎。一说，对外作战时还要把木牌（称木主）载而同行，以求其保佑。⁸战后，仍把木主置放"右社"中。如果竖几个木桩牌子，便是几个部落在一起开会，大家从四面八方赶来，时间长了便形成"街"，这个"街"字，里面是两个"土"，即两个（或代表多个）神牌，"街"字原写作"𠘧"，即从四面八方赶来神牌下之意。"土"形的神牌代表土地神，大家都要祭祀，故加一"神祇"旁为"社"。在神牌下开会后，再去左面拜祖宗牌位，以求祖宗保佑，然后出去战争或打猎。打了胜仗，就是祖宗保

---

1. 一说"土"形似一土块。如甲骨文的"土"，即形似地上一土块。
2.《十三经注疏》下册，《春秋公羊传注疏》卷十二，第2263页。
3.《十三经注疏》上册，《礼记正义》卷八，第1294页。
4.《十三经注疏》上册，《礼记正义》卷八，第1294页。
5.《十三经注疏》上册，《周礼注疏》卷二十五，第811页。
6. 见江苏古籍出版社《诗经全译》，第896页。
7. 见中华书局《史记》卷十三《三代世表》，第505—506页。
8. 详见俞正燮《癸巳类稿》。

佑、土地神保佑的结果，打了败仗，就是自己没有祭祀好，要再去求拜。于是每个大部落都在左面竖祖宗牌位，右面竖土地神牌位，这就是"左祖右社"。

商周时代，已不是原始社会了，有了王宫建筑，这种"左祖右社"的形式仍然保留。商统治者也信鬼神祖宗魂灵保佑等，周统治者也信，于是便在王宫左面建造"祖庙"，设立祖宗牌位，以供祭祀崇拜，以祈求祖宗灵魂保佑自己。又在王宫右边建"社庙"，供土地神位，也在这里集会，讨论战争生产等大事，也祈求土地神保佑。而且形成制度，即上面引《周社·考工记》云："匠人营国……左祖右社……"但这时不是竖一个木牌子，而且建庙，到社里聚会的不是普通人（奴隶）了，而是上层头头即统治者了，由他们研究如何打仗、如何渔猎，然后去指挥奴隶们干。祈求祖宗灵魂及土地神保佑的，也不仅仅是得到渔猎之物，更在祈求神灵保佑自己统治长久安稳，有了"左祖右社"，他们的心也就定了。后来成为王宫的建筑形式了。

毛泽东精通古典，他没有忘记传统建设的形式，以及"左祖右社"的意义。当然主要还是国家政治和工作的需要，于是在中华人民共和国成立后，他就要在天安门前左边建立中国历史博物馆，陈列收藏祖宗的遗物，以示尊重历史，不忘祖宗，教育后人，当然，这和"祖庙"意义大不相同了。而且，馆名必须叫："中国历史博物馆"。如果改名为"中央博物馆"或"国家博物馆"，没有"历史"二字，那就缺少文化的意义。又在右面建人民大会堂，即"社"，但这个"社"是全国人民代表大会开会的地方，也和古代的"社庙"意义大不相同了，上面悬挂的不是神牌，而是中华人民共和国的国徽。

当然，人民大会堂也可以建在中南海，而且那更方便。中国历史博物馆也和故宫博物院重复，陈列收藏的都是祖宗遗物和历史文物，二者完全

《松横双雉栖》

松谷明月思人自悠悠
乱声上谁合溪深東埃郊
花落草木丽生松横嫂
鸡栖两堂虚相忆的
著聊代辞
庚寅方陳偉希

相同。而且中国历史博物馆和故宫博物院相距也很近，但中国历史博物馆这个建筑的意义却非同一般。有了右面的人民大会堂，只有了"右社"，还必须有"左祖"，即中国历史博物馆，不仅符合传统建筑的格局和哲理，也起到对称美观的作用了。毛泽东对中国传统的理解和继承颇令人叹为观止。研究和撰写中国建筑史的学者也应该认真理解这一问题，但一定要从传统文化价值意义上去理解，不要从迷信的角度上着眼。

如果按传统文化的意义，在人民大会堂和历史博物馆周围，还应该多栽一些树木。《墨子·明鬼》："圣王，其始建国营都日，必择国之正坛，置以为宗庙；必择木之修茂者，立以为菆位。"《战国策·秦策三》："恒思有神丛与？"[1] 高诱注："盖木之茂者神所凭，故古之社稷，恒依树木。"《论语》："哀公问社于宰我。宰我对曰：夏后氏以松，殷人以柏，周人以栗，……"[2]《周礼·地官·大司徒》："其社稷之壝，而树之田主，各以其野之所宜木，遂以名其社与其野。"[3] 郑注："田主所宜木，谓若松、柏、栗也。"[4] 贾疏中也引用了《论语》中那段话。可见"左祖右社"周围应有大树林。我们今天在人民大会堂和历史博物馆周围多植树，不但有传统文化上的意义，同时也美化天安门广场，使之更有生气。

补记：

不久前，中央电视台播放纪念周恩来总理的电视纪录片中，记录很多人回忆周总理关心人民大会堂和中国历史博物馆建设的经过。其中谈道：周总理慈祥和睦，认真倾听专家们意见。但当有人提出，把人民大会堂建

---

1. 见《战国策·秦策三·应侯谓昭王》。
2. 见中华书局《论语·八佾》。但我的解释与杨伯峻先生不同。
3. 见《十三经注疏》上册《周礼注疏·地官·大司徒》，第702页。
4. 见《十三经注疏》上册《周礼注疏·地官·大司徒》，第702页。

③

在左边(东边),把中国历史博物馆建在右边(西边),可以吗?周总理马上严肃地回答不可以,并且不让改变位置。大家一直不理解,为什么对这个问题周总理那么严厉、认真,而且一直到现在都不理解。

什么叫知识分子（节录）

…………

必须同时具备以下四个条件者，方可称为知识分子。

一是以创造或传播文化为职业；

二是关心国家的前途和人类的命运；

三是具批判精神；

四是有独立人格。

什么叫"知识"，本文不作讨论，那是一本书甚至一百本书也讲不清的问题。但并不是说有知有识就叫知识分子。否则，任何人都可叫知识分子。工人有做工的知识，农民有种田的知识，小商贩有做小生意的知识。按照盗跖的说法"盗亦有道"，则无人不是知识分子了。我们特指的"知识"，指人类认识自然和社会的成果，一般指脑力劳动的结晶，具有文化上的意义。又称"文化知识"。《论语·子张篇》有："百工居肆以成其事，君子学以致其道。"知识分子就是和"道"打交道的，而且是"学以致"之。

什么叫"文化"呢？本文也无意于详论，那也是一本书、一百本书讲不清的问题。广义的"文化"，大约是指人在社会实践中所创造的物质财富和精神财富的总和。考古学上把从地下挖出来的经过人打制的石子，烧制的砖、瓦,都叫"文化"。这也不是我们所要说的文化。我们所指的"文化",是指精神财富,如教育、科学、哲学、文艺等。一般来说,是用文字表达出来,具有开启民智、批判现实和促进社会发展的作用。

一个社会,真正的知识分子是不多的。把具有中专以上或大学以上学历的人都划为知识分子的标准是错误的。领导干部即政府官员,不算知识分子,因为他们不符合第一个条件,其他条件也未必符合。当然,有的知识分子到政府里去做官了,那么,他的身份也就改变了。他算政府官员,而不再算知识分子。医生、技术干部、商人等也都不算知识分子,他们是实业家。但知识分子可以兼做实业家。比如一个人以著书立说为主,同时兼做实业,但二者仍然是泾渭分明的。但知识分子不可能兼做政府官员,因为他不可能具有批判精神和独立人格。比如,下一级官员必须听从上一级官员的,"独立"则不可能。

知识分子有小知识分子,普通知识分子和大知识分子的区别。以教师为例,著作等身、影响巨大的大学教授可是大知识分子,而在社会上影响不太大的小学教师则只可能是小知识分子。但专职的大学校长未必是知识分子。小学教师虽然一般说来只是传播文化,但他是独立的。即使上级有什么规定,但他传播文化时仍然是有他独立的一面,他仍然可以有批判精神。政府的下级官员传达上级指示决定时,则很难具有批判精神和"独立"。

学者,即从事哲学、文学、艺术、历史学、社会学、文字学等学术研究的人。作家、艺术家、思想家等等,都具有独立的一面。当然,"独立"主要指精神独立、人格独立,但也必须在你的学术著作或者文艺创作中表现出来。

知识分子所必须具备的四条,其中第一条是从职业上划分的。但"以创造或传播文化为职业的人"也未必都能算作知识分子。必须在你创造和传播的文化中能起到"关心国家的前途和人类的命运"之作用。否则，也不过是某种专业的从业员。即使你有很高的专业技能，你能写书，你能画画，你能从事化学、物理学的研究，你如果没有"关心国家的前途和人类的命运"的思想，并以之为基础，从事你的工作，那你不过和普通的木匠、铁匠、泥瓦匠一样，是以你的技能谋个人生计的人，也不能算是知识分子。知识分子必须有思想，这思想必须是为天下而非为个人。张载说的"为天地立心，为生民立命，为往圣继绝学，为万世开太平"则是典型的知识分子思想和立身处世的准则。知识分子也应该是有原则的。史书上记载的《儒林传》中人，大多是知识分子。《文苑传》中的人，就未必全是知识分子。方孝孺是知识分子，唐寅（字伯虎）就只能算是文人，而不能算是知识分子。方孝孺是建文帝的侍讲学士，从职业上讲还不完全算是知识分子，但他一生的理想是"明王道，致太平"。最终在朱棣打败建文帝并夺取帝位时，请他草即位诏。这对于方孝孺来说，是十分容易办到的事，而且他写了，马上可以升官发财，荣华富贵一生。但他也有自己的原则，他不写，最后被朱棣用刀割开他的两嘴角至两耳，再寸磔而死，且诛灭十族，死达847人。他毫不后悔，显示了知识分子的原则性。（封建社会知识分子的局限性，如忠君等，此处暂置而不论）

衡量一个知识分子是否关心国家前途和人类的命运的标准，主要看他对社会产生广泛影响的一面。如作家、学者的著作，如果其著作缺乏思想、对社会无益甚至危害社会，则非知识分子之所为。如科学家的发明和创造对人类无益甚至有害，亦非知识分子之所为。至于知识分子个人的细小行为和未对社会产生较大影响的言论，则不应视为衡量其人的准则。也就是说，小节可以随意一些的（做官的不可以随意）。但影响社会原则的个人行为又不在此列。比如，齐白石平时似乎是不问政治的，但当日本侵略军给他送去烤火煤，以示"关心"时，他能断然拒绝并退回，而且绝不和日本人打交道；黄宾虹以死拒绝日本侵略军为他祝寿；梅兰芳蓄须明志，不为侵略者演出。这些个人行为有关原则，就表现出大的问题了。"大节不亏""小节出入可也"。儒家最重要的著作《论语》中就说过："大德不逾闲，小德出入可也。"（《论语·子张》）说的也是这个道理。

　　是否具有"批判精神"，是衡量知识分子的一个重要特征。现代的知识分子和古代的士有一定区别。现代的知识分子一般不直接掌握政权，但又要"关心国家的前途和人类的命运"。所以，他必须具有批判精神，尤其在和平时代。因为战乱年代，最高统治者为了自己的胜利，大都重视有真才实学的知识分子，在一定程度上，得"士"则得天下，失"士"则失天下。朱元璋在未得天下之前，也是十分尊重和重用"士"，得天下之后，则残酷地镇压、残杀、侮辱"士"。和平年代，有真才实学的知识分子不但不能掌握，大多还会受到排挤和迫害。我曾写过一文《中才易致高位》，其中说："高才每为人妒，庸才多为人鄙，是以中才易致高位。"我的原稿是"中下才易致高位"。中下等人才容易达到高位，一旦达到高位，他们又把精力用于保护和提高自己的地位上，更没有时间学习，于是中下才又变为下才。《左传·曹刿论战》中有一句话："肉食者鄙，未能远谋。""肉食者"即身居高位的官员，他们目光短浅，见识鄙陋，不能深谋远虑。自古以来皆如此。以"下才"和"鄙"者统治国家，发号施令，必然是下策。有的还为了私利，为了巩固自己的地位，不仅会有下策，还会有危害国民之策。因此，知识分子必须高举批判的旗帜，纠正错谬，指摘落后，揭露黑暗，鞭挞丑恶。一则教育当权者，使其提高治理能力，指示其仕途正路；二则为其明确国民现状，国家前途所在及古今治者之得失，并献策献计；三则告之以各专业之知识；四则警之以事必出于公心，杜绝危害国民之企图；五则约束其放肆之情，鞭策其全心全意服务于国民之意。各级官员皆是人民的公仆，知识分子则是他们的老师。奴隶社会、封建社会时代，尚且称

怅望千秋一洒泪
萧条异代不同时
陈传席

《怅望千秋》

051

之为国师、军师、帝王之师。现在的知识分子不做官,全力于各专业知识的研究,更应该是各级官员的老师。

而且,官员们久居高位,必生骄奢淫逸之意,必生自私自利之心。所以,知识分子必须具有批判精神,以自己手中的笔,参与历史,深切地关心现实,关心民族的生存、发展和建设,关心国家的前途和人类的命运,而置个人利害于不顾。这是知识分子应有的品德和责任。

宋诗有云:"子规夜半犹啼血,不信东风唤不回。"这正是知识分子的精神写照。

"独立人格"乃是知识分子最基本的品质。实际上,任何人都应该有独立人格,知识分子应该有更强的独立人格。没有独立人格,也不可能有真正的"批判精神",也无法关心国家的前途和人类的命运。知识分子是一个独立的阶层,以其脑力劳动获得报酬,独立于世,绝不是附在什么"皮"上的"毛"。一旦附在什么"皮"上,便成为政客、帮闲、附庸,绝不是知识分子。知识分子一生为真理而奋斗,而献身,绝不能为官儿的附庸,绝不能站在权势者立场上为之辩护。所以,他必须具有最强的独立人格。具有最强的独立人格,才能有最强的批判精神,才能真正地关心国家的前途和人类的命运。

下级官员必须和上级官员保持一致,军人尤应如此,所谓"服从命令听指挥"。知识分子不必如此,也不能完全保持一致。否则,"同流"就可能会"合污"。知识分子是教育者、督促者。教育、监督、约束官员,开启民智,淳化风俗。"保持一致"则无法起到教育和监督作用。

孔子说:"君子和而不同,小人同而不和。"(《论语·子路》)杨伯峻译为:"君子用自己的正确意见来纠正别人的错误意见,使一切都做到恰到好处,却不肯盲从附和。小人只是盲从附和,却不肯表示自己的不同意见。"君子不是小人,不应该"同而不和"(保持一致),而应该"和而不同"。所谓"同而不和",即上级说好,你也说好,上级说可,你也说可;上级说不好、不可,你也说不好、不可,只有同,实际是盲从附和。这无益于国民。上说可,你说不可,如果你的意见对,上则改可为不可,减少不必要的损失;如果仍可,你的"不可"则可使可行者考虑更周密,排除"不可"的因素,少遇挫折。"和而不同"也就是批判精神。

知识分子是时代的先锋,其思想必是先进的。任何时代的实际领导阶层只能是知识分子。知识分子可以而且应该和民众相结合,也可和官员阶层以及工商等各阶层相结合,但不能完全一致,必须体现出其先进性和启蒙的作用。一个国家的强弱、先进和落后、开化和蒙昧,主要体现在知识分子群体身上。国家形象固然是以经济为基础的,但最高形式还是体现在文化上。文化主要是知识分子的事。

一身之强弱在乎元气,天下之兴衰在乎士气。一个国家的制度、性质也是依托于一代文化而成立。所以,一代知识分子之强弱也关系到国家的强弱、天下的兴衰。

关于知识分子自身的发展、强弱和群体作用等问题,我将在下一章再作论述。

错在赵，而不在秦
——评中国部分有名的新建筑

　　我到欧洲转过几圈，当然只是去一些重要的城市，而且每一个城市也只是到过几条重要的大街。但给我总的印象都是整洁、严肃而和谐的。德国的城市如此，我想，或许因为德国人严肃，法国人浪漫，城市肯定不一样。谁知法国的大街更整洁严整，临街的房面连阳台都没有。同去的几位朋友都说："北京的建筑再过一百年也赶不上巴黎。""中国的城市永远赶不上人家。"我当即反对这种说法。老实说巴黎那些大街上的建筑都很一般，就是方方正正的，墙面、窗户而已，没有任何装饰，更不奇形怪状，普通的设计师都能设计。但是这些方正严谨的普通建筑排在一起，就显得整个城市很严肃、很整洁、很正派。如果当中有一座或几座怪诞的，或者客气地说是很突出的建筑，整个城市就显得不和谐。金子很珍贵，如果把金屑揉在眼睛内便十分痛苦，必须去除。

　　我对建筑不是不关心，四十年前，我还学过一点儿建筑，当然我设计的建筑只是一些水泵房之类（一笑）。我一向认为，建筑比绘画、雕塑更重要，更伟大。故宫（紫禁城）、人民大会堂、国家博物馆（历史博物馆）、颐和园，什么绘画、雕塑能和它比呢？只是年龄大了，没有精力再顾及建筑了。但近来很多读者和朋友都要求我评一评现在的一些新建筑，包括获得普利兹克奖的建筑，编辑也来电要我关心一下建筑。我才知出现了问题。为了写这篇文章，我才第一次去看了中国央视大楼，人称"大裤衩"，果然。国家大剧院，我倒去过几次，都是晚上去的，只是进去听听音乐，这次去看，才第一次见到外形，人称"蛋"，也颇形象。还有"鸟巢"，其他的一些新建筑，是朋友和编辑寄来的图片。

这些建筑都被我的几位评论家朋友评为"垃圾"，还说"建筑界的洋奴将更加挟洋自重"了，"灾难性的影响"，等等。

我认为更重要的问题不在此，而在彼。

若仅就这些建筑而论，造型是十分突出的。建筑应该是方方正正的，墙面应该是笔直的，这样既坚固稳定，又实用，又严肃美观。建筑只要不是方正笔直的，必然要花费很多精力和材料来维持其稳定，而且必然要浪费很多空间。像人民大会堂、历史博物馆等都是方正垂直的，大屋顶不仅是传统的民族特色，也起到保护建筑主体的作用。而现在北京很多新的大建筑，有的像蛋，有的像大裤衩，有的像鸟巢，有的像龙头、火炬，有的像三把梯子，有的像修脚刀。外地还有些大型建筑像船、军舰，有的像莲花，奇形怪状，这就容易突出，因为它不像建筑。人就应该像个人，想出类拔萃，应该多读书，增加内在修养，如果把人打扮成狗，身上粘上狗毛，用手术增加尾巴，手脚并用在大街上爬着走，那肯定很突出，会引起很多人注意、评论。但这有意思吗？建筑就应该像个建筑。像大裤衩，像龙头，像军舰、莲花，有意思吗？

其实，奇形怪状的建筑，设计起来十分容易，模仿莲花、军舰，几分钟便可敲定。或者找来一个旧收音机、一个床头柜、一张桌子、一把修脚刀、一个手机，甚至警察的裤子，都是十分简单的。不是我吹牛皮，每天想十个点子，设计十个奇形怪状的建筑，是毫不费力的。我说我不是吹牛皮，是有根据的。四十年前，鄙人对建筑产生兴趣，曾按照我家的旧收音机设计出建

《幽居人世外》

春眠人世外,久戚古嘲哳,嘲當為朝

陳傳席

筑图稿，又根据我的床头柜和我收藏的一套粉妆盒设计过建筑图，又根据警察的大檐帽和带红杠的裤子设计过建筑图，朋友们都说好、新奇。可惜，我没有建筑师头衔，只能设计着玩玩，没有实施。这是四十年前的事啊。

　　建筑师要突出个人风格（其实是花样），要叫自己的建筑作品和一般人的作品不同，这是可以理解的。但是审批的人为什么就会同意，批准这种建筑在北京实施？！建筑师要突出他个人，但我们要北京市的整体市容，你们不懂吗？那个"蛋"的设计本身也没有什么大问题，但在天安门、人民大会堂这些严肃的建筑群中就十分不和谐。整个气氛就破坏了。"大裤衩"从形象到和谐都是十分丑陋的、破坏性的，自不必提。据说是外国人设计的，外国人设计的也必须符合中国的实际，北京大学就是外国人设计的，但它符合中国人的审美情趣，外为我用。而现在一些人，一见到中国建筑师的设计："不行，中国人能设计什么？"一看到外国的建筑师，马上吓得两腿发软，管他怎么设计，都下跪磕头，好啊，好啊，快点照样实施。我的朋友说他们是"洋奴""挟洋自重"，恐怕是有道理的。

　　但我要提醒"洋奴"们，你们的目的是想得到外国人的青睐，但外国人来中国还是要欣赏苏州古城、周庄古村落，欣赏天安门这些中国传统的民族特色，会欣赏你们企图取媚于你们洋大人的建筑吗？我在皖南看到很多外国人去欣赏那里的古民居，却没见到一个外国人欣赏你们的"大裤衩"。你们取媚于洋人的目的能达到吗？

　　但是，外国人不也发给我们中国建筑师普利兹克奖吗？就是说外国人也欣赏我们的建筑啊。

　　记得《史记》等书记载，秦多次攻赵，因为赵国有廉颇、赵奢等名将，还有蔺相如等名臣，秦久攻不下，而且多次败回。四年后，秦又准备攻赵，便给赵国人大讲："秦之所恶，独畏马服君赵奢之子赵括为将耳。"言下之意，赵国的廉颇等人皆不行，唯有赵括厉害，赵括是最伟大的将领，赵括一为将，秦国就害怕了。赵孝成王一听秦国人说赵括是最了不起的将领，马上决定用赵括为将，代替廉颇。蔺相如反对，不听。赵括母亲反对，并说赵奢活着时，便说赵括不能为将，"使赵不将括即已，若必将之（以括为将领），破赵军者必括也"。赵奢说过，赵国只要用赵括为将，赵军必败在赵括手中。括母还列举很多事实说明赵括不能为将，但赵王都不听，坚持用赵括为将，因为秦国人说赵括是能将。结果长平一战，赵军大败，四十五万人被杀，赵括也被秦军射杀死。赵国从此衰败下去了。

秦人知道赵括不能打仗，却要表扬他，称赞他是赵国最杰出的将领，目的就是要赵国用赵括为将，这个无能之辈率领军队，秦军就胜利在握了。秦并没有错，错在赵，赵为什么不相信自己人的意见。赵奢、括母、蔺相如都坚认赵括不能为将，但赵王不听，独听秦人的意见。遂有长平之败，国家也由强转弱。但赵王也不是完全不听自己人的意见，只是不听正确的意见。错误的意见，他又听了。当赵再次困于秦兵时，廉颇想出来为国尽力，赵王使使者去考察廉颇，廉颇当着使者的面一次吃饭斗米、肉十斤，披甲上马，都十分好，但廉颇的仇人贿赂使者讲了廉颇的坏话，说他顿饭三遗矢，不能用。造谣的话、损害国家和廉颇的话，赵王们又听了。正确的言论，不听；错误的言论，又全听。错在赵，而不在秦啊。结果呢，秦强大了，赵败亡了。

改革开放后，我们国家发展了，有超过外国的趋势，外国人是不希望我们超过他们的，于是一齐努力。光靠他们（外国人）的力量是不够的，还要起用中国人自己破坏自己。外国的建筑界不希望中国的建筑超过他们，一是大讲创新理论，叫中国人用他们的奇形怪状的建筑破坏自己城市的整体和谐；二是嘉奖"赵括"，一旦重用"赵括"，外国人就胜利在握了。"上兵伐谋，其次伐交。"外国人深懂《孙子兵法》之精神啊。但中国的"赵括""赵王"们是不是要深省呢？能不能少跪在洋人面前俯首帖耳呢？能不能听一听自己人的正确意见呢？

论命运

一、命运存在吗

所谓命运，就是人生的过程和结局，是由冥冥中一种神奇的力量控制而预先安排好的。这种命运是否存在，目前还无法证实。只好等待科学高度发达再去论证。

孔子不太相信冥冥中有这种神奇的东西，但他有时又有点相信，似乎孔子也处于半信半疑之中。《论语》中记"子不语怪、力、乱、神"，神、怪这些不可知的内容，他都不谈。孔子认识的臧文仲养了一只大乌龟，并给乌龟盖了一间雕梁画栋的好房间，认为乌龟很灵，可以用来占卜，测吉凶。孔子认为这是可笑的，乌龟怎么能知道吉凶呢？子曰："子罕言利与命与仁。"所以《庄子·齐物论》中说："六合之外，圣人存而不论。""六合"是天地四方，"六合"之外，即命运、鬼神等。孔子存而不论，可以保留，但不置可否。

孔子有时又有点相信，他又说："死生有命，富贵在天""五十而知天命"。孔子的学生伯牛有疾。孔子说："命矣夫，斯人也而有斯疾也……"又说："道之将行也与，命也；道之将废也与，命也。公伯寮其如命何？""不知命，无以为君子也。""君子有三畏，畏天命，畏大人，畏圣人之言。小人不知天命而不畏也。"孔子所说的"命",似乎是自然规律中的一些偶然和必然。"五十而知天命"就是人到了五十岁这个年龄,一切都差不多定了,是生理因素(老化),而不是冥冥中的一种力量安排的。"死生有命"等,也是这个意思。总之,孔子对命运之有无是怀疑的,不信的成分多一些。

司马迁对命运是否存在,也是怀疑的。他在《史记》一书中,有时记载某人占卜很准确,有时记载某人占卜并不准确。

如《史记·齐太公世家》记:"武王将伐纣,卜,龟兆不吉,风雨暴至。"很多人都害怕,认为"不吉",不能伐纣,唯姜太公强行出兵,结果打败了纣王。这说明"龟兆"是不准确的。这段内容王充《论衡·卜筮》上记:"周武王伐纣,卜筮之,逆。占曰'大凶',太公推蓍蹈龟而曰:'枯骨死草,何知吉凶?'"枯骨是死了的龟甲牛骨,死草是蓍草,就是直立的菊科草本植物,古人用以占卜吉凶,枯骨和死草,怎么能知吉凶呢?太公推算,"大凶",即不能成功,结果却大获全胜。但《史记》一书中记载占卜准确的事更多。比如汉文帝的宠臣邓通,富可敌国。一个看相的人说他嘴边有一道饿痕,将来"当贫饿死"。汉文帝不相信,干脆赐给他一座铜山,让他自己铸钱,想铸多少就铸多少,"邓氏钱布天下"。邓通是全国最富有的人,钱财多得他一辈子、十辈子也吃用不完。但结果却真的是穷得一无所有,最后饿死了。这真是命运。总之,他都如实记载下来,供后人参考研究。

唐韩愈是相信命运的,他说那些上层大人物,十分显赫,"是有命焉,不可幸而致也。"又说:"吾道其命于天者以解之。"

古代中国人相信天命的人不少,不相信的也不少。

我的意见,男人在四十岁之前,不要相信命运。到了四十岁后,开始相信一点,相信百分之二十吧。到了五十岁,相信百分之三十或四十,以后逐年增加，但永远也不要百分百地相信。女人到了三十岁，就要相信一点，主要在婚姻方面相信，然后到了四十岁，要相信百分之五十，然后逐年增加，也是到死不可百分之百地相信。

男人四十岁前，应该努力拼搏，在社会上闯荡，为实现自己的最大理想而奋斗，即使有命运，也要和命运抗争，争取扭转命运。只考虑前冲，不考虑后退，也不必兼顾左右，即使碰得头破血流，也还有时间恢复。所以说："男儿四十，不算华颠。"过了四十岁呢，或者近五十岁呢，人开始走下坡路，人的身体、精力、记忆力，都下降。你再拼命，就有可能把命拼掉。比如我的一位朋友，画画不错，又在一个很好的国家级机构，但他忽然要去国外留学。四十一岁去国外留学，他的外语很差，到了美国，补英语，但四十一岁的人，学习效果很弱，又要忙赚钱生活，结果外语没学好，画画也退步。后来得了病，很年轻便死了。如果他在国内，他会成为一个很好的画家，而且生活十分舒适。事业、生活、成就都会高于他在国外，至少不会早死。所以人过四十，必须瞻前顾后，你想留学，你要衡量自己基础如何。如果基础不行，你就要相信，你命中无留学的一项。

孔子说："四十、五十而无闻焉，斯亦不足畏也已。"（《论语·子罕》）男人到了四十、五十岁，还没有成功的迹象，他以后成功的可能性就很小了。当然，你五十岁已有成功的基础，那还可以，但也必会"有闻"，必会有成功的迹象。否则，你就要考虑，天命如此。你就会减少很多痛苦。

但也不尽然。姜太公八十遇文王，成就了灭纣兴周大业。东晋时高僧法显以六十五岁高龄动身去天竺国取经。途中上无飞鸟，下无走兽，没有路径，穿过唯以死人枯骨为标识的大沙漠，翻越崖峰险绝壁立万仞、临之目眩的葱岭……游历了三十余国，历时十四年，同行十余人，唯他一人以八十高龄回到中国，后来完成了佛经的翻译和《佛国记》的写作，成为历史上著名的高僧。

二、"天幸"和"数奇"

王维《老将行》诗有句云:"卫青不败由天幸,李广无功缘数奇。"一个是"天幸",即天帮助他。一个是"数奇",即运气不好,命运不好,都和命运有关。据《史记》所记,卫青家世和武功远不及李广,然卫青老是打胜仗。卫青是其父与主家的一个女仆私通而生的孩子。其父的妻子"奴畜之",不承认他是自己的孩子,以奴隶待之。但后来当上大将军,此"天幸"之一也。卫青打仗遇到的敌手,不是弱了,就是人少,或者对手麻痹,故每出征必胜。比如元朔五年,卫青为车骑将军率三万人击匈奴右贤王,而右贤王判断卫青"不能至此",结果喝得大醉。卫青率兵至,右贤王"独与其爱妾一人壮骑数百驰",逃跑北去。卫青俘获其小王十余人,众男女五千余人,畜骑千百万,大获全胜而回。结果被封为大将军。元狩四年春,卫青与匈奴战,卫青兵少,是时"大风起,沙砾击面,两军不相见",而匈奴误以为汉兵多,便逃走了,结果被卫青捕斩万余人,"得匈奴积粟食军""悉烧其城余粟以归",又大胜。所以《史记·卫将军骠骑列传》说其"有天幸"。应该败反而胜。所以,卫青得封万户侯。

而李广是名将之后,世传善射,"冲陷折关及格猛兽",皆无敌。汉文帝也说他如果当汉高祖时,"万户侯岂足道哉"。但他的运气不好。汉景帝时,诸侯国吴楚等七国联合起兵反叛中央,李广跟随太尉周亚夫击吴楚军,取旗,功劳甚大。本该封侯,但身为汉将的李广却私下接受梁王授给他的将军印。这等于背叛朝廷,故不得封赏。后来出雁门关击匈奴,匈奴兵太多,李广力战,还是被俘,但李广杀死匈奴兵数百人逃了回来。虽然威震敌胆,人称"飞将军",但毕竟打了败仗,"当斩",结果被废为庶人。另一次和卫青一起出征,卫青以四千人击匈奴两千人,当然大胜。而李广出动四千人,匈奴出动四万人围住他。他虽然杀人数百,但仍未得胜。四千人打四万人,怎么能得胜呢?所以《史记·李将军列传》说他"数奇",即命运不好。

卫青的"天幸",李广的"数奇",到底是命运呢,还是巧合呢?再研究两千年,也不会有结论。卫青哪一方面皆不如李广,但卫青被封为万户侯,而李广不得封。其实,"巧合"也是命运。

笔者曾经游湖北赤壁,认真看了当年曹操与周瑜大战之地。曹操大军在长江北岸(西北方向),孙刘联军(主要是周瑜指挥的军队)在南岸(实则东南)。曹操率兵数十万(号称八十万),而周瑜仅有兵三万,加上刘备的兵,也不足四万。若正式交战,周瑜必败,只有用火攻。根据天气规律,隆冬时只有西北风,不可能有东风或东南风。曹操是大战略家,当时懂天文地理,而周瑜年轻,忽略了隆冬季节只有西北风而无东风的事实。如果火攻,西北风一吹,是烧自己。而当时就忽然有了东风。我问了当地的气象专家,说:历史上仅有一次,即汉献帝建安十三年,周瑜火烧赤壁,打败曹操时,其他时间都没有。这也是"天幸"。如果那一年没有东风,曹操打败孙刘联军是很容易的,那么当时就统一了,也不会有三国局面。曹操败了,孙权、刘备各据一方,形成了三国局面,我当时吟诗一首云:

赤壁从来欠东风,孔明何处祭借之。
三分一统皆天意,千载何须苦叹思。

《三国演义》记司马懿及司马师、司马昭率兵在上方谷被诸葛亮围住,大火烧断谷口,山上火箭射下,地雷一齐突出,预先堆积的干柴都烧着了,火势冲天。司马懿抱二子大哭曰:"我父子三人皆死于此处矣。"三人自度必死,但天忽下倾盆大雨,满谷之火,尽皆浇灭,三人得以逃走。如果没有这场倾盆大雨,三人必死,也就没有以后的晋朝了。所以,诸葛亮叹曰:"谋事在人,成事在天。"这大概是命运,也是"天幸"。(按,此事《晋书》不载)

三、半信半疑者佳

世界上有两种人最相信命运，一是十分顺利的成功人士，有高官，有巨富，也有十分成功的艺术家、文学家、科学家等。一是十分不幸，总处于倒霉、贫困潦倒状态，地位十分低下者。其他人大多处于半信半疑的状态。也有完全不信的。

我认为对于命运，半信半疑者佳。半信，信其有报应、有应验，则其人自有约束，不敢作恶。如佛之"诸恶莫作，众善奉行"。如《易经》有云："积善之家，必有余庆；积不善之家，必有余殃。"半疑，则凡事自当努力争取，不会守株待兔，坐等天降，也不会坐以待毙。前面说过"谋事在人，成事在天"，你不谋，不努力，怎么会成功？怎么会得到呢？机会总是光顾那些有准备的人，有准备就是努力过、谋过。天不会赏给那些懒惰、无所用心的人任何机会。世界上所有成功人士，所有"命运好"的人都是经过努力的。

如果对命运全信，认为一切天已定，命运已定，"命中有时终须有，命中无时莫强求"。如果经过努力而失败后，用之解嘲，当然很好。但是一开始你就等待命运的赏赐，无所作为，无所用心，等待你的就是空空和失望。穷困的会继续穷困，地位低下的会继续低下。

全不信，则无约束力。中国儒道提倡"慎独""暗室不欺"，全不信者，独时未必慎，暗室未必不欺。佛家的"诸恶莫作，众善奉行"，对于他们来说，根本无用。事实上，很多作恶多端的人都是不相信有命运的。正因为他全不相信，没有任何约束力，他做起坏事、恶事才肆无忌惮。这种也是很可怕的，下场大多不好。

最后再谈谈命运的好与坏问题。

人人都想成功，人人都希望"心想事成"，但是"十有九输天下事"（袁克文语）。成功者是很少的，不成功就埋怨命运不好。其实：

《平生心事》

平生心事 壬辰春 陳傳席

大需要，造就大人才、大成功。

成功者需要两个条件，一是天赋超人，二是时代需要。天赋就是命运，为什么有人十分聪明，有人又十分愚笨，这就是天的因素。时代也是人无法选择的。你生在这个时代，可以成功，生在另一个时代，便难以成功。苏联元帅朱可夫，天赋很高，但小时他只能在街头为人补鞋为生，他曾吹牛欺骗一个女孩，说自己将来可以开一个补鞋店，至少可以带两个徒弟。但战争需要他入伍，必须参军，他在军队中锻炼，打败了强大的希特勒，保卫了自己的国家，他成为世界上著名的军事家。大需要成就了朱可夫的大成功。没有战争的大需要，他只能当一个补鞋匠。

正面人物如此，反面人物也如此。希特勒是个坏天才，是个恶魔。当时德国战败，民不聊生，国家破烂不堪，穷困已极，还要向很多战胜国赔偿战争赔款。德国人受到极大的屈辱，埋下了仇恨的种子，几乎人人心生怨恨，希特勒的纳粹正是德国人的需要。德国著名作家托马斯·曼说："希特勒的出现并非偶然……真正的恶魔其实在每个德国人的心里。"希特勒本来是个乞丐，后来以卖画为生但不够花费，他两次考美术学院，未被录取。维也纳美术学院如果录取了他，也许就没有第二次世界大战。他无法生存，走投无路，但通过努力，当上了国家元首，把一个十分穷困失败的德国，建成一个十分强大的德国，继而为复仇打败很多国家，统一了欧洲大陆。只是在攻击苏联时，因天气原因遭到失败。希特勒如果不生在那个时代，也就没有后来的希特勒。这都是天意，也是命运。

因为希特勒发动了第二次世界大战，才成就了丘吉尔、朱可夫、蒙哥马利、巴顿、艾森豪威尔等一大批大军事家。这都是大需要赋予的命运。

但个人努力也很重要。中国1924年成立的黄埔军校，学员只在那里学习六个月，后来诞生了很多国际级的军事家。粟裕一天军校也没有上过，却是更有名的大军事家。而中国当时军校学历最高的一人叫王庚，留学美国学习军事八年，著名的西点军校毕业生，但他没有指挥过一次战役，也没有人说他是军事家，如果不是因为他当过陆小曼的第一任丈夫，不会有人记起他。

　　以上所说的命运，是天安排的，造物主安排的，这天和造物主，如果理解为和人差不多的"实相"，那是不存在的。它不具体存在但又存在。《老子》曰"大象无形"，就是这个道理。

从"三余""三上"想到的

青年们谈起"攻关",宏图展现,精神奋发。但也有人叹息:"谁不想为四个现代化多做贡献?可是咱没那条件:一是没时间,下了班还要干家务事;二是没有实验室,没有丰富的资料。攀高峰吗?下辈子再说吧!"在他们看来,民办教师段元星之所以在天文观测上取得成就,大概是因为他在设备齐全的天文台,拥有浩瀚的藏书;陈景润之所以取得数学研究的成就,大概因他的灯光比别人的亮,写字台也是现代化的吧。其实呢,段元星主要是凭借肉眼和自制的简陋的望远镜进行观测,发现了茫茫遥空中的新星;陈景润在六平方米大的卧室里,点起煤油灯,在床板上演算数学题,取得了在"哥德巴赫猜想"方面造诣达到世界新高峰的成就。学习和进行科研,需要一定的条件。但是,古往今来有成就的科学家,往往并不是一开始就有优越的条件。说到时间,可以说每个人都是同等享有的,科学家的时间绝不比别人多一分一秒。例子是不少的。

且说三国时,有个董遇,有人要跟他学习,他不肯教,"而云:'必当先读百遍。'言:'读书百遍其义自见。'从学者云:'苦渴无日。'遇言:'当以三余。'或问三余之意,遇言:'冬者岁之余,夜者日之余,阴雨者时之余也。'"看来那位求学的人是急迫需要学习而苦于没有时间,而董遇用的是

《云雾山中》

雲霧山水
陳傳席

人们往往忽视、常常浪费的"三余"时间。

宋代文学家欧阳修曾说过:"钱思公虽生在富贵,而少所嗜好。在西洛时,尝语僚言属,平生惟好读书,坐则读经史,卧则读小说,上厕则阅小辞,盖未尝顷刻释卷也。谢希深亦言:'宋公垂同在史院,每走厕必挟书以往,讽诵之声琅然,闻于远近,其笃学如此。'余因谓希深曰:'余平生所作文章,多在三上,乃马上、枕上、厕上也。盖惟此尤可以属思尔。'"和许多文学家一样,欧阳修少年家贫。他们之所以能取得成就,往往不是学习条件好,而是抓紧时间,利用马上、枕上,乃至上厕所的点滴时间努力学习的结果。上面说的是古人。我们这一代青年,肩负实现四个现代化的历史重任,胸怀攀登科学高峰的凌云壮志,更应该刻苦钻研,奋勇"攻关",在"三余""三上"上面下功夫,挤时间。除了正常学习、工作时间,上班途中、等车时、睡觉前、长途旅行中……都大可充分利用,去记诵生词、演算习题、思考问题。这还不算,每天晚上少玩一会儿,抽出一两个小时学习总是可以的。别小看一两个小时,倘能坚持,日积月累,不知能解决多少问题啊!大画家齐白石有一方图章,刻着四个字:"天道酬勤。"这是白石老人绘画取得极高成就的经验之谈。白石老人平常时间多用于作画,出门坐车及睡醒尚未起床时便构思诗文。著名京剧表演艺术家盖叫天陪人饮茶聊天的时候,也不忘记在桌下练腿功。看来,只要想学习,认真对待,坚持下去,时间处处有,但又靠你去挤。鲁迅先生说得很深刻:"时间,就像海绵里的水一样,只要愿挤,总还是有的。"

"铁人"王进喜说:时间是国家的,时间是党的。面对新世纪,我们的任务是十分光荣、艰巨而繁重的。青年人处在大好时光里,要百倍珍惜,"莫等闲,白了少年头!"要放眼未来,抓紧现在的每一分、每一秒,学习,学习,再学习!

人由人"进化"而来，非由猿

余于1971年前后读《天演论》《进化论与伦理学》，后读达尔文介绍诸文，知达尔文主义者，乃论人由猿进化而来也。然余始终疑之。狮、虎皆由狮、虎"进化"而来，马、牛、羊、猪皆由野马、野牛、野羊、野猪"进化"而来，实则进而未化也，人亦当由人"进化"而来则昭昭明甚也。达尔文考察猿猴与人相同者多，余不考察而知人与人相同者更多胜于猿猴者也。

猿似人，何如人似人？猿又由何进化而来？

近读《海豚比猿更接近人类》一文，谓"人类与海豚的亲缘关系超过猿猴"。其云：猿猴厌恶水，人一生皆能游泳，且孕妇可于水中生产。猿猴不会流泪，海豚及人皆有泪。海豚头顶有毛发，体光滑，人如之。海豚与人皆有皮下脂肪，猿猴无之。人之脊柱可以弯曲，猿猴脊柱不可后伸。人喜吃虾、海藻类水中生物，猿猴不吃。猿猴交配乃背伏式，海豚交配时面对面，与人同。

似乎人由海豚进化而来。余亦疑之，仍持"人由人'进化'而来"观点不变也。

若依达尔文说，人由猿猴进化而来，今之猿与猴奈何不能进化为人？

《鸟飞临渡头》

鸟飞临渡郎村树连溪口
白水照田外碧峰出山凌
陳傳席

若言模仿，今之猿猴模仿人类更方便，奈何不再模仿。几十万年，何故所有猿猴不全变为人？

科学家或养猴者取群猴，随人生活，模仿人类起居、劳动、讲话，倘有一猴可变为人，余亦信之。惜无也。数十万年未见一猴变为人之记载也。

男人有胡须，雄猴何故无胡须？人之头发无论男女皆长，猿猴无长发，又何故也？

猿猴浑身皆毛，人无之。或云，人穿衣而毛退化矣。然人面部并未穿衣，奈何也无毛？猿不戴帽，而头、身毛发皆短，人戴帽，毛发亦应退化而无，奈何长发披肩？猿无。

…………

地球之上，本有牛、马、虎、狮，亦本有人，本有猿、猴、猩猩。猿似人而已。天下相似之物者多，犬似狼，狸似貂，狐似狸，豺似狼，犴似狐狸，驴似马，奈何猿不可似人也。然而猿非人也，人与猿尚不甚似也。

人非由猿猴进化而来，人本为人，如猿猴本为猿猴。人由人"进化"而来，实则进而未化也。

庶免马首之络

　　好看电影，但却极少看电影，原因正如一个小偷说的："我们从来不偷戴红校徽的大学教授，因为他们没有钱。"所以，只好经常去电影院门前看看广告。大部分的片名，我看后都按捺不住地想议论一通。比如影响较大的一部电影叫《古今大战秦俑情》。说客气些，这名字似通非通；严格地说，怎么理解都不通。"秦俑情"的"秦俑"是定语，重点在一个"情"，"情"能大战吗？"大战秦俑"也讲不通。如果把"情"字改为"坑"字，倒可以讲得通，即在"秦俑坑"大战，但又和内容不符。"感人心者莫先乎情"嘛，情为什么要"大战"呢？实际上也没有大战，只有一些小的冲突。

　　平庸比谬误更差，有一个歌剧名叫《壮丽的婚礼》，是根据《刑场上的婚礼》改编的，作者把"刑场"改为"壮丽"，大约是认为"点铁成金"了，却恰恰是"点金成铁"，庸才修改天才。《刑场上的婚礼》记的是一对革命男女就义前在刑场上举行婚礼的故事，在刑场上举行婚礼，其"壮丽""奇特"早已包含其中了，古今中外有几人在刑场上举行婚礼？可是"壮丽的婚礼"世界上何止千百万亿次呢？"婚礼"差不多都是壮丽的。把一个具体的、雄壮的且又名副其实而不可移易的名字改为抽象的、空洞的、

《得情则乐，失志则悲》

得情则乐失志则悲余三十年前创作此图今又写之心境依然也 陈传席

且又可以任意乱套的名字，一看就知改者是庸手。这一改，正如一个油漆匠，把一幅价值连城的名画拿来，用油漆重刷一遍，画面新了，但却一文不值了。

还有一个片名叫《风流千古》，大而空、浅而俗的程度令人吃惊。秦皇汉武、唐宗宋祖，乃至拿破仑、华盛顿都可以说是"风流千古"的，怎么也令人想不起这个电影内容的范围。一看介绍，才知道是陆游和唐婉的故事，真是伤心，居然叫"风流千古"！"风流千古"者何止陆游一个人？这个电影有一个现成的名字，叫《钗头凤》，当然如果叫《陆游和唐婉的故事》，那就更好。但非大手笔取不了这个名字。小手笔如果没有"千古""壮丽""大战"，那是很难过的。

明代大画家王履曾评论韩愈和杜甫的诗，他说韩愈的《南山诗》"吾闻京城南，兹维群山囿"等句，套在终南山上可以，套在其他山上也可以，一主十客，泛泛然驾虚立空。而杜甫的自秦入蜀诗，写的就是秦蜀中一段山景，具有鲜明特色，移之他山则不合。他得出一个结论："文章当使移易不动。慎勿与马首之络相似。""庶免乎马首之络"即不能像马络子那样，套在任何一个马嘴上都合适。而现在很多片名都有这个毛病。

难道就没有一个好片名吗？有的。有一个翻译的片子《鸳梦重温》就很不错。一看就知是两个人的爱情（婚姻）曾经冷却或遗忘了，而后又一次恢复。我看到最好的改编片名是《牧马人》，原名叫《灵与肉》，本来是一部小说，却取了一个论说文似的名字，一看就知作者好议论。编者改为《牧马人》，具体而微，点铁成金，一看片名就知是牧马人的遭遇，名副其实，格调高雅，堪称逸品。一看就知改者是高手，实际也正如此。

《西安事变》这个片名也很好。但如果落在一个庸才手里，肯定要改为"伟大的事变"，或"壮丽的事变"，那就煞风景了。

造谣 传谣 信谣

造谣、传谣、信谣，谣言必经这三个阶段，才算完成。但我最看不起、最痛恨的是信谣者。实际上一切谣言都是在信谣者身上起到作用的，当然首先要有人造谣。

有时造谣者也是传谣者，但大多造谣者是一个人，传谣者是一个人或一批人，信谣者又是一个人或一批人。如果没有人信谣，造谣者和传谣者都白费心机，所以，我最看不起信谣的人。实际上信谣的人都是档次十分低下，或者愚昧无知的人。

由谣言造成的巨大损失、错误和失败，也都在信谣者身上形成，造谣和传谣都不会造成任何损失和错误。造谣和传谣者一般都不信谣，传谣如果也信谣，就应划入信谣一列。

造谣者并不损害对方。比如甲造谣说乙是小偷，乙并不是小偷，在甲的心目中，乙是一位正直清白的人，"小偷"是甲的造谣，因而，乙的形象在甲的心目中并没有受到损害。传谣者心知甲乙间有矛盾，而且"小偷"的说法只是出于甲之口，未必可信，即使有可疑处，然未经落实的内容，毕竟不可作为事实去看待。因而他的心目中，乙未必是小偷。而且传谣者如果有清醒的头脑，有可能鄙视造谣者。传谣者一般也是对乙有宿仇或不满的人，如果谣言造到他的亲友头上，他绝对不会传谣。所以，在传谣者心目中，乙的形象也没有受到太大的损害。

信谣的问题就严重了。乙是清白的人，信谣的人却实实在在地相信他是小偷，乙的形象便受到损害。客观上，乙受到侮辱；主观上，信谣者被谣言所愚弄，说明信谣者档次很低下，品质很卑劣、无知，甚至下流。如果造谣是下流行为，信谣者为下流所愚弄，以假为真则更下流。

造谣者有的是下流，但有的也未必是坏事。为了离间敌人而实行的反间计，实际上也是一种谣言，但也必经造谣、传谣和信谣三个阶段才完成，最后起作用的也是信谣者。明代的名将袁崇焕就是中了清人的反间计而被杀的。清人造谣，宦官传谣，崇祯皇帝信谣，最终是信谣的崇祯皇帝杀了袁崇焕。后来为袁崇焕平反的是造谣者，可见受害人在造谣者心目中并无损害。受害者是受了信谣者的害。楚汉相争时的范增也是受了反间计而被逐，被逐后死于彭城。其中造谣者陈平、刘邦，传谣者是项王使者，信谣者是项羽，项羽信谣，范增才离去。《三国演义》中周瑜施反间计离间曹操和蔡瑁。造谣者是周瑜，传谣者是蒋干，结果蔡被信谣的曹操所杀。

当然，反间计是一个特殊的例子，问题不是太大。而世人中的造谣最为严重。

鲁迅针对当时的情况说过："其实，中国本来是撒谎国和造谣国的联邦。"[《集外集拾遗·通讯（致孙伏园）》]，因而切不可相信任何传言，不论他讲得如何活灵活现，不论他怎样发誓赌咒，不论他说出多少"证据"，乃至亲经亲见，都只能姑妄听之，当作笑话和故事去听。又如鲁迅所说："赌咒的实质还是一样，总之是信不得。"（《伪自由书·赌咒》）即使说者声泪俱下，也须得检查他"手绢上是否有辣椒水和生姜汁"。然后决定其眼泪是真是假，哪怕眼泪是真的，其话仍以不信为上。

那么，他万一说了真话，不信不就上当了吗？"来说是非者，必是是

③

非人。""是非"本包括是和非二义，不论是"是"，还是"非"，是真还是假，都有挑拨之意。

离间他人关系的"真话"和"实话"比谣言的破坏力更大。他一时气愤骂了你，你不知道也就算了，过几天，他气消了，依旧是朋友。但有人传给你，你再骂他，他再骂你，一变而成为仇人，甚至丢了性命。

我现在对于谣言、是非话和一切入耳之话，有时完全不信，有时不信以为真，也不信以为假。有时想，好话、坏话都是人的声带振动造成声波，传到我耳里，像鸟鸣一样，听过就算了，至于讲话的内容是声带振动的结果，应该由声学家去关心，我不必去关心。因此，一切谣言或恶语、美语对我都不起作用。谣言这东西，你越听就越多，越相信就越"真实"，最后弄得"心劳日拙"，甚至家破人亡。你不听不相信，也就没有了。

至于有人在外面造我的谣言，造成很大的恶果，我也不加理会，不作解释。因为，我看不起信谣的人，视之为低下的人，信谣本身便是一种报复。我曾有两位年长的朋友，关系一直很好，我对他们都十分尊重，因为关系好，互相配合，可以做出很多有益于社会的事，但"横眉岂夺蛾眉冶，不料仍违众女心"。有一批人便联合起来离间我们的关系，说我在背后骂了他们，讲了他们的坏话，这二人伤心透了，心情十分沉重，见到我冷若冰霜，后来又知道这二人一提到我就向别人诉苦，几乎落泪。我知道后，淡淡一笑，就结束了。有人劝我解释一下。我想，我很尊重很友好的二人原来是低下的人，他们怀疑我，就是对我不尊重，我为什么要以德报怨呢？

我一言不发，让他们继续痛苦吧。一个生活愉快、有朋友的人因为信谣一变而为无朋友、天天生活痛苦的人，这不是自己报复自己吗？有一位朋友，受过我的大恩，尤其在学业上，我对他帮助很大，他到处讲"陈传席是我的老师""滴水之恩，涌泉相报"，他要终生报答我。后来他要调动工作，我分析不可能，因为编制已满，而且这单位负责人对他十分不满

《遥望西山》

远望丘壑山一重深
上楼画笔迟疏林
淮红半世匆游客
天下兴衰总在人

陈传席画平诗

（但表面上很友好），便告诉他不太可能，但我仍在帮他。他忽听到谣言说我坏了他的事，于是转脸便骂我，又写信来骂我。其实我只要三句话，而且是三个反问，他就会明白一切，就会知道是谁在破坏他的事，但我只在回信上写了"哈哈、哈哈……"，从此就结束了。我是不愿和一个低下的人维持朋友关系的。但他痛苦终生，到处骂我，到处诉苦，专门跑到南京来挑拨我和同事们的关系，叫很多人恨我，弄得很辛苦。而我呢，失去的朋友便不是朋友。恨我的人多了，减少了我很多交往和负担，增加了我做学问的时间，多出几本书而已。当然，又多一些清静，少一些招待"朋友"的花销。

总之，谣言可恶，但并不可怕。人世龌龊，谣言已不足为奇，但你只要相信谣言，每日都会有谣言传到你耳中。所以，我对造谣的人一笑置之，对信谣的人却十分鄙视。谣言之不可信，犹如病毒之不可食。轻信谣言为事实，甘愿受人愚弄，并去害人，恩人因谣言而成为仇人，好朋友因谣言而反目，好事因谣言而成为坏事，成事因谣言而败事……造谣、传谣不太要紧，大家都不信，反过来嘲笑之，造谣、传谣者白费力气，白费心机，反而自找没趣，时间长了，便无人造谣传谣了。

造谣犹如造枪弹，传谣犹如运输枪弹，信谣犹如用枪弹去杀人，判处徒刑的人，只能是后者。

总之，信谣者最卑鄙、最低下。

明代之亡，亡于善书者手也

陈洪绶的老师是毛文龙，这在他的《宝纶堂集》中有六次明确的记录，其中《寄毛师》三首[1]、《送毛师入觐长亭口占》[2]、《寄毛师》[3]、《问毛师病》。这是陈洪绶明确称为师的又赠诗较多的对象。而且陈洪绶对毛师也最崇敬，《寄毛师》中称之为"南方美人""高山可观"。《问毛师病》诗：

> 先生少饭卧花风，却与高轩病不同。
> 应叹征输民力尽，边烽又报失辽东。

镇守辽东而失辽东的主帅正是毛文龙。《明史·袁崇焕传》记："崇焕始受事，即欲诛毛文龙。文龙者，仁和人。以都司援朝鲜。逗留辽东，辽东失，自海道遁回，乘虚袭杀大清镇江守将……"这一年是崇祯元年，即公元1628年，陈洪绶三十一岁。

毛文龙是仁和人，仁和即今杭州市，距陈洪绶家乡诸暨不远。陈洪绶

---

1. 陈传席点校：《陈洪绶集》卷六，中华书局，2017年，第57页。
2. 同上，第214页。
3. 同上，第396页。

拜毛文龙为师，于情理不悖。陈洪绶《寄毛师》四言诗第二首有"四夷乱德，六师翱翔"。也可看出他的老师是一位镇守边关的统帅。在《寄毛师》七言绝句中，陈洪绶云：

　　师门久不问兴居，应怒儿童礼法疏。
　　已得苏门称学士，自宜淡薄坐吾庐。

　　陈洪绶在其师毛文龙前自称儿童，可见他比毛文龙小得多。毛文龙死于公元1629年（陈三十二岁），生年暂无考。据《明史纪事本末补遗》卷四记，熹宗天启元年（公元1621年），毛文龙已是统帅，那时陈洪绶二十四岁，毛文龙身为统帅，总有四十多岁吧。所以，从年龄上看，毛文龙为陈洪绶老师，也是没问题的。

　　毛文龙于崇祯二年五月被袁崇焕斩首而死。袁崇焕杀毛文龙一案，当时崇祯皇帝听说毛文龙被袁处死，十分惊骇，《明史·袁崇焕传》记："帝骤闻，意殊骇，念既死，且方倚崇焕，乃优旨褒答。"后来，袁崇焕又被崇祯皇帝杀死，"三年八月，遂磔崇焕于市，……天下冤之。"一时因同情袁崇焕，大多认为毛文龙该杀。近现代明史的学者开始也认为毛文龙该杀，袁崇焕斩毛文龙是正确的，为国除一大害。但近来很多学者又认为，毛文龙有过也有功，他率兵守辽东，打击清军，有败也有胜，是清军一大心患，杀毛文龙也是错误的。据《明史纪事本末补遗》所记，毛文龙守辽东，是一支劲旅，足以镇住清军内侵。毛文龙是不应该杀的，但袁崇焕为什么要杀毛文龙呢？

　　昭梿撰《啸亭杂录》卷十《毛文龙之杀》记云：

　　袁崇焕之杀毛文龙，其事甚冤。世儒以崇焕后死可悯，故尔掩饰其过，至谓毛文龙果有谋叛诸状，非深知当日之事者也。文龙守皮岛多年，虽有冒饷、抗据诸状，然其兵马强盛，将士多出其门。本朝佟、张二将尽为彼害，使留之以拒大兵，不无少补。崇焕乃不计其大事，冒昧诛之，自失其助。遂使孔定南诸将阴怀二心，反为本朝所用，此明代亡国之大机。岂可因其后日之死，乃遂掩其过也。

或曰，毛文龙尝求陈眉公继儒作文，陈邀以重价，毛靳不与，陈深恨之，乃备告董文敏，言毛不法专擅诸状。董信之，崇焕为董门生，任辽抚时，尝往谒董，董以陈语告袁，袁故决意为之。

然则明代之亡，亡于善书者手也。

明代文人为人写文（祝寿文、悼文、颂文等）是收费的，毛文龙身为统帅，求陈继儒（眉公）写一篇文章，陈索价太高，毛不给，可能毛身上钱并不多，因此，说毛贪污冒饷等未必真。陈继儒索高价未得，便恨毛文龙，陈和董其昌（文敏）是好朋友，便在董前造谣讲了很多毛文龙的坏话，董其昌便信以为真，袁崇焕是董其昌的门生，去看望老师时，董便把毛文龙的"恶迹"告诉袁，袁那时就要杀毛。崇祯元年，袁崇焕"以兵部尚书兼右副都御史，督师蓟辽，兼督登莱、天津军务……"（《明史·袁崇焕传》），到了辽东，便借故把毛文龙杀了。

《啸亭杂录》作者昭梿是清太祖努尔哈赤第二子代善之后，嘉庆七年（公元1802年）授散秩大臣，十年袭礼亲王爵，喜读史，好诗文，他记的文章都十分严肃可靠。

《明史纪事本末补遗》卷四记：

……崇祯元年秋七月，起袁崇焕督师辽东。时朝议忧皮岛毛文龙难驭，大学士钱龙锡被命入都，过华亭征士陈继儒，继儒定策请诛文

《此是昔日恋游处》

此是昔日總統游艇
二日再未雨思二
陳傳席

龙,龙锡颔之。至是,龙锡与崇焕言边事,……崇焕曰:"可用用之,不可用杀之。此崇焕所优为也。"遂定计去。

…………

六月,督师袁崇焕诱杀平辽将军毛文龙于双岛。文龙,钱塘人……

陈继儒闻毛文龙被杀,高兴地写了一句话"拔一毛而利天下",以是观之,是书法家陈继儒害了毛文龙。陈继儒向毛文龙索要高价润笔费,毛不给,陈便造谣诬告毛文龙,而袁崇焕又信以为真,杀了毛文龙。昭梿也认为,毛文龙"兵马强盛""将士多出其门""使留之以拒大兵(清兵),不无少补"。毛文龙被杀,袁"自失其助",而且,清军又增加了臂膀,毛的得力部将孔定南等人便投清军,为清军效劳。

杀了毛文龙,在辽东挡住清朝大军的力量便涣散了,袁崇焕失去了一条臂膀。崇祯皇帝对袁杀毛不满,毛的同党为了报仇,又极力促使崇祯皇帝杀袁,袁在,亦足以挡住清军,袁也被杀,袁的部将率军投清,明朝从此无力抵挡清军。所以昭梿说,"此明代亡国之大机",又云,"然则明代之亡,亡于善书者手也"。他的分析不无道理。

清曾衍东著《小豆棚》卷三也记:"陈眉公继儒,优游林下,声誉一时。当时皆倚重其言,有山中宰相之目。毛文龙总制三边,会母寿,思得陈一言以为荣。特遣将校赍重币往求。陈迟欠未予,将校恐误期,登堂坐索,颇事罗唣。陈大怒,斥逐之,迁怒于毛……适门人某为兵部尚书,过访求教。陈遽语曰:'拔一毛可以利天下。'门人再拜谢曰:'谨受教。'履任,诬毛以罪状而诛之。毛既被诛,边事大坏。论者以明三百年天下,实眉公一言亡之也。"所记细节有异,但毛被诛,乃陈继儒之过也。也是说明亡于书法家眉公一言也。

设想,如果陈继儒不讲毛文龙坏话,不"定策请诛毛文龙",袁崇焕

③

拜谒老师董其昌时,董不讲毛文龙坏话,反而劝袁以国事为重,团结镇守边关守将,共同抗清,袁也不会动念杀毛。袁自云:"以臣之力,制全辽有余,调众口不足。"实际上,袁一人足以挡住清军,"制全辽有余",再加上毛文龙为之助,则明代江山将稳如金瓯,毛、袁二人一死,其抗清的力量反而投清,反而为清所用,明亡已成趋势。清朝一位哲人说:"诗文书画,国之四蠹。"书法家害国,此其一斑耳。

现在还有吗

清道光年间定海镇总兵葛云飞,道光十九年,其母去世,葛丁忧回籍,按当时规定,他要在原籍为母守孝三年。守孝以外的事,包括国家大事,他可以一概不问。但不久,英军进犯,定海失守。按规定,定海失守应由其他军官负责,他身为孝子必须在家丁忧。但出于民族大义,葛云飞身着孝服,抱着必死的决心,奔赴战场,多次击败英军,其中一次就歼灭英船中五六百人。但最后一次英军人多,连攻下我二城,复聚兵于土城,此时土城兵已调守各地,所剩不多,葛云飞知道以死报国的时候到了,他把后事交代好,持刀闯进敌阵,"格杀无算",身受重伤,仍"戴血击敌",最后以身殉国。葛云飞在中进士时即写《登第》一诗,有:"事业人皆争一第,功名我自励千秋。"在冲入敌阵、决计以身殉国之前,他自书:"寸心自誓,期尽瘁以事君;一息尚存,敢偷生而负国。"此民族大义也。

试问:现在还有这样的孝子吗?

两宋之际,金兵南侵,破坏了宋人的美好生活,岳飞决计投军抗金,岳母是一个传统式的普通妇女,但并没有嘱咐儿子去做大官,也没有鼓励儿子发大财,而是在他背上刺字:尽忠报国。

试问:现在还有这样的母亲吗?

③

后汉时有一位官员杨震,在上任途中经昌邑,昌邑县令王密是杨震推举的,王密感激杨震,半夜怀金十斤送给杨震,杨震说:"故人知君,君不知故人,何也?"王密说:"暮夜无知者。"杨震说:"天知,神知,我知,子知,何谓无知?"他拒绝了王密的遗送,这就叫"君子必慎其独也"。虽然半夜,无人知,也不能妄取别人的礼物,又叫"暗室不欺"。《后汉书·杨震传》记他:"性公廉,不受私谒。子孙常蔬食步行,故旧长者或欲令为开产业,震不肯,曰:'使后世称为清白吏子孙,以此遗之,不亦厚乎。'"他的后世子孙以他说的"天知,神知,我知,子知"而建"四知堂"。

试问:现在还有这样的廉政者吗?

"镇船石"也是一个有名的故事。东汉末年,吴人陆绩"博学多识""注《易》释《玄》,皆传于世"。他在外地做官多年,卸任后回吴地,所有的家当就是几箱书和一些衣服。没有珠宝银圆,真是两袖清风。送他回家的船到了,船夫以为一位地方长官卸任,肯定金银财宝会装满一船,当看到只有几箱书物后,说太轻,镇不住船,船在水上会漂浮不稳。于是,陆绩叫送行的人搬来一块大石头,放在船中。这样船便稳了。船走了,送行的乡绅等人皆流泪下拜,赞叹这样一位廉政的好官。船到岸,石头便扔了。但吴人找到这块石头,建祠收藏并展示,以纪念这位廉洁的好官,并以激励后人。

试问:现在还有这样的穷官吗?

春秋时吴国有一位被裘公,因为贫困,没有衣服穿,当夏五月,还披着兽皮以遮体。吴国的国王寿梦的第四个儿子延陵季子,是个十分贤能而又有知识的人。有一天,延陵季子出游,见到被裘公披裘而伐薪,但被裘公旁边路上有一块遗金,延陵季子便喊被裘公:"快取你地上的金子来。"被裘公把砍伐柴薪的镰刀投于地,生气拂手而说:"为何你地位那么高而眼光那么短浅低下,形貌那么庄重,而说话却如此粗野庸俗。我五月天还披着兽皮，背着柴草，难道就是捡人家丢失的金子的人吗？"季子很惭愧而谢之，请问他的姓名字号，回答是："子皮相之士也，何足语姓字。"然后头也不回地走了。

因为，他没有透露自己的姓名，也就无法知道他的名字。因为他五月天还披着兽皮，所以，后人便叫他"被裘公"，吴地人后来还为他建祠纪念。这位被裘公一贫如洗，但绝不妄取遗金。

试问：现在还有这样的穷人吗？

清末，革命军起事，进攻南京，布政使（相当于省长）逃走，在南京任两江师范学堂监督（校长）的李瑞清被授宁藩司，即布政使，布政使主管一省行政，但不管军事。南京城破，主管军事的长官提督张勋与总督张人骏皆弃城逃遁。这时，美、日等国领事以及一些外国传教士皆力劝李瑞清暂避于兵舰，并遣使迎迓。李瑞清严词拒绝，说："托庇外人吾所羞，吾义不欲生，使吾后世子孙出入此城无愧可矣。"又说："弃城他去，如臣职何？托庇他族，如国体何？吾宁与阖城百姓同尽耳。"当革命军到达之日，李瑞清身穿清朝官服，执着大印，端坐堂上，等待被诛杀。但革命军素敬仰李瑞清，进城之日，高呼："勿杀我李公。"新军都督程德全数度挽留，希望他在新政府内做官，同样遭到他严词拒绝。并说"亡国贱俘，难与图存""如必相迫胁，义不苟活，虽沸鼎在前，曲戟加项，所不惧也"。临去之日，召集在宁父老缙绅，移交藩库内所存数十万金，及两江师范学生清册，语之曰："余不死，黄冠为道士矣。库之财，宁之财也，幸尚保之。"观者皆泪下如雨。这时候，他自己已贫无一文了。

李瑞清知道自己离宁之后，一无房产田亩，二无积蓄，等待他的是贫困和饥饿。他当然本可以将他管辖的数十万金的全部或一部分移为己用，过着终生富裕的生活，而不留给他的敌手。但他的人品和素质、他的高风亮节，决定他不能这样做。这就是知识分子的人格，乃不分古今新旧。

李瑞清两袖清风，城破前后，他连自己的一份薪水也没取，只好卖掉自己的一辆旧马车充当路费，易服为道士，号"清道人"，以示不忘"清王朝"。自书："草木有荣枯，臣心终不改。"移居上海，过着贫困潦倒的生活，以致他的侄女年方十八，因无钱就医而死。他悲痛难忍，不得已卖书画为生。但开始，他的书画销路并不好，乃至他饿得发昏，几次辍笔。但当袁世凯派人送给他一千二百两银子，要他复出时，他又坚决拒绝，并摔银于地，表示鄙视。

李瑞清把藩库内数十万金留给敌人，而自己却挨饿几乎死去。试问：现在还有这样的敌人吗？

《明语林》记录：

> 杨文定在内阁，子某自石首来，备言所过州县，迎送馈遗之勤，独不为江陵令范理所礼。文定异之，即荐知德安，再擢贵州布政使。或劝致书谢。理曰："宰相为朝廷用人，岂私于理？"卒不谢。

杨文定即杨溥，明代永乐至正统年间台阁大臣（相当于宰相），和杨士奇、杨荣三人号称"三杨"。他的儿子自故乡石首到京城省父，一路上所过州县长官都又迎送又馈赠礼物甚勤，唯独江陵县令范理不加理睬，既不迎送，更不馈赠礼物。按照某些官员的道理，肯定要制裁这位县令，而提拔那些殷勤关照其子的官儿，但杨文定唯独提拔了这个对他冷淡的县令为德安知府（相当于市长），不久又提拔他任贵州布政使（相当于省长）。当然，范理也不俗，他认为宰相为国家用人，一直不对杨文定表示感谢（其实他内心未必不感谢）。

杨文定对殷勤迎送、馈赠礼物的众多官员，全无好感，独提拔冷遇他儿子的一位官员，这是另一种清廉。他判定那些拍马逢迎的官员，都是不

《闲云流水》

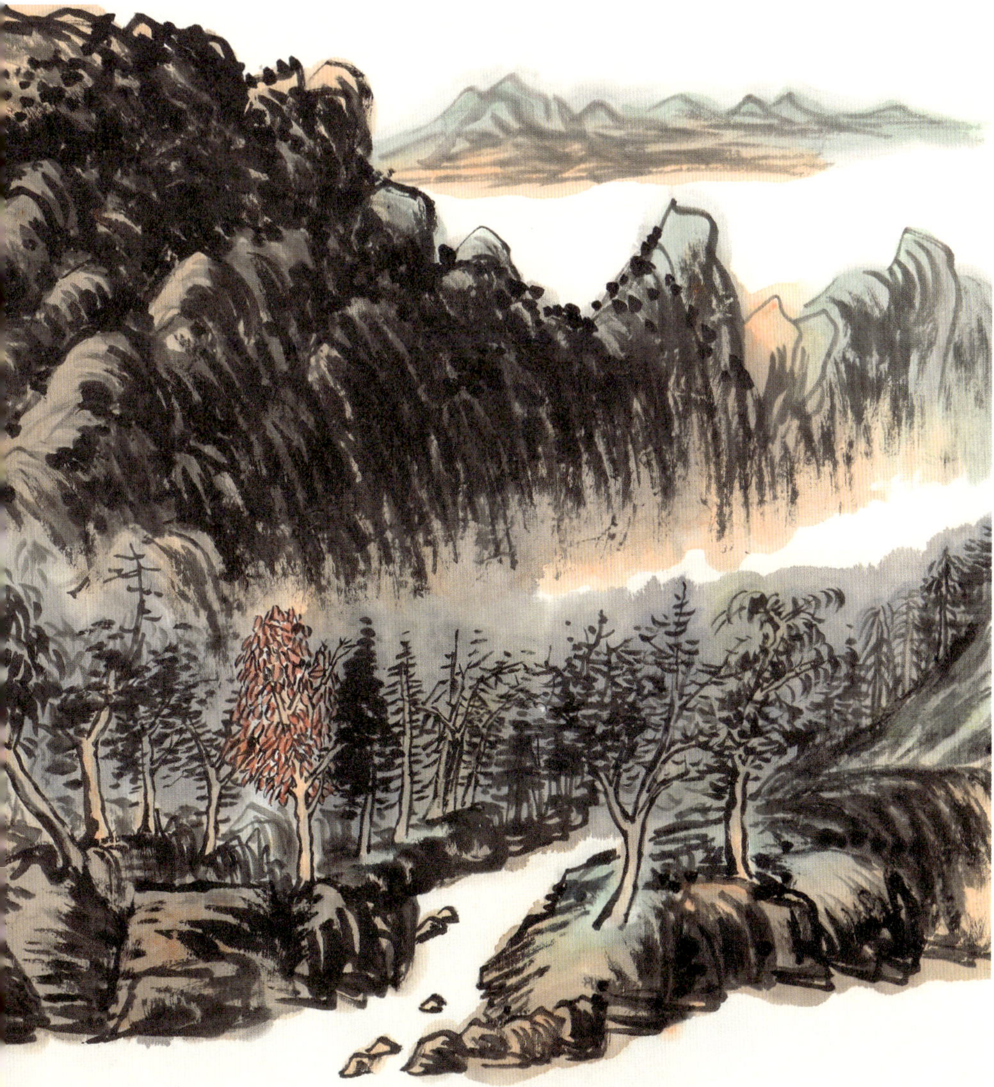

清廉的，而判定范理是一心为公的官员，是清廉的，这是正确的。这段故事，至今值得品味。

试问：现在还有这样对待冷遇自己的人吗？

西安碑林有一块明代的《官箴碑》，又称《公廉定律》，上刻：

吏不畏吾严，而畏吾廉；民不服吾能，而服吾公；公则民不敢慢，廉则吏不敢欺。公生明，廉生威。

试问：现在还有人写出这样的《官箴碑》吗？

《新序·节士》记延陵季札挂剑的事。季札出使经徐国，徐国的国君看上了季札的宝剑，不好说出口，季札心已知，但他还要继续出使晋国，剑必须挂在身上，以表示自己的身份。但他回来时，徐国君已死，季札把宝剑解下来送给徐君的儿子，回答是："先君无命，孤不敢受剑。"季札认为自己当时"心已许之矣，今死而不进，是欺心也"。于是把剑挂在徐君墓旁的树上而回。心中暗许的事都要做到，不欺心。古代守信最有名的人物叫尾生。古代很多文献中皆提到他。《庄子·盗跖》有："尾生与女子期于梁下，女子不来，水至不去，抱梁柱而死。"尾生与女朋友相约在桥梁下相会，桥下水涨，淹没了他，但女朋友没来，他不可失约离开这里，便死死抱着桥柱，被大水活活淹死。宁可淹死，也不能失信于友人。

试问：现在还有这样的守信者吗？

大历二年，杜甫在成都，移居东屯。把瀼西草堂借给吴郎寓居，草堂前有一棵枣树。邻居有一位无食无儿的妇人，有时去打枣子吃。吴郎为防止妇人去打枣子，便插起篱笆挡起来，不让她去打枣。杜甫认为一个贫困的妇人，打几个枣子吃不应该阻止。如果不是贫困，怎么会这样呢？他写了一首《又呈吴郎》的诗：

③

堂前扑枣任西邻，无食无儿一妇人。

不为困穷宁有此，只缘恐惧转须亲。

即防远客虽多事，便插疏篱却甚真。

已诉征求贫到骨，正思戎马泪盈巾。

试问：现在还有这样的邻居吗？

段祺瑞是民国的国务总理，从不收人礼物，贫困潦倒，一生无私，更无私房，靠租房为生。离任后，还欠人七万元债务，被人告上法庭，仍无钱偿还。

试问：现在还有这样的被告吗？

姜太公吕尚八十岁，居石室，靠屠牛、卖饮、钓鱼为生。文王与语知其贤，重用为师，灭纣、兴国，建不朽之大功；齐白石八十九岁任中国美协主席；何香凝九十四岁仍任美协主席；李可染七十二岁始被任命为中国画研究院院长。

试问：现在还有这样的用人政策吗？

张书旗是中央大学艺术系教授，抗战期间，由徐悲鸿推荐，中央大学派他去美考察艺术。到了美国，因战事紧张，一时回不了。他的夫人又去世，他和一位华侨结了婚，只好留在美国。但他把学校给他的赴美费用的全部另加两倍，寄还给中央大学。

试问：现在还有这样的公派出国者吗？

现在公派出国者，学成后留在美国，有一人把国家给他的原款寄给国内吗？

还有，以往有很多的事，现在都还有吗？

"夫人"姓什么

王羲之的老师是卫夫人（272—349），卫夫人姓卫，名铄，字茂漪，东晋女书法家，卫恒从女，钟繇的学生。她的丈夫姓李，名矩。但卫铄不称李夫人，而称卫夫人。世传墨竹的创始人是五代蜀女画家李夫人。《图绘宝鉴》卷二记："李夫人，西蜀名家，未详世胄。善属文，尤工书画……"她的丈夫姓郭，名崇韬，是一位武将，李夫人因其夫是武人，不通文墨，而郁悒不乐。月夕独坐南轩，竹影婆娑可喜，即起挥毫濡墨，摹写窗纸上，明日视之，生意具足……遂有墨竹。李夫人的丈夫姓郭，但她并不叫郭夫人。元代大书画家赵孟頫的妻子管道昇，善画竹，世称管夫人，而不称赵夫人。

古代，凡称夫人者，皆以己姓（即父姓）为姓，而不冠以夫姓。再如三国时刘备有好几个妻子，称甘夫人、孙夫人、穆夫人，而不称刘夫人。孙权的妻子称谢夫人、徐夫人、步夫人、王夫人、潘夫人等，而不称孙夫人。朱元璋的妻子马夫人，朱当上皇帝后称马皇后，并不称朱夫人、朱皇后。唐朝皇帝姓李，但《唐书》所列是长孙皇后、赵皇后、刘皇后、武皇后、杨皇后、张皇后，皆不称李皇后。

但后来，一些报纸杂志，包括一些权威的报纸，称夫人皆冠以夫姓，如宋庆龄，不称宋夫人而称孙夫人。宋美龄，不称宋夫人，而称蒋夫人。台湾的各大报纸也称宋美龄为蒋夫人。台湾是个小岛，学术水准不高，情有可原，但大陆人才济济，名家宿儒，奈何也容许五十年的大错。每见电视和《人民日报》报道国家领导人出国时所带夫人皆称夫姓，无不感叹不已，称××的夫人可以，但称×夫人不可以。蒋介石的夫人不可称为蒋夫人，如蒋介石的儿子，不能称为蒋儿子。

何况蒋介石的夫人、儿子很多，蒋夫人是毛氏、陈氏，还是宋氏？儿子是经国，还是纬国？中国封建社会夫权最为严重，夫人尚不冠以夫姓，后来，夫权已被解放，称夫人却反冠以夫姓，真不解也。

这个问题，应该有人出来讲讲。因此，我建议编辑、记者去请一位大人物出来讲一讲，当然"大人物"未必有知识，我们可以把讲演稿帮他们写好。或请一位权威人士写一篇文章发表一下，当然，"权威人士"大多有名无实，也未必懂，我们可以写好文章，挂上权威人士的姓名发表。否则，肯定还会继续错下去。

但错者见不错者必以为错。我曾审阅一篇长文章，里面称郭沫若的夫人于立群为郭夫人，称徐悲鸿的夫人廖静文为徐夫人，称林散之的夫人盛德粹为林夫人。我就用笔把它改为于夫人、廖夫人、盛夫人。结果一个"名人"在我改的部分批字："无知透顶，郭沫若的夫人当然叫郭夫人，怎么能称于夫人？古今中外无此例，这种人也居然号称博学，当教授，并被很多人迷信……"看来这位"名人"发了大火，他说"古今中外无此例"，我可以举出一万个例子，而且传统文献上绝无夫人冠以夫姓的例子。这位"名人"恐怕举不出一个例子。其他几位好心的朋友也说我："你老兄一向博学，怎么会犯这个错误，夫人当然只能用丈夫的姓，哪有用自己的姓？那不乱了套。"另一人说："夫人、夫人，丈夫的人。"唉，我当时感叹很久，其实，这个"夫人"和"丈夫"的"夫"完全无关，《礼记·曲礼下》

《青山红树》

修篁写意

记:"天子之妃曰后,诸侯曰夫人。"后来,帝王的妃子(正妃除外)多称夫人,再后称大官员的妻子为夫人,再后尊称对方的妻子为夫人。但夫人皆只能冠夫人自己的姓氏,而不能冠夫姓。

如果冠夫姓,反而乱了套。民国时期,有一政府要员姓林,有十二个妻子,如要都叫林夫人,那才乱了套。而且自己不能在文章中或别人的面前称自己的妻子为夫人,只能称我的太太。自称我的夫人,就可笑了。但可以当面称自己的夫人为夫人,这是对夫人的尊重。无知者见不无知者骂为无知,而且还发那么大的火,我们反而无话可说。

最近见到一家大报称朱镕基的夫人为朱夫人,我指出其错,并援以古例,编辑大吃一惊,说"全国都错了,错了几十年了"。他叫我赶紧写一文,找一大报发表,以解众惑。但大报不一定买我的账,一贯自以为正确的人,如果有人指出其错,他不会干休的,我已不想再上法院了。写还是不写呢?不写于心不忍,那就写一篇小文章,以尽到一个有良心的学者之责而已。

老人会想什么

吴燃曾任天津市美协副主席,是著名的木刻画家。"文革"时,曾受"四人帮"在天津爪牙的迫害,被赶回老家徐州萧县,生活成了问题,曾在我家吃住一个多月。感情甚深。后来回到天津,被安排在天津画院。他九十岁左右时,我去天津,天津人民美术出版社社长杨惠东是我的学生,陪我去看吴燃。吴燃见到我当然很高兴,他的大画室中挂满了他创作的画,他说:"你喜欢哪一张,你选吧,我送你,或者我再给你画。"因为他的画很值钱,我没有要。后来有人说,他好心要送你画,为感谢你以前对他的招待,你不要,他会认为你没看上他的画。过了一年多,我又写信向他要画,这时离他去世还有几个月,他给我回了长信,说明自己已经重病缠身,完全不能动笔。然后就大谈他以前的艳遇、风流韵事,津津乐道的是某某姑娘的温柔、美丽、多情,一段又一段地写,写了很多张信纸。最后说,人老了,一切功名利禄、是是非非都不再思考,唯思念年轻时的荒唐事,对自己是个大安慰。

他用写这封信的精力,可以画两张画,甚至三张画,但他画不动了,却能写信。这个我理解,我写研究型的文章,或创作型的文章,一天可写一万字,但抄写文字,一天抄不了两千字,因为创作时有一股冲动激情,要把自己思想的内容表现出来，动力很大，愈写愈想写，而抄写时十分乏味，没有动力，故一天两千字也抄不了。吴燃回忆他年轻时，也有老年时的风流艳遇，他精神亢奋，愈写愈想写，画画就没有这个动力了。

年约九十，为什么要回忆自己的艳遇等风流韵事呢，而且还写出来，寄给我呢？我想了很久，不是太理解。

后来读到记者采访著名哲学家李泽厚的文章。李先是回答了记者问他的研究经历、学说等。记者最后问李泽厚，最近在思考什么问题。记者和读者都会想，李泽厚肯定回答正在思考哲学上的一些问题。谁知李泽厚大谈他喜爱美女，希望有艳遇。记者把话岔开，问了其他问题，他又拉回来，说美女，谈艳遇，谈一夜情，而且采访的照片上显示，他的妻子就站在他身后，两只手撑在椅背上笑。他说，妻子必须漂亮，因为天天看，一夜情的女子不必太漂亮（大概是要求太漂亮，便找不到了），一夜情太美了，令人销魂，而且反正一夜情，然后大家各走各路（大意）。记者居然把这些采访的谈话都发表出来了。发表前给李泽厚看过，李也没有删。

斯蒂芬·威廉·霍金是英国一家大学的教授，当代世界上最著名的物理学家。他二十一岁便患上肌肉萎缩侧索硬化症，全身瘫痪，终日躺在轮椅中，只有三个指头可动，但他仍活到七十六岁。我想他应该老实了吧，你都瘫痪了，还能干什么？谁知他晚年，记者问他想什么物理学上的问题时，他回答是：想女人，大多时间在想女人。

我想，这些都是学有成就的人，他们首先是真人，真人讲真话，如果是小人、伪君子，即使他天天想，他也不会讲。

中央电视台播放许渊冲先生的故事，许渊冲九十六岁，北京大学教授、著名翻译家。

电视主持人希望他谈谈自己翻译的成就，他却大谈自己年轻时爱恋一个女同学的事，大谈他暗恋林徽因，爱得十分真挚，给她写信，把她的诗译成英文去出版，接着他神情黯然地说："不知道她已经有人了。"说到林徽因爱徐志摩，又嫁给梁思成，主持人说："那你的诗也白译了。"他说："也没有白译，我寄给她了"，可"她五十年后才给我回信"。提到他暗恋林徽因，讲到动情处，他老泪纵横。台下的听众，尤其是女学生也跟着流泪。但谈到他"诗译英法唯一人"，谈到他2014年获得"北极光文学翻译奖"（亚洲最高奖），他都没有那样动情。他还说："恋爱失败了，但回想当年，还是很美的。"

九十六岁的老人，对年轻时的风流、爱恋的女孩子，是那样感兴趣，而津津乐道。而对他在世界翻译界所取得的成就，只淡淡一提。

潘鹤（1925—2020），是著名雕塑家。他年轻时以创作雕塑作品《艰苦岁月》名震全国，后来的作品也都是举世瞩目的。但他晚年却执意要在珠海海边水中的礁石上创作一尊美少女的雕像，而且要自费。珠海人尤其是政府官儿们以为潘鹤要为珠海留下一尊雕塑作品流芳百世。其实，潘鹤后来反复讲，自己年轻时爱上一个美丽的少女，便开始了热烈的恋爱生活，美少女到了珠海，他追到珠海。在珠海见到美少女是他最值得回味的一幕，后来因为家贫和其他原因，恋爱失败了，美少女和别人结了婚，但他终生思念这位少女，到了晚年，他不能自持，思念愈切，必须把她雕塑出来，否则不得安宁，于是他便自费创作了这尊美丽的窈窕淑女雕像。制作好之后，放置在珠海露出水面的礁石上，又在附近的小礁石上架起一座探照灯，灯光打在美少女的雕塑上，让人们日夜都能欣赏他年轻时恋人的形象。

盖人老，一生快要结束了，壮心全消，豪气全退，名利全抛，唯人性不变耳。人性者何？《孟子》有云："告子曰：食色，性也。"孔子曰："饮食男女，人之大欲存焉。"（见《礼记》）龚自珍更云："设想英雄垂暮日，温柔不住住何乡？"皆真实语耳。

人老了，想而不可得，故要讲出来，写出来，发表出来，吴燃说的"是个大安慰"，大概如此吧。

深山琴韵
二〇一七年之旦
於吉隆坡 陈传席

《深山琴韵》

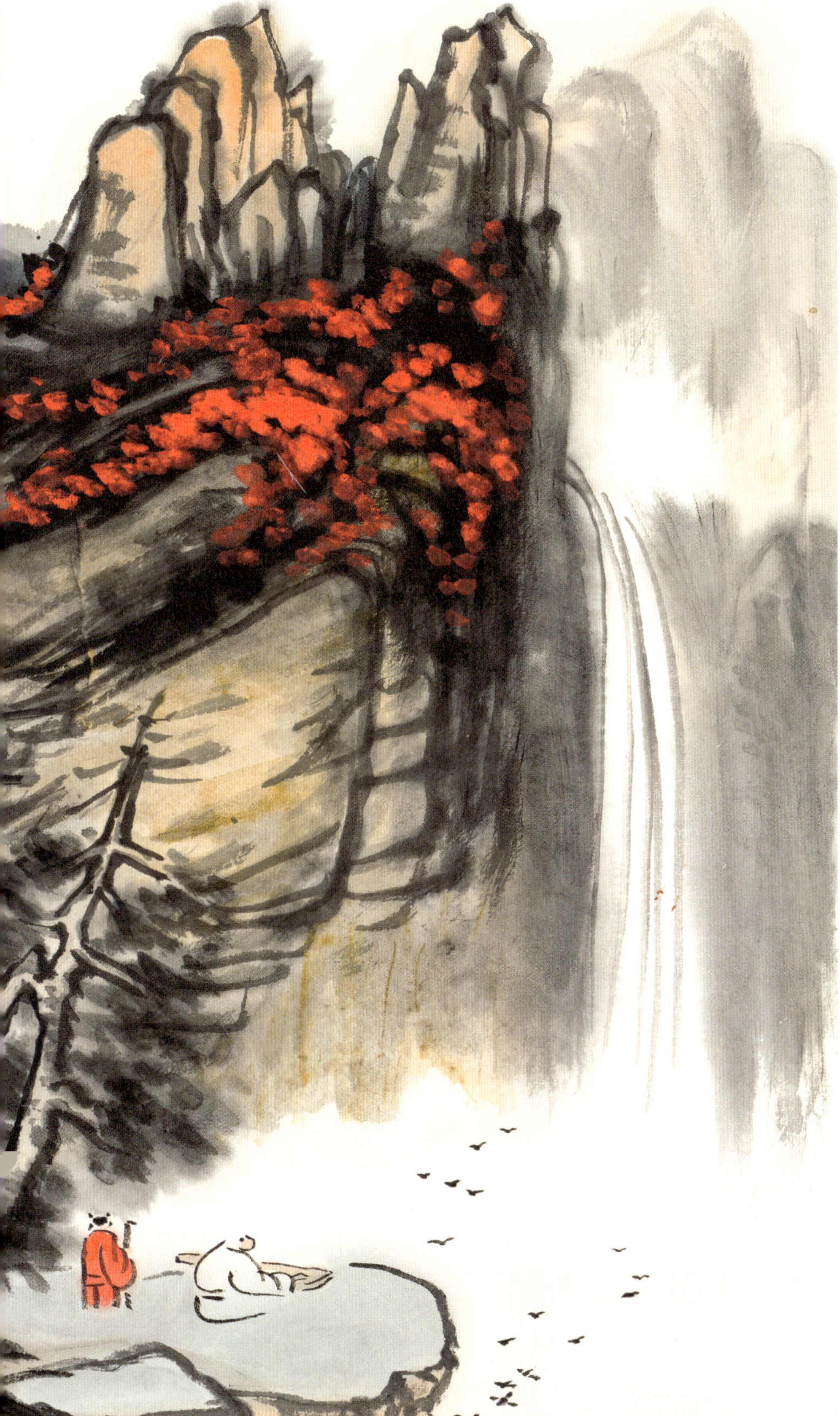

柳下惠·鲁男子·传统·继承

柳下惠是以"坐怀不乱"而享名千古,且为妇孺皆知。其实他叫展获,字季禽,是春秋时鲁国大夫,因食邑于柳下,谥惠,故人称柳下惠,《庄子》称其为柳下季。我查阅《论语·微子》《孟子·万章下》《左传·僖公二十六年》《国语·鲁上》以及《庄子》等书,都说他是一位清高廉洁之士,任士师(掌刑狱的官),又以善于讲究贵族礼节而著称。他的弟弟是著名的盗跖(强盗的首领)。至于说柳下惠"坐怀不乱",我至今没有查到最早的出处,只是在明清的小说中读到。明人《古城记》中还有:"俺自有鲁男人雅操,待学取柳下惠同班,一个坐怀不乱,一个闭门无干。"但从"坐怀不乱"这个词可知,是有一位少女坐在柳下惠怀中,但柳下惠却很严肃,没有不轨的行为,甚至没有动心。这节操不得了,用今天的话来说,作风正派,不好女色,可以成为男人的师范。也可以说,在男人不好女色,注重节操方面,柳下惠应是传统之源。

那么,应该怎样继承柳下惠的这种节操传统呢?一是形,或称形式上;二是精神。从形上学柳下惠,就是见到少女就把她抱在自己怀中,因为柳下惠是"坐怀不乱"的,不把少女抱在怀中就不似柳下惠的"坐怀"了。"坐怀"是唯一的重要的形式。但这样做恰恰是背叛了柳下惠的节操和不好女色的精神，如果所有的男人见到少女就强行抱在自己怀中，社会风气不但不能好转，而且会向反向发展——变坏了。而且，这样学，恰恰没有节操了。

古今学习柳下惠"坐怀不乱"最出色的人物是鲁男子。近读《诗经·小雅·巷伯》："哆兮侈兮，成是南箕。"汉毛亨《传》："鲁人有男子独处于室，邻之厘（釐）妇又独处于室，夜暴风雨至而室坏，妇人趋而托之，男子闭户而不纳。"还有的书上说，天冷，女子要求到鲁男子家中和该男同被，"同被"似乎比"坐怀"问题还要小一点，进户、同室，问题更不大，但鲁男子却"闭户而不纳"，不让这位独身女子进入他的房中，这和柳下惠的"坐怀"背道而驰了，然而这位鲁男子也差不多和柳下惠齐名。如果从形上论，鲁男子根本没有学柳下惠，如前所述，他和柳下惠是背道而驰。但他却是在精神上完全继承了柳下惠。清代画家郑板桥《题画》云："鲁男子云：唯柳下惠则可，我则不可，将以我之不可，学柳下惠之可，余与石公亦云。"他是说他和石公（涛）学前人传统，像鲁男子学柳下惠一样只师其心，而不师其迹。学其精神而不学其形式。柳下惠的心、精神，就是不好女色，就是坚持男人的节操，少女坐在怀中都不乱。[可能是这位少女被雨淋湿了，有被冻坏或冻成病的可能，必须借柳下惠的体温和衣服来暖和自己。明人小说中记柳下惠坐在庙里（宗庙，非后来的佛寺），少女被淋湿透，而不得不脱下湿衣，和柳下惠同衣]而鲁男子拒绝这位女子进入他的户中，拒绝和她同衣被，以避免进一步的发展，正是不好女色，坚持节操的表现，他是出色地继承柳下惠的传统的。

结论：鲁男子在形迹上和柳下惠相反，但在精神上却恰恰相似。所以，鲁男子能和柳下惠齐名，都成为中国保守节操男士的模范。

文学艺术上的继承传统也一样，师古人，要师其心，而不师其迹；学传统，学其精神，而不学其形式。如果完全照搬传统，那只是拷贝文化。

《心似孤云无所依》

心似孤云何所系 年来世事不须问 免傅陈

继承传统应是创新的起点，而不应该是以模仿代创作。明代文学除了小说外，诗文一无取的原因就是从形上模仿前人，秦汉派学秦汉，唐宋派学唐宋，所谓学只是形上似，有的把前人的五言诗变为七言，甚至只在五言前加二字，有的把前人的诗改几个字。顾实在《中国文学史大纲》中说："明代文学者，概而言之，有如铸型，直唐诗、宋文、元曲之残山剩水，中国文学史中，最无佳趣之时代也。"正因为明代诗文家模仿前人只在形似，未得其精神，顾炎武总结："有明一代之著述，无非盗窃。"此学其形之弊也。

清代中后期，绘画最差，原因就是举国上下都师法"四王"。"四王"是王时敏、王鉴、王原祁、王石谷，前三人居娄东，世称"娄东派"，后一人居虞山，世称"虞山派"。但虞山派的首领王石谷又是娄东派之首王时敏的学生，两派实为一宗。方薰在《山静居画论》中称："两宗设教宇内，法嗣蕃衍，至今不变宗风。""四王"规定后学者画树用某法，画石用某法："一树一石，皆有原本。""一树一石，无不与古人血脉贯通。"而且"仿某家则全是某家，不染一他笔"。如果画中有一笔己意，他们则大骂不休，"后有一二识者，古法茫然，妄以己意衔奇，流传谬种，……"至王原祁自称："迄今五十余年矣，所学者大痴也，所传者大痴也。华亭血脉，金针微度，在此而已。因知时流杂派，伪种流传，犯之为终身之疾。""四王"学古人只学一家，且不准许别人有"己意"，即绝对形似，而无神，更不准许有"己意"，故画道衰矣。

另一批人，如八大山人、担当、渐江三高僧学董其昌，只师其意，得其精神，形全不似，却在清代画史上留下了光辉的业绩。这正如鲁男子学柳下惠，形完全背道而驰，却和柳下惠齐名，同时成为有节操的男士之典范。

结论：继承传统，重在继承传统之精神，若完全在形似上继承，有可能是违背传统。在形似上背叛，而得其精神，才是最好地继承传统。

悼父文

父亲讳允恭,少时读书于本县,后求学于河北、河南、四川诸地,其时即追求真理,倾心革命。二十世纪四十年代之初,毅然投奔延安,途中为地方反对派军队阻拦,遂回本乡,任岚山等地乡长,组织抗战,艰苦卓绝。1946年,奉命东撤,经山东,到东北,冒枪林弹雨,餐风刀霜剑,跨海越岭,破险赴质。家乡解放后,遂回睢宁,于文教、法院等处任职。父亲为人正直,生性刚烈,与世俗不偶,故仕途屡挫,终生愤愤,不能自已。离休之后,每遇世事,仍坚持正义,心境依旧。己卯除夕之晨,无疾而终,享年八十有六。

父亲一生,早年求学,奔波革命,风胼霜胝,出生入死,备茶苦而蓼辛。中年才华未尽,即被迫离职,精神受摧,生计紧迫,极天地之冤酷,尽人间之悲辛;心事重重,郁郁寡欢。晚年闲居,苦闷不已,心境孤独,无人能解。

子曰:"道之将行也与,命也;道之将废也与,命也。"父亲兼备文武,通古文、外文,经法之学,书法楹联则小道也;长短枪法,百发百中;惜毁于政治斗争,未能尽其才之万一。然则此非命也,亦非天不假人也,乃人不假人也,悲夫。

《云龙湖岸》

雲籠湖岸生　雲連夜氣　山陰樹影　空蒼漠模英露不見　晴對花垂月　秋風

陳傳席詩蒿畫

父亲虽身处悲苦潦倒之境，然于教育子女，则未尝稍懈，含辛茹苦，细大不捐。

我等每承庭训，各自成立，然天各一方，未能尽孝，一旦弃养，遂成永诀。哀哉。

夫世有不知孝道而不行孝道者，有知孝道而尽孝道者，然则我等一向颇知孝道，而却未能尽孝道，悲夫。我等罪岂可恕哉？又，韩子云："家贫则富之，父苦则乐之。"父亲苦痛，我等未能使之乐，于心岂能安也？守灵之日，我等手持哀棍，哭告于父灵前，父亲其知耶，其不知耶？

前日大雪，漫天皆白，雪后又雨，今又飘雪，是天地亦为父亲挂孝哭泣，我等岂不悲哉？夫泪有尽而悲不可尽，悲哉，悲哉。

呜呼哀哉，父亲安息。

长子陈传席长女霞晖次子海波三子传鹏次女秋菊四子海涛泣悼
庚辰正月初三
（公元2000年2月7日大雪）

附记：

本书付印至二校时，吾父尚健在，三校稿将至，吾父则驾鹤西去，吾悲不能已。诸弟嘱写此文以悼之。文中乃以兄弟四人及妹二人名义写之。吾父灵堂设后，跪拜哭告于吾父灵前者，日数百人，组织部、人事部、老干部局、县委、县政府等数百机构及个人纷送花圈挽联。至院宅内外不能尽列。追悼会之日，吾父遗体两旁高悬巨联曰："生前似青松凌傲霜雪，逝后如日月光照天地。"安葬之日，吾母携我与二弟海波韩中夫妇、三弟传鹏仝华夫妇、四弟海涛王红云夫妇、妹霞晖杨维中夫妇、小妹秋菊夏颖夫妇等俱至。孙辈中唯量量（陈适，又名陈培、陈柏润）一人不知。

余皆在灵前，共悼吾父，同慰吾父在天之灵。拙书出版之日，吾父已不可见。唯增补此文，以示悼念。

悼母文

吾母姓黄氏,讳正兰,少时即随吾外祖父投身革命,参加抗战。抗战前期,即为地下党,为革命奔波,出生入死。后参加东撤,始识吾父,遂伴吾父经山东往东北,跨海越江,穿林过原,冒枪林弹雨,破风涛骇浪,至东北边陲之地,于林海雪原之中,与敌周旋,置死生于度外,视困苦为日课。大军南下后,又随之而南下。数十年间,身经硝烟,艰苦卓绝,无一日安宁。然吾母久经烽火,感时抚事,笑对险恶,无一怨言。家乡解放后,遂回家乡,主持土地改革,组织生产,克己奉公,任劳任怨。

吾母聪敏贤惠,见多识广。吾父在外之日,家中上有祖母,下有子女六人,事无巨细,悉由吾母处之。艰难困苦之时,吾母率子女挖野菜、摘树叶、挑糠煮汤,然于教育子女未尝稍懈。尔后其长子为教授、长女为工程师、次子为局长、其余子女各得其所,皆吾母艰苦培育之功也。

吾母晚年得众子女照顾,身心俱畅,二十余年衣食无忧。庚辰正月,吾父归西,之后,吾母走动于诸子女之间,吾等俱望母亲长寿健康。然母亲心地仁慈正直,常急人之所急,忧人之所忧,而胜于己事。乙酉之末丙戌之初,吾弟因事外走,吾母忧心如焚,于公元2006年2月5日夜,忽患脑出血症,至医院已昏迷。吾从南京赶回,见吾母尚能呼吸,然已不能言

东坡词意 壬寅秋 陈传席

《东坡词意》

语，亦不省人事。虽极力抢救，亦无好转之迹。于公元2006年2月14日晨5时许，驾鹤西去，享年八十六岁。其时大雾弥漫，吾等痛哭不已，日持哀棍哭拜于吾母灵前。16日晨，吾再观吾母遗容，如安详睡去。吾强忍悲痛，以清水为吾母擦洗面容，然后抚吾母遗体至殡仪馆。吾母于鲜花丛中，依旧安详。诸亲友及组织部门有关人员数百人含悲作最后告别。火化后，吾捧吾母骨灰至家中灵堂安放。于2月19日丙戌正月二十二日安葬于河之北，并起吾父遗骸同葬之。

夫树欲静而风不止，子欲养而亲不待。五十余载，吾母生我养我，一旦永诀，吾悲何极，吾悲何极。悠悠苍天，曷此其极。呜呼哀哉，铭曰：

吾母少时，投身革命。
历经沧桑，八十六载。
半壁河山，铭留故迹。
子女六人，得育成立。
一生辛劳，身心无逸。
而今归去，天堂安息。

丙戌二月之初（公元2006年3月）
长子陈传席百拜哭书

自述

很多读者和编辑希望我谈谈自己的治学道路和经历。十年前《名人传记》等杂志就多次约我写自传，或请一位作家为我写传记，我都拒绝了。我的经历中有很多阶段和事情目前还不想讲，大约等到我九十岁之后，可能会写出来。这里只讲几段已为众人所知的经历，凡是我不愿讲的便一跃而过，所以有简有详。

我的父亲最反对我画画，但主张我把字写好。他自己的书法很有功力，格调很高，比现在的著名书法家写得好。父亲是个传统文人，中华人民共和国成立前在成都上大学，通古文、外文，后投奔延安，途中为阎锡山的部队阻拦，遂回本乡，组织抗战。后参加东撤，二十世纪五十年代后，整日闲居，郁郁寡欢，仍订阅多份报纸，关心国家命运。在他眼中，绘画不过是雕虫小技，无益于国民。古人说："壮夫不为。"其实，我自己也是一直这样认为的。秦皇汉武、唐宗宋祖、华盛顿、拿破仑都不以画为业，丘吉尔、希特勒、宋徽宗会画画，皆是业余。丘吉尔如果以绘画为专业，他就没有今天的地位了。宋徽宗耽于绘画，当金人虎视眈眈，宋朝江山岌岌可危时，他还在研究孔雀升墩先抬左足还是先抬右足。结果，国也亡了，自己和皇后嫔妃都做了俘虏，受尽凌辱之后，死于五国城。前时我到湖南韶山毛泽东故居看了一次，毛泽东读书时，成绩很优秀，唯有图画课是零分。他每到图画课上，在画纸上写上"毛泽东"三个字，然后交白卷。当时图画课画的是静物，他说画这些东西对国家没有益处，所以他一笔也不画。孔子早就讲过："志于道，据于德，依于仁，游于艺。"以"道"为终生奋斗的目标，"德"可据，"仁"可依，独"艺"不可据、依，更不可志，只可游之而已。但"文革"那个年代，人妖颠倒，还有什么"道"可志呢？即使不知道"马斯洛定律"，也知道人生以"生存"为第一要义。何以为生呢？

我只好以为人画像，用油画画"红太阳像"，帮人搞大批判专栏为生，也确实赚了不少钱。我的父亲一见我背着画箱，就十分痛苦，多次劝我不要再画了，好好读书。

但我不画就无法生存，父亲也只好听之任之。老实说，十年"文革"虽然误了正规的学校教育，但我还是读了不少书。画油画只能在白天，夜晚便读书，不过这样读书只是兴趣，和正规教育大相径庭。

我少时读经、读史，诸子百家、释老岐黄、诗词小说、古今中外记胜之书，见到就读。像《三国演义》《水浒传》《西游记》这些书，我都是在小学时就读完的。

当时就对着注释读《诗经》《论语》等。我们家族中没有人能画画，我接触绘画是在小学图画课中。我画得最好，每次画画，我得分最高。有时我的画被作为范本贴在教室内。不过那时也没有想过当画家。

因为我父亲遭到不公的待遇，还有其他一些原因，我十一岁便离开家乡，离开江苏省，到安徽去读书了。我从不向家里要钱。走路途中，我喝溪水，吃路边苦瓜、林中桑葚充饥；在学校里，我靠拔草、扛砖头为生。三年大饥饿（一般被称为"困难时期"），我几乎没有吃过粮食。在皖北的学校里，吃的是"五好面"——五种树叶、山芋秧等磨成的粉。那时安徽饿死了很多人，我也曾多次饿昏，但没有饿死，还长成很高的个子，但很瘦弱。所以，我写了一首词《减字木兰花·咏迎春花》，第一句就是"小园篱畔，有一枝柔条弱干"。其实就是自况。那时，只要不饿得昏倒，便读书不止。初中毕业之前，我各门功课都最优，语文（包括作文）、历史、地理、美术，不用说了。我的数学更好，那时老师们断定我将来会成为大数学家。而且我还是业余合唱队队长，能吹箫、笛。自学旧体诗词。当时一位图画老师水平很高，古文诗词皆通，但我在初中时基本上没有学过画，只是凭一时兴趣胡乱涂抹，但学文却下了不少功夫，读了很多书。现在回忆，十来岁时读书最为重要，是一生的基础。当时考高中最难，一个县有二十所中学都是初中部，每校皆有四个初中班，但全县仅有一个高中部，只三个班，大约四十人才能有一人考取高中。我考上高中后正值猛长身体时，食量最大，却没有饭吃，每天饿得发昏。那时困难时期已过，别的同学都不再挨饿，独我离开家庭后便不再回家，也不向家里要钱，几乎每天都饿得眼前发黑光，书也读不下去，课也听不进去。下午课外活动，别的同学去打球练单杠，我也没有力气，只好在花园旁坐坐。这是我一生中最灰暗的时期。

这时候，我认识了王天铎先生。王先生原是一位儒将，蒋介石曾很器重他，把他安排在傅作义的参谋部。傅作义起义后，他率一团人冲出北京城，结果被围城的解放军打伤了大腿，做了俘虏。后来被他的一位朋友保出来，安排在泗县中学教学。

他自刻了一方印，曰："伤股军师作画师。"每日以作画、写字、吟诗、治印为寄。

当"阶级斗争"紧张时，他作为"历史反革命"，只能在校园内浇花植树，不准许他再教书。他精通诗词、书法、绘画、篆刻、武术，也通医道和园艺。据说他是清道人的学生，我当时因不知道清道人是谁，也没有问过他。我看他浇花很吃力，便帮他提点水，他便给我讲这些花叫什么名字，什么特点，入药有什么用处，有哪些诗词咏之，有哪些画家画过等。我便把我写的诗词拿给他看，他说很好，其中几首，他还抄下来，尤其是我写的《减字木兰花·咏迎春花》，他说应能传世。从此，我便跟他学旧诗词，他看我身体太弱，便劝我学画、学书法用以养生。我跟随王先生虽然只有一年多的时间，但受先生的影响是十分巨大的。诗词、古文、书法、绘画、医道、武术都受过王先生的影响。而且，王先生的思想也属于"明智"一派。他说，从现在的形势看来，画画要有用，必须画人物画，画工农兵，你还要学些洋画。在他鼓励下，我又随杨剑华先生学素描和油画。但是读诗学书法还是随王先生。

1966年，"文革"开始，王先生因为历史问题，自然受到冲击。抄家时，发现他保存了当年蒋介石会见他的照片，以及他本人怀念蒋介石的诗，还有当年他和国民党将官儿们互相酬答赠送的诗画作品。于是王先生被批斗、关押。我当时也只是十几岁的孩子，因十三岁时写的《减字木兰花·咏迎春花》词最后一句"一驾东风，便领千花万卉红"，被革命"左"派分析为"一旦得势，便会率领千军万马向党进攻"。我也就被打为"反革命分子""反党老手"。大字报铺天盖地，揭发我大量的"反党""反社会主义""反革命"行为。又抄了我的床（因当时仅有一床），抄出我平时写的很多诗词和日记本，一一分析，都是反党反社会主义的"罪证"。大字报更多，我皆一一批驳。这下子就激怒了革命"左"派，便计划打击我的嚣张气焰，于是组织专场批斗。本来，其他人被揭发，不管是真是假，是有是无，都老老实实地低头认罪，开会时，都主动到台上去，跪下来接受批判，有的人跪得两膝发肿，有的人"罪行"不大，认罪态度好，向革命"左"派求饶，跪了几次也会被宽恕，再开会便有可能被通知不必上台罚跪，但他们必须积极揭发批斗其他"反革命分子"。

这些人一旦被"解放",斗争他人比"左"派更凶狠,甚至上台打人,以表示自己坚决革命的立场。革命"左"派们的心似乎和正常人不同,他们会在"反动学生"脖子上挂几块砖,有的用细铁丝系砖挂在"反动学生"脖子上,脖子被勒出血来。有的把尿桶挂在"反动学生"脖子上。有的人(其实当时都是小孩子,最大不超过二十岁)被批斗到晚上,会后又被用绳绑起来,吊在屋梁上,吊了一夜,第二天被放下来时,已奄奄一息。稍事休息,又要接受批斗,但态度都很老实,绝不反抗。革命"左"派们第一次遇上我这个反抗者,大为惊奇、恼火,便要强行拉我上台接受批斗。我当时年龄最小,力气最小,但个子很高。我一生不喜欢人侮辱我,"士可杀不可辱"。十一岁便闯荡江湖,读了很多武侠小说和儒家的著作,而且在我看到别人跪在台上时,我想如果是我,宁死不屈,于是在这关键时刻,是要人格,还是要性命,我断然选取前者。于是我拖起自己坐的板凳便打过去……这一打,十分有效,大家知道我不要命了。要命的怕不要命的,一大群人都吓得乱叫,一下子全跑光了,大喊:"陈传席杀人了。"批斗大会便散了。很多人集合起来去公安局,强烈要求正式逮捕我。我当时泰然自若,一个人信步走到花园里的几棵大树下,静静地想,如果他们不跑,我肯定会打死人,那么我会被判处死刑。现在,我顶多会被逮捕……事已发生,随它去吧。在这个时候,我什么都不想,宁静地欣赏美丽的花朵、绿色的树叶,看看蓝天,望望白云。(在以后几十年生涯中,在最危险、最紧急、最慌乱的时刻,也是我最安静的、最轻松的时刻,或看看花,看看云,或背几首唐诗等等)谁知当时公安局接到上级通知,运动期间,不准抓人。以后的批斗大会则主要针对我,我作为批斗对象,不但不上台,手中还拿着棍,这恐怕是"文革"中唯一的现象。

而且很多人喊口号只能喊"打倒陈传席"。至于当时常喊的"砸烂×××狗头""×××必须低头认罪"之类的侮辱人格性的口号也不敢喊,否则我的

《携琴访胜图》

攜琴訪勝圖丁酉陳傳席

大棍便会打过去。

　　他们喊口号，我则高唱"三九严寒何所惧"。后来县委派一重要领导人组织批判我，但怕死是这些人的本性，仍没有人敢拉我上台。这位县委领导人十分恼火，责训这批人无能。而跟随这位领导人来的另一位领导人也十分害怕。他得知我"吃软不吃硬，欺强而不凌弱"，便委婉地做我的思想工作，讲了很多好话，求我上台。我心肠软了，答应上台。但当他叫我把棍扔掉时，我断然拒绝。我知道一旦我把棍扔掉，他们就会上去很多人，把我按倒。后来我拿着棍上台接受批斗，这也是全国仅有的现象。我用棍东指西指，好像是一个会议主持者。后来我被内定为"敌我矛盾"，判处二十年徒刑，送去劳改。此后我受了很多苦，挨打是常事。我当时才十几岁，被迫挑水、抬砖等等，肩都磨烂了，至今留有深重的疤痕。后来我忍受不了，夜晚，趁看守已睡，便跳窗逃跑了。仅逃跑这段经历，便可写一部小说。这还是留在以后再写吧。我受了无穷苦处。有一天，我躲到山沟里，观看夕阳将落，凉意逼人，想到自己有国难投，有家难奔，皆缘于几首诗词，便发誓再也不写诗了。后来偶尔又写了一些，写完就烧。但画画这一项我从来不想专门从事的技艺却帮了我很多忙……"文革"后期，我先上山，后下乡，又被推荐去上学，毕业后我被分配在淮北煤矿从事工程技术工作，业余画画，也出了不少风头。但那时，"文革"尚未彻底结束，人无法用自己的能力或才力铺垫自己的将来，前途十分渺茫。年龄一天天增长，却找不到出路，精神十分痛苦，总感到生而无趣。画能排除闷气和闲气以及轻微的苦恼，但无法去除巨大而深沉的痛苦，诗和古文都胜过绘画。加之当时条件限制，而且我从来也不想以画为终身职业，所以，也只是随便画画，更多时间耽于读书，包括读一些绘画理论书。

　　"四人帮"倒台后，一切都恢复生机。1979年，煤炭工业部在全国选拔一些工程技术人员（大约二十人），培训外语，准备出国留学。我在完全无准备的情况下参加了考试,考英语、数学、机电等。结果考上了,到淮南煤炭学院学习日语。离开煤炭再看煤炭,思想产生了很大变化。我已决计另择职业,这就是美术史。古典文学和绘画都不能抛弃,而且我读过很多美术史著作,都不太满意,很想写出一本新的《中国美术史》。当年只有南京师范大学美术系招收美术史研究生,而且只招一名(后来扩大到三名)。我离开淮南煤炭学院便来投考美术史研究生。当时我已二十九岁了,读研究生期间,我抓紧读书,做研究,并到全国各地去考察古代美术遗迹。当时,电视放映审判"四人帮"那样重要的新闻,我都很少看,现在想起来也十分后悔。我后来出版的《六朝画论研究》《中国山水画史》等几部著作,都是研究生期间写的。论文答辩时,我是唯一评得优秀论文的研究生。

1982年,研究生毕业,我被分配到安徽省文学艺术研究所。一上任,我就组织中国美术界、美术史界第一次国际学术研讨会,同时组织全国三十六家博物馆明清绘画联展。大会如期在1984年5月召开,由我联系并邀请来的欧、美、日、澳等世界很多国家美术史学者以及中国的学者(包括港台学者,当时台湾学者还不能直接到大陆,都绕道美国再来大陆)也都如期到会。故宫博物院、南京博物院、上海博物馆、天津、广州、沈阳等全国三十六家博物馆院及文博机构的明清绘画精品也如期在合肥安徽省博物馆联展。欧美学者认为,这样大型的联展在欧美是根本办不到的。美国杰出的美术史教授李铸晋、高居翰等人也一直认为,安徽的研讨会之后,任何一次中国举办的国际学术研讨会都比不上安徽那一次,规模之大,作品之全,后来皆无可比拟。

会后,我将《论黄山诸画派文集》编好,交上海人民美术出版社出版,然后就到扬州。

扬州的吃住皆佳,找一安静的地方,整理我读研究生期间写作的《六朝画论研究》和《中国山水画史》二书。因为躲在扬州,干扰较小,这期间发表不少学术性论文，引起国内外同行的注意。《六朝画论研究》出版后，李铸晋先生便推荐我到堪萨斯大学任研究员，寄来了聘请书、邀请函及各类资金保证书等等。

这时，国内很多大学和研究机构都准备调我，并派人来和我协商，南京师范大学也在调我回校任教。当时出国非常困难，校方答应帮助我办理出国手续，我就回到南京师范大学。我当时太天真，缺少社会经验，应该叫他们把我房子找好，出国手续办好，我再调回。当时他们为了调我回去，我提出任何条件，只要他们能办到，他们都会马上办。但我没提。回去以后，房子也没有，东西堆在学生宿舍里，出国手续也没人过问。我对照文件，我的手续齐备，百分之百符合出国条件，但就是不批。

我花了大约一年时间，天天跑去讲道理，但无人理会。美国方面连机票都寄来了，我拿给官儿看，他们无动于衷。我已失望了，绝望了。后来一位老干部同情我，说："你真是个书呆子……"她拨了一个电话，叫我再去一趟。果然，第二天就批下来了。我当时绝对愣住了，感叹很久，一直到今天。

1986年到了美国，才第一次了解世界，原来是这个样子。我在堪萨斯大学任研究员，研究明末清初中国画史和"扬州八怪"。美术史方面的资料，美国差不多都有，而且比在中国利用起来方便得多，至于中国大陆之外的资料就比大陆上多得多了。美国很多博物馆也都收藏中国古代的艺术作品，取出观看研究都比在中国方便得多。美国的大学、博物馆差不多都是私人的，向全社会开放。除了在堪萨斯大学做研究工作之外，我又参加很多重要会议，甚至国际教育会议也请我去讲演中国的教育特色，当我讲到中国的教育与生产劳动相结合时，美国人都十分惊讶：共产党也知道教育与生产相结合吗？我还在全美（五十州）红楼梦研究会讲演了《红楼梦》研究。当然，更多的是讲演中国美术史。堪萨斯大学出资让我到全美各地参观和从事研究工作，收获巨大。有很多人问我想不想留在美国，我不假思索便回答：如果美国很落后，我会留在美国帮助美国搞建设，但现在是中国落后，中国又是我的祖国，我当然要回去。1987年，我携带大批资料经日本，取道香港回家。

本来是想回国后埋头做点学问，谁知国内是一个关系社会，没有关系日子便不好过。我恰恰不会处理各种关系，也不愿在各种关系上花费精力。从此，各种阻力、天灾人祸不断地降临到我的头上，心情没有一天好过。先是在"朋友"努力破坏下，妻子和我离了婚，离得非常悲惨，几乎置我于死地。从此，十几年来我一直过着独身的日子，每日时间用于整理家务。后来我外出三个月，家中无人，水管堵塞，楼上脏水从我的水池中溢出，我的书、文稿、各种资料堆在地上。我回家后满屋是水，煤球黑水，面粉白水，和书、稿、资料（都烂光）搅在了一起，臭气熏天，惨不忍睹，多年心血损失不少。水灾之后第二年，又是一场大火灾降临，烧得更惨，我十几年的心血结晶成的几部书稿全部烧光，我的藏书、各种资料、文物、名人字画也都片纸不存。很多朋友都说："如果是我，不死也神经病了。"离婚、遭抢劫、水灾、火灾，家中已空空如也。我这半辈子，混到这种地步，真是可以。我想我的灾难该结束了，大难不死，必有后福。我等待后福。又第二年，一场大车祸又降临到我的身上，差一点死了。拉到医院里，因无家属签字，医生拒绝动手术，后来……（略去）拖到春节，动了手术。那是最冷的一年，医生动完了手术，便把我推出了门外。

按常规，病人出离手术室便由家属接回病房。我因无人接应，又因为我第一次动手术，我想医生肯定会安排好，肯定会有护士照顾。谁知根本无人过问，我差一点冻死在外（已失去知觉），后来可能是医生护士们下班，看到病人在外，才把我推回病房。当我恢复知觉时，护士问我："你家属呢……"这些天灾看起来十分严重，其实和"人祸"比起来就不值一提了。如果有人嫉妒你，你若置之不理，他就非叫你理他不可，直到法院来传讯你。虽然也没有什么了不起，但总叫你不得安宁。鲁迅在《记念刘和珍君》文中的一句话，我经常回味，他说："我向来是不惮以最坏的恶意来推测中国人的。但这回却很有几点出于我的意外。"还有鲁迅的"阿Q精神"，也是我常用来聊以自慰的灵药。如果没有鲁迅，我们将怎样解释自己的痛苦啊。读庄、读老也是一种享受。如果没有庄子，我们又将如何安慰自己啊？

后来我怀疑美术界人的素质太差，也许文学界好些，而且我写过文学评论文章，反响很好，文学刊物约稿颇多，我便放弃美术，转向文学。为了改变身份，我在当教授多年之后，又去投考文学史博士生，而且是参加全国统考。我是先当博士生导师，后当博士的。我对先秦和六朝文学比较熟悉，唐、宋、元的文学也研究过一些，唯对明代文学知之甚少，我的博士论文就选明代文学为研究对象。获得博士学位后，我本该认真研究中国古代文学，但美术上还有很多遗留的问题没有完成，而且我还担任美术史教授和博士生导师，真是无可奈何。

我的书房叫"悔晚斋"，后悔已晚矣。老是后悔也没用，本来我是可以认真做一些学问的，我的记忆力很好，精力也不坏，可惜天灾人祸不断，更多的是人事上的干扰，每日电话不断，来人不断。我的心软，别人来求我办事，我都不好意思拒绝。

我有十年时间为画家写鼓吹文章，为他们写完文章后，他们就装在口袋里，也不用，但却浪费了我的十年精力。后来我就下决心不为画家写评论了，这又得罪很多画家。我曾一天为读者复信八十封。因为复信太短，仍得罪很多人，其中有的是重要人物，有的担任重要职务，有的是文学界名人。因为我主要研究古代，对现代太孤陋寡闻，十分惭愧，也深感对不起他们。我是最肯谅解别人的，却没有人肯谅解我。

最关键的是，我没有精力从事各种复杂的人际交往，结果吃了大亏，处处受到阻碍和排斥。我总结了好久，中国社会从古至今皆如此，根源在社会，也无可奈何，于是长叹一声了事。所以，我最近一本书名叫《读书人一声长叹》。

好在很多读者并没有抛弃我，我的书已出版了三十八部，几乎每一本书都再版，有的已再版七次，目前正准备第八版（第八次印刷），有的书在大陆再版，又到台湾再版，有的书还被译为外文。《陈传席文集》五大本，价钱昂贵，但不久又要再版。在这个世界上，我最感激的就是我的读者。

我读过几本书，写过一些文章，出过一些书，这能不能算作"治学"，我自己都有点怀疑。如果说能算作"治学"，我的体会，有两点是最基本的，一是人的本来素质；二是幼功，即童子功。其他的如人的后天努力、环境、物质基础、师友，甚至婚姻、寿命长短等都有关系，但比起前两者又稍次之。但所处时代又很关键。

我的素质和幼功，我不打算多讲，就记忆力而言，我少时读书，一本书读过一遍，即可完全背诵。我的父亲虽通古文和外文，但我从记事以来，就不和父亲在一起，而且在步入上学阶段，我就很苦。所以，如果说我有"幼功"，也都出于自学，当然就有很大的限制，主要是读了一些古典作品。现在的年轻人外语都很好，就因为他们从小学外语，而他们的文言文大多不好，就因为少时读文言文太少。有人在国内就学英语，又在美国生活学习几十年，美语仍不过关。而其子女到美国三个月，便可以教他，这就是幼功的作用。我少时学习诗词也是读书学的，后来认识王天铎先生，课余跟他学习，时间很短，就遇到"文革"，而那时也不幼了。但我当时写诗还很多，而且我十几岁时写的诗词自认为不差，现在也未必写得出来。

如果一直写下来，当然比现在要强得多。后来因写诗被打成"反革命分子"，惹了很多祸，便不写了。我上学时，只在高中学了很短时间的英语，后来也就停课了，学外语被认为是"里通外国"。三年困难时期，十年"文革"，我们该能学多少门外语啊。当我重新去学外语时，已二十八岁了。据说我考研究生时，外语成绩十分突出（当时不透露考分），但毕竟缺少"幼功"，这是十分遗憾的。我的半生，只有遗憾和后悔。我曾有诗云："回首平生多憾事，无穷后悔没余心。"

研究生毕业后，我三十来岁，那时几乎每天写一万字，拼命读书，到处查资料，而且写的都是正式学术性论文和学术著作，读到有用的外文著作或论文，便翻译为中文发表。所以，三十多岁时，我的正规论文不停地在各重要刊物上发表，学术著作也相继问世。如果一直坚持下去，到三十八九岁之前，我会在美术史研究方面取得很好的成绩。然后转向人文史和文学史的研究，我也会取得很好的成绩。晚年我再做一个画家兼散文家。

但因为我太善良，经常为他人所利用，又为"朋友"办了很多事，特别是为画画朋友写画评，浪费了太多的时间。加之天灾人祸，又常为群小所欺，心境忧郁，近二十年时间便一事无成。我三十余岁时所写的《中国山水画史》已第七版，《六朝画论研究》出了简体字版，又出了繁体字版，国内外研究六朝的，大多都引用我这本书。此后，我虽然也出版了很多书，都没有超过这两本。只有《悔晚斋臆语》尚差强人意。

诗要孤，画要静。做学问尤不可有浮躁之心，更不可有名利之心，否则是做不好学问的。每当我坐在图书馆古籍部翻阅古籍时，每当夜深人静，我奋笔写作时，我的心境是何等的舒畅和充实。但俗事、烦恼事常常袭来，却又无可奈何。

我的体会，做学问的人一定要少交朋友。朋友多有朋友多的好处，人不可绝对无朋友，尤其是真诚的朋友，十分难得。但现在的"朋友"大多是仇人的候选人，多交便做不成学问。尤其是档次低下的人、嫉妒心强的人和小人，决不可与之相交，否则你就做不成学问。你比他强了，他就嫉妒你，想方设法叫你做不成学问，你不理他，他会无事生非，甚至到法院去告你。你不如他，他又看不起你。我曾写过一文曰："高才易遭人妒，蠢材多为人鄙，中才易至高位……"杜甫也说"自古圣贤多薄命，奸雄恶少皆封侯"。但他封了侯，他害了你，还记你的"仇"，时时处处盯着你，叫你不得安宁。宋朝的宰相富弼常说：

> 君子与小人并处，其势必不胜。君子不胜，则奉身而退，乐道无闷。小人不胜，则交结构扇，千岐万辙，必胜而后已。迨其得志，遂肆毒于善良……[1]

明仁宗朱高炽云：

> 君子小人并处，则小人之势常胜。[2]

苏东坡又云：

> 天下之势，在于小人……[3]

君子斗不过小人，自古而然。所以，做学问的人以"寡交"为妙。

写到这里，我接到几位素不相识的读者打来的电话，都说："陈先生，我们非常喜爱读你的文章，听说你出版了《陈传席文集》，到哪里可以买到……"我回答他们的话后，有人又说："听说你因为写文章，讲了实话，

---

1. 《宋史·本传》。
2. 《明仁宗实录》卷一下。
3. 《大臣论》。

遭到很多人攻击，处境很不好，希望你不要再写了。改行画画吧，一定要好好保护自己，不要和小人一般见识，不要理他们。"一位女士和我通话后，似乎在抽泣，她说："先生，你千万要保护好自己，改行研究古典吧，我也喜爱读你研究古典的文章……"我的博士生导师、著名明清文学研究家陈美林教授在读到我的明代文学研究论文后，认为我的文章锋芒太露，针对性太强，也担心我会因文章而构祸。先生喜爱我的小品文和国画作品。

我以后可能会多写一些小品文，多画一些画。

然而，"吾舌尚存"，我又岂能不写。我将写一些我想写的文章保存起来，暂时不发表。郁达夫诗云：

长歌正气重来读，我比前贤路已宽。

待我的安乐窝置好之后，我将撤去电话，拒绝俗客，只带几个博士生，或谈经，或论道，或著文以自乐，或作画以自娱。不戚戚于贫贱，不汲汲于富贵，忘怀得失，以此自终。人生苦短，如此而已。

石头和墙

余少时作诗,皆用旧体。及长,友人告曰:"新诗简陋,君勿犯之,以免浅薄之议。"前时酒席上,余因戒酒,友人罚作新诗,始破旧例。今宿上海大学乐乎新楼,感事,赋此,复用新体。

世界上本没有墙,靠石头砌成墙。
石头被利用了,
也被埋没了。
为了砌成墙,
石头遭受了多少打击,
但石头都默默地忍受了。
为了砌成墙,
石头本身作了多少牺牲。
它被迫去掉了最能显示自己的棱角,
也隐匿了它的个性,
这一切都是在打击中被迫完成的啊。

《久厌市朝喧》

145

打击吧!

石头啊,

你本来不怕打击。

第一次被打击,

你使猿变成了人,

人类的出现就是你被打击的结果啊!

啊!

人类有今天,

原来是你创其始,

这是何等的伟大啊。

再次被打击,

你成为人类手中的武器,

人类进入了你的时代,

——你的时代啊!

反复被打击,人类进入了新的你的时代。

那时候还没有墙。

为了伟大的事业,

为了保护家园,

为了顾全大局,

你不惜自己,

埋没在墙中。

墙的资格没有你老,

作用没有你大,

能力没有你强,

名气也没有你高,
它是靠你支撑起来的啊!
它现在反而限制你,掩盖了你。
而且
是
靠一些泥沙限制你。
你默不作声,
见出君子能容小人之意。
容忍,容忍,
你容忍太久了。

泥沙岂能长久。
风吹雨打,
你本色不改,
但
泥沙离散了,
于是,
墙倒了,
这早在人们意料之中,
它早晚要倒的。
这世界上本没有墙,靠石头砌成的墙,
显赫一时,又不复存在了。
但石头还是石头。
石头啊,
你不要伤心,

它早该倒了。

它倒了,但你依然存在啊!

你永远存在啊!

它倒得越彻底,

你得到的解放也越彻底。

只有这样,你才能获得自由。

石头啊,

你没有倒,

你应该高兴啊!